KB014236

표류도

박경리
장편소설

다산
책방

1

북풍이 유리창을 마구 때리고 있는 바깥 날씨는 영하 십칠팔 도를 오르내리고 있는 모양이다.

나는 카운터에 앉아 뜨개질을 하고 있었다. 바람 소리에 가끔 고개를 들어본다. 유리창에는 실내에서 서려지는 김이 연방연방 얼어서 빙판을 이루고, 그 위에 또 김이 서려 얼어붙으며 있다. 무릎 옆에 놓인 화로에서 따뜻한 열기가 아랫도리에 전하여지기는 해도 손끝이 딱딱하게 굳어져서 뜨개바늘이 흘러내리곤 한다. 다방 안에는 난로 옆에 두서너 명의 손님들이 앉아서 불을 쬐고 있을 뿐 자리들이 텅 비어 있다. 레지인 명자明子는 난로 앞에 서서 손님들의 잡담에 웃음을 띠고 있고, 광희光姬는 바람받이를 피한 서쪽 창가에서 양손을 꼬아 쥐고 멍하니 가로街路를 바라보고 서 있다.

점심 후 차를 마시러 오는 손님들이 돌아간 뒤면 으레 다방 안은 이렇게 텅 빈다. 우리들은 이 시간이 되면 잠시 동안 숨을 돌리는 것이다. 4시로 접어들기가 바쁘게 또다시 손님들이 몰려와서 웅성거리기 때문이다.

마돈나―우리 다방의 이름이다―에는 대개 오전이면 저널리스트, 정치 브로커, 관공리 들이 나타나고 오후에는 각 대학의 교수나 강사, 몇몇 문인들, 화가, 출판업자, 잡지사의 기자들이 모여든다. 하긴 요 며칠 동안은 겨울방학이 되어서 그런지 오후의 낯익은 손님들이 좀 뜸해진 감이 있다. 대학의 교수나 강사들뿐만 아니라 문인, 화가 들도 대부분이 대학의 강좌를 맡거나 그렇지 않으면 중고등학교의 교사라는 부업을 가지고 있기 때문에 겨울방학은 우리 마돈나의 수입에도 다소의 영향이 미친다. 여름방학처럼 아주 싹 쓸어놓은 듯 나오던 사람들이 안 오게 되는 그런 지나친 현상은 아니지만.

광희가 손을 꼬아 쥐고 있는 서쪽 창가에 오선지처럼 걸려 있는 전선줄이 바람에 위잉! 운다. 바람받이를 피한 그곳의 유리창에는 얼음이 얼지 않아 바둑판처럼 네모진 하늘을 바라볼 수 있다. 그 창에 비친 아스름한 잿빛 하늘은 무엇을 내포한 듯 요동하고 있었다. 눈이라도 쏟아질 참인지 모르겠다. 텅 빈 마돈나, 그 공간에 알지 못할 냉물冷物이 은빛이 아니면 투명한 것으로 응고된 듯한 자각, 마치 제빙공장 속의 거대한 얼음 덩어리가 꽉 들어박혀 오는 듯한 무서운 느낌, 내 마음이 목구멍까지 메어오는 것 같다. 너무 피로하고 추운 때문이다.

뜨개질을 멈추고 마돈나 안을 휘휘 둘러본다. 모든 것은 변함이 없다. 본시 그대로다. 그러나 나는 또다시 망망하고 비약적인 환각의 흐름 속에 휩싸여 떠내려간다. 나를 잃으며 나를 찾으며 시간은 지체 없이 흘러간다.

마돈나는 북쪽과 서쪽에 창이 몇 개 있는 빌딩 한 모퉁이에 자리 잡고 있었다. 사철을 두고 음산한 분위기가 떠돌고 있는 곳이다. 딱딱하게 굳어버린 낡은 의자들, 찌그러진 것도 더러 있어 흡사 고물상 같은 인상을 준다. 그 고물상 같은 인상을 더욱더 강조하는 물건은 낡아서 먼지가 뿌옇게 앉은 것처럼 되어 있는 그림과 본시 노랑빛이었던 것이 지금은 미색으로 퇴색한 커튼, 이지러진 꽃병 들인데, 그러나 카운터에 놓은 청동 꽃병만은 예외다. 별로 크지 않은 꽃병이지만 그 모양이 전아典雅하고, 품위 있는 착색着色 하며 제법 유서 깊은 물건 같았다. 이것은 우리 마돈나에 있는 고물 중에서는 가장 연륜적인 관록을 제시하고 있는 것이며 또한 후일에 있어서 무서운 운명을 지니게 된다. 그다음에는 석고상도 있고 필수품인 전축과 묵은 곡목들의 레코드가 있어 음산한 마돈나의 공기를 흔들어주며 기묘한 마돈나대로의 조화를 만들어주고 있었다. 이러한 물건들은 모두 먼저 경영주로부터 물려받은 것이요, 먼저 경영주 역시 그전의 경영주로부터 물려받은 것인 모양이니 어지간히 긴 역사를 가진 비품들이라 하겠다.

나는 마돈나의 분위기를 조금이라도 밝게 하기 위하여 퇴색한 커튼이나마 새것으로 바꾸어보고 싶었지만 그것에도 손길을 뻗기 어려운 현재의 경제 상태다. 사실 나는 마돈나를 살 때 순재淳載한테 빚을 70만 환이나 냈던 것이다. 그것을 한 푼도 갚지 못하고 1년 반 동안이나 지냈으니 매달 또박또박 들어가는 이자가 1할 변의 7만 환이다. 1년 반 동안 한결같이 물어온 이자 돈을 합한다면 원금을 벌써 넘어서고 있는 계산이 된다. 그러나 커튼 하나 새것으로 갈아보지 못하는 경제 형편은 다만 그 이자 돈 때문만도 아니다. 어머니가 장결핵에다 복막염을 앓고 기어이 수술까지 했으니 그만하면 경제의 난맥을 알아볼 일이다.

오늘에 이르기까지, 나는 필사적으로 경제적 균형을 잡아왔다. 70만 환 이상으로 빚이 쌓이지 않게 생활을 굴려왔던 것이다. 그것은 퍽 위태로운 상태였다. 자칫 잘못하다간 빚과 이자에 마돈나가 날아갈 판이었으니까. 여러 가지 무리를 너무 많이 해왔다. 몹시 피곤하다. 이러한 형편에서 마돈나의 비품을 갈아보겠다는 것은 어디까지나 생각뿐이지 커튼은 고사하고 레코드 한 장 사 보탤 여지가 없는 것이다. 그러나 마돈나가 고물상과 같은 분위기라 해서 결코 파리를 날리는 다방은 아니다. 고정된 손님의 수는 언제나 확실하다.

나는 내 용모를 보고 손님들이 찾아온다고는 생각하고 있지 않다. 생각하고 있지 않다기보다 생각하고 싶지 않은 것이다. 그것은 겸손을 의미하는 것은 아니다. 오히려 그것은 내 자존심을 위한 생각인 것이다. 노동을 팔았지 얼굴을 팔지 않는다는 그런 자존심 말이다. 고루하기 짝이 없는 자존심이다. 뭐 그리 대단치도 않은 얼굴을 간판으로 삼았기로서니 얼굴이 찌그러질 리도 없고 닳아질 리도 없다. 그러나 이런 유의 역설은 언제나 어느 장소에서나 마련되어 있는 법이다. 역설과 부정으로 따져 들어간다면 결국 나라는 것은 물이 묻은 종이 모양, 문적문적 무너져 없어지고 말 것이다. 원래 인간은 역설적인 존재다. 세상에 태어나서 죽는 것이 그것이다. 그러나 인간은 살아 있는 동안 사상砂上에 구축된 누각 같은 것일지라도 생활감정과 생활양식을 고집한다. 그것은 인간들이 휘어잡아 온 서글픈 형체였다. 나의 고루한 자존심도 그러한 것, 우리들은 그런 것을 가리켜 인간의 존엄성이니 자유니 한다.

각설하고—그런 따위의 자존심에 안식을 주기 위한 것이 아니라 실상 손님들은 그들의 필요에 의하여 마돈나를 찾는다. 마돈나는 첫째 위치가 좋았다. 신문사, 국회, 관공서, 잡지사, 출판사, 그러한 건물들이 다방 주변에 있었다. 저널리스트들은 석간의 마감 시간이 12시기 때문에 오전 9시를 전후하여 모닝커피를 마시러 나온다. 그리고 한국의 게으른 관공리들도 근무 시간에 모닝커피를 마시러 나오는 데 서슴지 않았고 더욱이 업자들과 밀담을 필요로 하는 축들에게 다방은 그야말로 그들의 안방의 역할을 충분히 하는 것이다. 이 밖에 정치 브로커만 하더라도 마찬가지다. 국회가 가까우니 마돈나는 그들의 직각적인 상담商談에는 생광스러운 장소라 할 수 있겠다. 오후의 손님인 대학의 교수들—대개 이류, 삼류지만—은 그들의 저서가 출판되거나 혹은 출판 교섭을 위하여 출판사 근방에 있는 마돈나를 대기 장소로 삼고 있으며, 문인들 역시 잡지사나 신문사에 원고를 전하고 고료를 받고, 화가는 화가대로 표지화나 삽화를 그려주고 화료를 받고 하는 그런 일들이 진행되는 것이다. 이러한 것이 유기적으로 움직이고 또 거기에 따라 부수적인 손님도 마돈나하고 인연을 맺게 되는 것이다.

"마돈나는 일종의 오피스야, 그들 전부의. 그리고 나는 오피스의 관리인이지."

나는 웃으며 광희에게 그런 말을 한 적이 있다.

그다음에는 마돈나의 차 맛이다. 나는 아무리 어려워도 커피를 끓이는 쿡만은 일류로 택하고, 또 그에 대한 급료에는 인색하지 않다. 셋째로 나의 영업의 신조인 친절이다. 그 친절의 방법은 손님들의 이름을 기억해두는 일이요, 단골손님들의 동정에 관심하는 일이요, 손님들이 부탁하는 연락을 신속하게 취급하는 일이요, 물품 전달을 정확하게 하는 일이다. 그리고 그러한 친절이 손님들에게 수학적이리만큼 공평해야 한다는 것이다. 이상과 같은 조건이 마돈나에 손님을 모으게 한 것임에 틀림이 없다. 얼굴 광고로써 사람이 모이던 어리석은 시대는 이미 지나갔다. 사람들은 모두 바쁘고 공리화되어 있을 뿐 아니라 전쟁을 겪은 현실 속에서 그만한 여유가 없어진 것도 사실일 것이다.

나는 뜨개바늘을 찔러놓고 손을 모아 호오, 입김을 불어넣는다. 손끝이 좀 누그러진다. 뜨개질이라는 것은 참 묘한 일거리다. 그것에 열중되는 정비례로 다른 생각에도 열중하게 하니 말이다.

빨간 스웨터 도련 밑으로 두 손을 밀어 넣고 발끝을 내려다보면서 광희가 걸어온다. 신선한 능금을 연상케 하는 소녀, 옷 빛깔이 붉어서가 아니다. 그에게는 그런 과실 같은 향취가 있다. 전축 옆에 기대어 선 광희는 아까 내가 하던 것처럼 손을 모아 호오 하고 입김을 불어넣는다. 그러더니 추위를 밀어버리기라도 할 심사인지 레코드를 골라서 전축에다 건다.

「추억의 장미」.

광희는 나를 보고 빙긋이 웃는다.

"아주머니 같아요. 「추억의 장미」, 여주인공 말예요."

영화를 보고 와서 말하던 광희의 목소리가 되살아왔다. 나는 그때처럼 혼자서 고소를 짓는다. 영화를 보지 않았으니 「추억의 장미」의 여인을 나는 모른다. 그러나 신문광고의 짧은 글에서 그 여인이 미망인인 것을 알고는 있다. 그러나 광희는 오해를 하고 있다. 그는 나의 과거나 현재를 소녀다운 꿈으로 윤색해서 바라본다. 아름다운 미망인, 추억에 사는 여인이라고.

감미로운 곡이 흐른다. 무엇이 관능을 세차게 흔들어준다.

음악은 좋다. 저속하건 고답하건 선율 속에는 숙명처럼 슬픔이 있다. 하여간 어설픈 인정보다 훨씬 진실이 다가오는 것에 우리는 애상哀傷하는 것이다.

「추억의 장미」.

찬수瓚洙를 생각한다. 피에 젖었던 얼굴을 생각한다. 산산이 바스라졌던 그의 팔목의 시계, 손이 가늘게 경련하고 있던 일, 잊히지 않는다. 그리운 마음은 아니다. 멀리, 오히려 멀리 거리를 두어버린 이 생소한 감정과 그 생생한 광경의 중간 위치에서 나는 항상 방황하고 있는 것이다.

죽음은 두려운 것이다. 몸서리쳐지게 두려운 것이다. 나는 그를 생각할 적마다 죽음을 연상한다. 그를 생각하지 않을 때도 번번이 죽음의 문제에 부닥친다. 한밤중에 눈을 떴을 때, 그런 생각은 내 가슴에 절벽을 준다. 죽음을 생각한다는 것은 정신병의 징조이며 음악에 눈물 흘린다는 것은 아무짝에도 못 쓸 값싼 감상의 찌꺼기, 그리고 연애를 생각한다는 것은 굴종이다. 통틀어 슬프다는 것은 청승맞고 궁상스럽고—확실히 청승맞고 궁상스럽다. 거대한 차량 밑에 깔려 죽어야 할 생각들이다.

나는 눈을 들어 광희의 단단한 젖가슴을 쳐다본다. 부드럽고 향기로운 저 젖가슴 속에 지금 사람을 그리는 마음이 싹트고 있다. 당연한 일이다. 젊고 발랄해서 그것은 아름답다. 그 아름다움이 고통에 일그러지기 전에 그만 죽어버리라는 생각이 피뜩

든다. 역시 이것도 소용없는 감상의 찌꺼기다.

2

차가운 바람이 휘잉! 몰려 들어온다. 눈바람처럼 시계視界가 흐리어진다. 키가 훌쩍 큰 사람이 들어섰다. 약간 구부정한 어깨에 외투 깃을 세우고 다가오는 사람은 이상현李尙鉉 씨였다. 나는 뜨개질하던 손을 멈추고 그를 응시했다. 추위에 코끝이 불그스름하고 입김이 서린 안경이 흐릿하게 반사하고 있다. 그는 카운터 옆을 지나치면서,

"마담, 안녕하셨소?"

조용한 목소리와 미소가 동시에 나에게로 왔다.

"왜 그동안 안 오셨어요?"

목소리가 목구멍에 걸린 듯 까칠했다. 그러나 나는 어느새 안경 저편에 있는 그의 눈 속을 헤매고 있는 내 자신을 잊어버리고 있었던 것이다. 피차간에 그것은 일순간이었지만. 그러나 내가 고개를 숙이고 뜨개질하던 것을 손에 들었을 때, 퍽 긴 시간이 흘러갔음을 느꼈다.

상현 씨는 내 물음에는 대답을 하지 않았다. 잠자코 카운터 가까운 자리에 가서 앉아버린다. 고통을 가만히 눌러본다. 눌려지는 것은 아니다. 손가락 사이로 같은 분량의 것이 넘쳐 나

올 뿐이다. 나는 앞이빨을 맞추어 꼭 다물어보았다. 몸이 으스
스 떨려온다.

상현 씨는 호주머니 속에서 석간신문을 꺼내어 테이블 위에
펴놓고 무슨 설계도나 되는 것처럼 열심히 들여다보기 시작한
다. 곤색 외투 깃 사이로 흰 셔츠의 칼라가 청결하게 차갑게 내
비치고 있었다.

이상현 씨는 저명한 D신문사의 논설위원이다. 저널리스트로
서는 소장파이며 과격파로 알려진 사람이다. 매일 9시를 전후
하여 모닝커피를 마시러 오는 그는 1년이 넘는 마돈나의 단골
손님이었다. 그러나 웬일인지 10여 일 동안 영 발걸음을 하지
않더니 뜻밖에 이런 시각에 나온 것이다.

나는 시계를 들여다보았다. 3시 15분이었다. 누구하고 만날
약속이라도 있는지 모르겠다. 가만히 그의 동정을 살핀다. 그
러나 누구를 기다리는 것 같은 기색도 아니었다.

그를 사랑했었다. 그러나 나는 천연스럽게 그러한 것을 묵살
할 수 있었다. 그가 10여 일 동안이나 나타나지 않았던 이전에
나는 애정에 대하여 무관심할 수 있다는 것을 자신했었다. 사
랑을 환상이라 했다. 나는 지금도 그렇게 믿고 있다. 그러나 사
랑을 환상이라 한다면 인간의 삶 자체가 환상일 수밖에 없다.

고향에 살 때, 퍽 어린 시절의 일이다. 지방공연에 온 악극단
의 지휘자, 구경 가서 한 번 본 사람을 나는 사모했다. 푸른 조
명 밑에 선 연미복의 지휘자는 실로 위대했던 것이다. 그 밖에

도 마라톤 경주에 1등한 사내아이, 학예회 때 공주가 된 동무를 무척 혼자서 사랑했다. 그러나 그런 사랑을 느낄 적마다 나는 쓸쓸한 내 주변의 광장을 두리번거리게 되는 것이었다. 그러한 외로움 속에서 나는 훌륭해지려고 했다. 그리고 위대한 것을 바랐다. 그것은 고독에 대한 일종의 반항이었던 것이다. 찬수만 해도 그랬다. 학예회나 운동회 때의 영웅들처럼 그를 위대하다고 생각했고, 그런 성질로서 그를 사랑했다. 모두 환상이었다. 날아가 버린 일들이다. 찬수가 어떻게 죽었든, 누구나 죽어야 하는 죽음을 당해버린 추억이다. 이미 내게는 그의 죽음에 대한 슬픔조차 남아 있지 않았다. 그의 형체가 이 세상에서 소멸된 그 사실처럼—.

상현 씨에게는 부인이 있다. 딸아이도 하나 있다고 했다. 우리 훈아薰兒 또래의 계집애인지도 모른다. 그것이 내 애정을 내가 천연스럽게 묵살하는 이유가 된단 말인가? 실상은 그렇지 않을는지도 모른다. 나는 미구에 올 내 죽음을 바라볼 때, 내 혈육들의 죽음을 생각할 때, 찬수의 죽음은 괴뢰군의 유기시체遺棄屍體나 차량 밑에 깔려 죽은 그러한 행인의 시체와 더불어 뜻을 갖는다. 죽음은 애정을 결정적으로 짓밟는다. 투명한 어둠 속—내 감각은 때로 그렇게 되어지는 것이다—에서 대부분의 인간들이 그러했던 것처럼 나에게도 신은 없었다. 인간이나 기계가 오만불손해서가 아니다. 그것은 진실로 절박한 내 마음의 사실인 것이다. 이러한 지역에서 애정이나 인간이 인간들에게 부여한 조건이 있다는 것은 도시 어처구니가 없는 일이기도 하다. 내가 이렇게 엄청난 생각을 하고 있는 것은 도대체 무슨 까닭일까? 그러나 나는 이따금 그런 생각을 하는 것이고, 실상 그것은 또 불가피한 인간사 중에서 남겨지는 하나의 쥐구멍 같은 도피의 구실이거나 파괴적인 쾌감인지도 모른다.

요는 상현 씨에게 부인이 있다는 것과, 상현 씨가 살아온 세계하고 내가 살아온 세계하고 다르다는 것, 애정 그 자체를 모두 통틀어 경멸하고 싶고 도외시하고 싶은 것이다. 마치 『아큐정전阿Q正傳』에 나오는 주인공 아큐처럼 전연 엄청난 구실이나 생각을 마음속에 다져두었다가 세상사를, 그리고 뭇사람들을 혼자서 경멸해보는 것인지도 모른다. 사실 누가 내 마음을 객관화한다면 그야말로 나는 아큐처럼 바보고 웃음거리일 것이 분명하다.

상현 씨는 지금 나와 대각선을 이룬 곳에 앉아 있다. 최초의 자세 그대로 열심히 신문을 들여다보고 있다.

한국이라는 좁은 풍토 속에서 그는 상류계급에서 자라난 사람, 나는 하류계급에서 자라난 여자다. 신파나 영화 같으면 다소의 낭만의 윤색으로 아름다운 비극이 하나 생길 테지만, 실제의 흰 벽과 부글부글 끓는 하수도 사이에 시詩는 존재하지 않는다. 나는 상현 씨를 사랑한다. 그러나 그들의 세계에서 풍겨지는 모든 것에서 내가 고립되고, 그것들 속에서 어이없는 광대가 된다는 것을 잘 알고 있다. 내가 가진 모든 것과, 그가 가진 모든 것이 부딪쳤을 때, 나는 그것을 생각하는 것이다. 수습이 되지 않는 것을 생각하는 것이다. 나는 결코 흉하게 그의 앞에 꿇어앉지는 않을 것이다. 진정 정직하다는 것은 나를 굴종시키지 못할 것이 아닌가? 동시에 애정 앞에 허위가 있을 수 있을 것인가? 사랑이 꿈이 아니고 환상이 아닐 것을 바라는 마음에서, 허용된 시간이 흐르는 동안의 진실을 바라는 마음에서, 사랑한다는 것과 정직하다는 것, 그것만이 외로울 수 없다는 것이다.

뜨개바늘을 놓고 상현 씨를 바라본다. 왜 이렇게 내가 열중하는지 모르겠다. 이 열중은 전연 모순 덩어리인 것이다. 추위도 잊은 듯 볼이 탄다. 지나친 흥분이다. 그러한 진실이 어떻다는 것인지 반문하고도 싶다.

투명한 흑색黑色이 마음속에 밀려 들어온다. 모든 것이 뿌리째 흔들리며 알 수 없게 되어갈 뿐이다. 혼돈과 또 혼돈이—모순과 또 모순이—.

상현 씨는 들여다보고 있던 신문을 밀쳐버리고 호주머니 속에서 담배를 끄집어내어 입에 문다. 그리고 테이블을 톡톡! 치며 고개를 들어 나를 바라보았다. 성냥을 달라는 것이다. 마침 광희는 어디 갔는지 없고 명자도 구석에서 다른 손님의 시중을 들고 있었다. 나는 일어서서 성냥을 들고 상현 씨 앞으로 갔다.

"좀 앉으시죠."

상현 씨는 성냥을 받아 들면서 턱으로 맞은편 의자를 가리킨다. 나는 부자연스럽게 망설이며 앉았다. 상현 씨는 내 얼굴 위에 담배 연기를 뿜으며 멍한 표정이다. 사람을 앉으라 해놓고 그는 무슨 다른 생각을 하고 있는지 허공을 보고 있는 것이다. 나도 고집스럽게 말을 하지 않았다.

"차를 안 주시겠어요?"

한참 후에 상현 씨는 나를 보고 웃었다. 나도 웬일인지도 모르게 따라 웃었다.

"미스 유, 여기 커피 가져와요."

나는 명자에게 손을 들어 보인다.

"왜 이렇게 손님이 없어요?"

"날씨가 워낙 춥지 않습니까. 그리고 이 시간에는 대개 손님이 끊어져요."

"정말 날씨가 좀 풀려야겠는데. 마돈나의 영업을 위한 뜻에서도……."

잔잔한 눈으로 나를 본다. 하는 말에는 별반 뜻이 없다. 그의 눈이 더 많은 뜻을 발산하며 나를 보고 있는 것이다.

"풀려야죠. 하긴 방학이 돼서 줄곧 나오시던 분들도 당분간은……."

"참, 여기에 대학 교수님들이 많이 나오신다죠?"

비꼬는 말투였을 뿐 아니라 냉소까지 띤다. 이상하다. 그의 전직은 교수다. 어째서 그는 교수님이라는 공대에다 냉소를 던지는 것일까? 평소의 그답지 못한 일면이 아닐 수 없다. 그는 언제나 과묵하고 겸허한 사람이다. 하긴 뜻을 품은 침묵의 명수名手이기는 했지만. 일면 그가 대학의 교수직을 버리고 신경을 탕진해야 하는 거친 언론계로 들어온 이유가 궁금하다. 노골적인 저 반감을 표시한 이유도 궁금했다. 의심을 품는 마음속에서 나는 어느새 그의 과거를 더듬고 있는 것이다. 상현 씨는 부인과 연애결혼을 했을까? 그러나 나는 이내 그 생각을 지워버리고 말을 했다.

"저희들이 연락을 충실히 해드리니까요."

그러니까 대학의 교수들이 온다는 뜻이다. 그러나 상상을 헤매고 있었던 나는 그 대답이 커다란 공간을 울리는 이상한 음향이 되어 사라지는 것을 느꼈다.

"하긴 친절해서 마돈나에 모두들 온다더군요."

상현 씨의 말도 직각적인 것은 아니었고 아까처럼 별반 뜻이 있는 말도 아니었다. 어쩌면 그도 내가 그의 과거를 더듬고 있었던 것처럼 내 일을 생각하고 있었는지 모른다. 그러나 나는 마음속으로 그 일을 일소에 부쳐버렸다. 그를 위해서도 나를 위해서도 그것은 서글프기 그지없는 공상이었기 때문이다.

명자가 커피를 날라 왔다.

"친절은 저희들의 노동수단이니까……."

커피잔 속의 다갈색 액체에서 서려나는 김을 내려다보며 중얼거렸다. 그 말은 또 한 번 공간을 울리고 사라진다. 바람이 유리창을 뒤흔들고 가버린다.

"날씨가 차서 금세 식어버리겠어요."

그에게 커피 들 것을 권한다.

잡티가 없이 맑은 얼굴이다. 어둠이 깃든 눈이기는 하지만 조금도 옹색하지 않은 너그러움이 가만가만 배어온다. 아무리 반발해보아도 그것은 윤택했던 그의 생장의 소산인 것만은 숨겨질 수 없는 것이다. 가만히 내 손을 내려다본다. 이 손이 거쳐온 가지가지의 직업들, 내게는 너그러움이란 도무지 없다. 투쟁심과 반발심을 교묘하게 감추어온 것뿐이다. 나긋나긋하고 갸름한 손은 아직 아름답기는 하다. 한참 동안 그렇게 손을 내려다보고 있노라니 이상스럽게 광적인 것을 손에서 느낀다.

"어째 마담은 늘 뜨개질이오?"

상현 씨의 시선도 내 손 위에 머물렀던 모양이다. 고개를 들었을 때 그는 천천히 내 눈과 맞서는 것이었다.

"그것도 노동수단인가 보지요."

쓸쓸하게 웃어버렸다. 상현 씨는 거무죽죽하게 기미가 피어 있는 내 눈언저리를 빤히 쳐다본다. 손을 들어 확 눈을 가리고 싶다. 피곤해진 내 얼굴이 부끄럽고 비참하다. 그러나 나는 오만스럽게 정지한 상태를 그대로 지켰다.

"생활이 어려우신가요?"

상현 씨는 담뱃재를 재떨이에 떤다.

"어렵기야 하지만 뜨개질이 무슨 도움이 되나요? 그것은 집안일이죠. 하긴 한참 어려운 고비에는 밤일도 했죠."

"밤일이라니요?"

당황한 듯 조급히 묻는다. 눈을 내리깔았다. 그런 말은 전혀 필요가 없었던 말이다. 상현 씨한테 생활의 어려움을 호소할 아무런 이유도 없다. 후회는 찝찔하게 마음을 적신다. 상현 씨는 밤일이라는 어구에서 좋지 않은 일을 연상하는 눈치다. 나는 밤일에 대하여 설명을 하고 싶은 강한 욕망을 느꼈지만 그만두고 말았다.

번역이라고, 그야 일본 책 번역이지만, 그것이면 족한 대답이 될 수 있는 것이다.

"이만치 고정된 손님이 오는 다방이면 생활이 곤란할 리가 없는데…….."

그는 다분히 방관적인 태도로서 감정을 내 앞으로부터 물러세우는 것이었다.

"빚이 있어 그래요."

오랫동안 무거운 침묵이 흘렀다. 자리를 일어서야 했을 것을 나는 그러지 못하고 앉아 있는 것이다. 아까 눈언저리에 핀 기미를 쳐다보던 때처럼 상현 씨는 깊은 오뇌를 품은 눈을 들었다. 눈이 나에게로 다가오는 것이다. 그의 체취가 내 피부에 배어오는 듯, 상현 씨의 눈길이 강해진다.

"도대체 밤일이란 무엇이죠?"

낮은 목소리다. 그러나 거칠었다.

"밤일이라 해서 요정에나 나가는 줄 아세요?"

그의 관심은 나에게 여유를 주었다. 그의 눈에도 미소가 돌아왔다. 어쩌면 상현 씨는 요정 이상의 직업을 상상했는지도 모른다.

"그럼 무슨 일이죠?"

조심스럽게 묻는다. 미안했던 모양이다. 굳이 알아야 하는 것은 아니면서도 자기의 태도를 갑자기 수습할 수 없었던 타성적인 말이다.

"뜨개질 비슷한 품팔이죠, 뭐……."

나는 슬그머니 웃어버렸다. 다방 마담과 소설 번역, 도무지 어울리지 않는 것을 실토한다면 뭔지 어릿광대 노릇이 될 것만 같다. 그렇다고 해서 내 과거를 길게 설명하기는 쑥스럽고, 또 그런 분위기도 아니다. 그러나 일순간 나는 행복한 것 같았다. 거칠었던 목소리와 오뇌를 품었던 눈은 내 감정을 크게 자극한 것이다. 잠자코 창문을 바라본다. 서로의 사이를 오가는 뿌연 안개 같은 것, 그것은 감미롭고 화사한 것이다.

빙판을 이룬 유리창이 눈앞에 어른거린다. 유리창에는 수증기가 묘한 모양으로 얼어 있었다. 이상한 상상도가 내 머릿속에 전개된다.

얼음의 무늬는 울밀한 수림도 되고 묘망한 바다도 되고 신기루 어른거리는 사막도 된다. 그곳에는 전설과 우리들과 서로의 입김, 속삭임이 있고 푸른 섬 안의 우리들의 집도 있다. 그리고 농담濃淡의 각종 채색彩色과 은은히 번져가는 음音이 있다. 바람 소리, 파도 소리까지도— 그것은 내 내부 속에서 종합된 위대한 사랑의 예술이다. 사랑한다는 것은 이런 것이다. 무한한 환각 속에서 내 피가 따뜻하게 맴돌고 있는 이러한 것이다.

"오늘 바쁘시지 않으면 저녁이나 같이하실까?"

가만히 그를 쳐다보았다. 내 자신에게도 내 눈이 황홀하게 지각된다.

"어떻습니까?"

나는 돌연 피가 굽이치는 것을 느낀다. 이것은 무슨 감정의 율동인가? 10여 일 동안 그가 오지 않았을 때의 고통이 생생하게 되살아온다.

"또 거절입니까?"

"무엇 때문에 저녁을 같이합니까?"

나는 비로소 트집을 부렸다.

"그렇게 이유를 따지시면 거북합니다. 그저 같이 저녁을 하면서…… 때로는 이야기하고 싶어지는 순간이 있지 않습니까? 나는 당신하고 얘기가 하고 싶어요."

"마돈나의 마담으로서 말벗을 삼을 작정인가요?"

우스개로 돌렸다. 그러나 그 말이 끝나기도 전에 나는 깊은 패배감을 느꼈다.

"나는 강현회 씨하고 얘기하고 싶어요."

결과적으로 그에게 무엇을 확정하려 든 것이 되고 말았다. 그러나 상현 씨의 얼굴은 무심했다. 마치 소년처럼 순진한 미소를 띠고 있었다. 그 얼굴을 바라보면서 전전긍긍했던 내가 퍽 천했다는 생각이 들었다.

"그럼 다른 곳에서 기다려주시겠어요? 8시까지 가겠어요."

말하면서 나도 그를 따라 밝게 웃었다. 그러나 어쩐지 내 자신이 가엾었다. 그리고 그가 오지 않았던 10여 일 동안의 고통이 멀어져 가는 것 같기도 하고, 가까이 오는 것 같기도 했다.

"여기서 기다리면 안 됩니까?"

그것은 물론 실없는 말이었다.

"영업상."

나는 간단히 대답하고 일어서면서 그를 내려다보았다. 그도 이마 위에 굵은 주름을 잡으며 나를 쳐다보았다. 강렬한 정감이 교차한다. 가벼운 현기증을 느끼며 발을 떼놓았다. 마돈나는 무인도처럼 고요하기만 했다. 그것은 끝없는 바다와 같은 것이었는지 모른다.

상현 씨는 만날 장소를 지적하고 외투 깃을 세우며 나가버렸다.

3

상현 씨가 나간 뒤 낯익은 오후 손님들이 한둘씩 나타나더니 이내 자리는 듬성듬성 메워졌다. 실내 가득히 찬 뿌우연 담배 연기가 가벼운 기류를 타고 누우렇게 된 전등갓 주변을 맴돌고 있다. 별안간 날씨가 누그러진 것도 아닐 텐데 유리창의 얼음이 녹기 시작한다. 희끄무레한 하늘빛이 어린다. 그것이 차츰차츰 어두운 상태로 되어가고 있다. 그러고 보니 어느새 바람은 멎었고 바깥에서는 질주하는 자동차의 클랙슨이 요란스럽게 가로를 흔들고 있었다. 유리창을 따라 내 시선이 옮겨진 곳에 창만 바라보고 앉았는 소상이 있다. 별로 할 일이 있는 것 같지도 않은데 저녁이면 와서 창가에 앉는 젊은 시인 민우閔宇 씨다. 젊음이 내부에서 위축되어 버린 듯 그렇게 단려端麗한 얼굴이다. 민우씨는 시인이고 미남인데 왜 항상 여자 동무도 없이 저렇게 외로운지 모르겠다. 시를 써야 한다는 것이 벌써 비극인 것 같다. 그리고 그는 선량하다. 그 선량함이 하나의 구경거리로 취급되고 있는 현실을 그는 모르는가? 모르기 때문에 그는 시를 써야 하는가. 거대한 힘들이 사방에 충만되어 있는데 항거를 잃은 듯 선량한 예술은 지금 금속적 채광을 받으며 표류하고 있는 것이 아닐까? 나는 카운터에 턱을 괴고 소상처럼 앉아 있는 민우씨의 쓸쓸한 옆얼굴을 바라본다.

광희는 민우 씨를 좋아한다. 광희는 문학소녀다. 소녀 시기에 누구나 가질 수 있는 애상과 연정이 거침없이 단려한 젊은 시인에게로 향하여지고 있는 것이다. 그것은 애처로운 찰나의 연속이다. 그러나 광희의 육과처럼 단단한 젖가슴은 향기롭다. 세상이 덜 삭막해지는 아름다움이다.

민우 씨하고 약간 떨어진 곳에 화가들이 서넛 모여 있다. 본격적인 화가들은 아니다. 전문적인 삽화가들이다. 어느 신문소설의 삽화를 둘러싼 이권 쟁탈인지, 낙찰 방법의 논의인지, 그것은 어느 것이나 결국 마찬가지지만 아무튼 그런 것을 모의하고 있는 기색으로 주고받는 기색이 심상찮다. 광희와 명자는 바쁘게 차를 나르고, 나도 사방에다 신경의 망을 폈다. 가죽잠바를 입은 무명 평론가들의 논쟁도 단편적으로 들려온다.

"……한두 번의 편지질밖에 한 일이 없는 모리악이, 당신은 왜 우리들의 편이 되지 않느냐, 그것 이외 해결의 길이 있다고 생각하느냐고 한 말에 마르셀이 신의 부름을 느끼고 가톨릭으로 개종했다는 것은 도무지 무모한 이야기거든."

"물론 직접적인 동기는 모리악의 그런 편지였다고 마르셀은 말하고 있지만 그때 벌써 마르셀은 종교철학의 체계를 세우고 있었지."

"애매한 이야기야. 공리주의나 마르크시즘보다 가장 리얼한 실존철학을 들고 가톨릭에 낙찰을 시켰다는 것이 말야……."

명자가 찻잔을 들고 오며 얼굴을 찌푸린다.

"저 사람들은 밤낮 저렇게 떠들어."

웅성웅성한 사람들의 말소리 중에서도 유독 높은 목소리의 무명 평론가들, 이 시간은 그들 정력의 배설 시간인가.

"……서투른 작곡자인 마르셀은 위대한 로맨티시스트지. 사람들은 다 각기 마음속에 자기의 곡조를 갖고 있는 거야. 하찮은 자기 노래에 감격하는 것이 인간이고, 또 그것이 주관이지.

그리고 그것이 바로 신이야, 신!"

"그렇게 말을 비약시키는 법이 어디 있어. 자네야말로 위대하지는 못해도 로맨티시스트다. 비평은 언제나 알고 하는 법이라. 어디서 슬쩍 주워 읽은 것으로 말이 되나."

"뭐? 보지도 못한 신을 믿는데 사상이고 개똥이고 무슨 뜻이 있어. 하늘만 보고 있을래기지."

"핏대를 세우지 말 사다. 그렇게 무의미하다면 비평도 무의미야. 밥만 먹고 똥이나 싸……."

이들의 설익은 논쟁이 끝나려면 아직도 이삼십 분은 남아 있다. 그들은 침이 마르면 일어서서 뒷골목의 막걸릿집으로 찾아간다. 아마 거기서도 논쟁은 벌어질 것이다. 나는 얼굴을 돌렸다. 의식적으로 내 시선은 어느 부분을 껑충 뛰어넘어 카운터의 청동 꽃병에 와서 머물렀다. 아까 상현 씨가 앉았던 자리에 공교롭게도 최 강사가 앉아 있는 것이다.

얼마 동안의 시간이 지나갔다. 실내는 환하게 밝아왔지만 창유리 밖의 하늘은 칠빛이다. 출판사의 사람들이 찻값을 내고 웃으며 나간다. 그들 속에 섞여서 나가는 Y출판사의 사장 김 선생은 찬수가 살아 있을 때 번역거리를 갖다주던 사람이다. 그때 우리들이 하던 아르바이트치고는 가장 고급에 속하는 일이었던 것이다. 따라서 그하고는 사변 전부터의 구면이다. 전쟁통의 불경기를 용하게 거쳐 지금은 사원을 네댓 명이나 두고 사업도 번창한다는 것이다. 김 선생은 지난봄에 20만 환짜리 수표를 놓고 간 일이 있었다. 그때 나는 다방 앞의 거리에까지 쫓아 나가서 그의 스프링코트 자락을 잡았다.

"김 선생! 우리 피차 원수지지 말고 삽시다, 네?"

수표를 내밀었다. 그 후부터, 그는 나한테, 점잖은 손님이 되어주었고 또 친구로서 믿게 해주었다. 원체 그는 바탕이 선량했으니까. 그리하여 그는 내가 요구만 하면 고급 아르바이트인 번역거리도 갖다주게 되었다.

어느새 자리는 이 빠진 것처럼 비어 있고, 재즈곡이 신나게 들썩거리고 있는데도 마돈나의 분위기는 가라앉는다. 짐을 거둔 장터처럼 쓸쓸하다. 최 강사만은 초연한 표정으로 담배를 빨면서 끈질기게 남아 있었다. 나는 최 강사를 싫어한다. 그것은 거의 본능적인 것으로 어떤 설명을 붙일 수도 없다. 최 강사는 중키에 얼굴이 희멀쑥하고 지식인다운 인상을 준다. 그러나 지저분하게 충혈된 작은 눈에는 가끔 교활한 그림자가 넘실거린다. 교활한 그림자는 비굴해졌을 때 한층 현저히 나타나고 존대해지는 경우에는 다소 엷어지는 그러한 것이다. 최 강사의 손은 체격에 비하여 아주 작다. 그 작은 손에 붙은—왜 그런지 붙어 있는 것 같았다—다섯 개의 가는 손가락 그것을 볼 적마다 다섯 마리의 흰 실뱀이 꿈틀거리고 있는 듯하여 내 등허리가 으스스 추워지는 것이었다.

최 강사는 B대학의 경제과에 강좌를 갖고 있는 소위 학자다. 가끔 잡지나 신문에 글도 더러 실리는 것을 보지만, 그것은 대개 낡은 학설들의 도용에 불과한 것이었다. 그래도 최 강사는 젊은 교수라는 자부심이 대단할 뿐 아니라 노력도 어지간히 한다고 들었다. 그러나 내가 보기에는 결코 두뇌가, 특히 학술적인 두뇌가 좋은 사람은 아닌 것 같았다. 사회를 헤엄질하는 처신 방법이나 상식의 암기 따위라면 몰라도 창조할 수 있는 능력이나 분위기를 못 가진 사람 같았다. 그런 점에서도 나는 그를 경멸하고 싶었다. 그렇다고 해서 공평해야 할 다방 마담의 친절을 그에 한하여 거부할 이유는 없다. 그런데 못난 저 경제학자는 내가 자기를 좋아하는 표현으로 그 친절을 받아들이고 있는 모양이니 딱한 노릇이다. 정중함이 항용 필요 이상의 호의에 대한 방패인 것도 모르는 자부심 많은 저 지식인을 볼 때에 나는 페이소스가 흐르지 않는 해학을 느낀다. 그의 눈알이 빨갛게 흐려진 때문이 아니라 또 손가락이 실뱀처럼 늠실거려서가 아니라 뭔지 모르게 그의 모든 것은 찌그러진 흉물처럼 치적치적하고 그에겐 우마차에 끄들린 늙은 소의 육괴肉塊처럼 찔깃한 것이 있다. 그 찔깃한 분위기가 없었던들 단순히 허영심 많은 남자로서 그다지 미워하지 않았을지도 모른다.

소상처럼 앉았던 민우 씨도 돌아갔다. 언제나 늦게까지 원고를 기다리는 잡지사의 기자들도 돌아가고 없다. 나는 최 강사가 석간신문을 요구하였기에 그것을 갖다주고 난롯가로 왔다.

"날씨가 몹시 춥죠?"

난로에다 조개탄을 집어넣으며 최 강사에게 말을 걸었다.

"아 참, 대단하군요."

의젓하게 대답을 한 최 강사는 충혈된 두 눈을 들어 나를 쳐다본다. 땀이 밴 남의 손을 잡았을 때처럼 미적지근한 불쾌감이 내 등골을 타고 내려간다. 불을 쬐며 시계를 들여다본다. 7시 30분이다. 광희한테 맡기고 상현 씨를 만나러 가야지.

최 강사는 내가 갖다준 신문을 그대로 둔 채 책만 한 권 들고 난롯가의 의자로 옮겨 온다.

그는 원서의 책장을 팔랑팔랑 넘기며 무슨 말이라도 늘어놓을 듯 나를 자꾸만 쳐다보는 눈치였지만 나는 난로만 내려다보고, 눈이 마주치기를 피하고 있었다. 최 강사는 시위라도 하는지 책장을 넘기기도 하고 읽는 시늉도 한다.

카운터로 돌아온 나는 핸드백을 꺼내어 얼굴을 고치고 머리를 매만진 뒤 외투를 걸친다. 광희는 턱을 괴고 시집을 읽고 있다. 명자는 내가 하던 뜨개질을 하고 앉아 있었다. 손님이라곤 최 강사와 다른 낯선 남녀가 한 쌍 있을 뿐이다.

"나가보겠습니다."

목도리를 잡으며 최 강사한테 허리를 구부렸다.

"나도 같이 나갈까요?"

엉거주춤 일어선 자세로 최 강사는 말했다.

"약속이 좀 있어서요."

거절의 뜻으로 다시 한 번 허리를 구부렸다. 그에게 무안을 주었다는 생각보다 그가 어느 기대를 가지고 있었다는 것이 밉살스럽고 또 우스꽝스러웠다. 최 강사는 어지간히 불쾌한 표정이다. 심한 모욕이라도 받은 듯 얼굴이 일그러져 있었다. 나는 문을 밀고 밖으로 나왔다. 앙상한 가로수가 어둠 속에서 흔들리고 있었다. 나는 목도리를 잡아당기며 입술을 눌렀다.

어둠 속에 솟아 있는 건물과 가로수, 쭉 뻗어 있는 길과 전선줄과 전차 선로, 이런 것이 멀리 가까이서 비치는 불빛과 그 불빛들의 여광餘光 속에 잠겨 있다. 그것들은 암색暗色과 원색原色을 짓눌러서 그려낸 신비로운 그림들처럼 한 폭 한 폭 전개되고 사라진다. 도시가 갖는 밤의 음률, 바람 소리, 차량들이 일으키는 금속성까지도 그림들 속의 여운처럼 안개처럼 깔리며 흐르고 있다. 나는 지금 환상에 싸여 밤을 밟고 가는 것이며 이 환상의 연속은 드디어 상현 씨에게 이를 것이다.

신문지가 발길에 감겨든다. 낙엽처럼 감겨든다.

4

상현 씨하고 만나기로 약속한 다방에 못 미쳐서 눈이 내리기 시작했다. 명동 거리의 네온사인이 빛깔처럼 번져 나오고 있었다. 다방 호수의 문을 밀고 들어갔다. 상현 씨는 담배를 손가락 사이에 끼고 멍하니 앉아 있었다. 뭔지 공백된 거리를 두고 전하여오는 그의 얼굴에는 적막한 그늘이 있다. 가까이까지 가는 동안 그는 거의 나를 의식하지 못하고 있는 것 같았다.

"아, 오셨어요?"

겨우 시선을 보내며 웃었다. 생소한 웃음이다. 어느 생각에서 놓여나지 못한 듯 혼란이 일고 있었다. 나는 자리에 앉지 못하고 선 채 그의 희끄무레한 웃음을 바라보았다.

'내가 잘못 온 것이나 아닐까?'

후회 비슷한 것이 마음 한구석을 씹는다.

'어쩌자고 나는 이 사람을 만나러 온 것일까?'

커다란 소沼가 아가리를 딱 벌린 듯한 느낌이 든다. 눈을 내리깔았다. 테이블 위에는 자리 값을 하느라고 청해놓은 듯한 홍차가 그대로 있었다.

"그럼 바로 나가실까?"

상현 씨는 찻값을 테이블 위에 놓고 일어선다. 희끄무레한 웃음은 사라지고 그 대신 눈에는 빛과 생기가 돌아왔다. 비로소 나를 인식한 것 같은 표정이었던 것이다. 그는 어깨 위에 손을 얹으며 나를 가볍게 맴돌렸다. 밖에 나가자는 것인데, 그러한 행동은 자연스럽고 정다운 것이었다. 다방에서는 경쾌한 왈츠가 삼박자를 새기며 흘러간다. 내 마음도 해빙기를 만난 것처럼 따뜻하게 누그러지고 있었다.

밖으로 나온 우리는 가장 가까운 사람다운 분위기 속에서 천천히 걸었다.

"무엇을 그리 생각하고 계셨어요?"

"무엇을 생각하느냐고요?"

상현 씨는 바싹 다가서면서 반문했다.

"제가 옆에까지 가도 모르시더군요."

"아마 일거리를 생각하고 있었을 겁니다."

생소했던 웃음처럼 섭섭한 대답이다. 나를 기다리면서 일거리에 골몰하고 있었다니, 그러나 그가 만일 현회 씨를 생각하고 있었소, 했다면 아마도 나는 쑥스러워했을 뿐 아니라 상현 씨를 얄팍한 남자로 생각했을 것이다. 한동안 서로 말없이 걸었다. 그새 굵어진 눈송이가 내 외투 위에도 상현 씨의 외투 위에도 날아내린다. 우리가 막 나일론숍 앞에 이르렀을 때였다. 그곳에서 물건을 사가지고 나오는 여자가 한 사람 있었다. 고급 모피 외투에다 털신을 신은 여자의 차가운 옆얼굴은 내가 잘 알고 있는 윤계영尹桂榮이었다. 만나도 반갑지 않고 오히려 피하고 싶은 계영이다. 그러나 고개를 돌린 그의 시선은 벌써 나를 잡고 있었다. 그 역시 나와 마찬가지로 나를 반가워할 처지가 못 된다. 그것은 계영의 우월감이 용서치 못하는 일이다. 계영의 시선이 나를 잡는 동시에 말이 날아왔다.

"어디 가니?"

쌀쌀한 목소리가 휘감겨왔다고 느낀 순간 계영의 눈은 재빨리 상현 씨한테로 달려갔고, 목례가 되더니 다시 내게로 돌아온다. 검찰관 같은 차가운 눈, 음산한 사려가 숨죽이고 있는 눈이다.

"저녁 먹으러 가는 거야."

태연하게 그의 눈을 물리쳤다. 그리고 호화스러운 복장에 노골적인 야유의 눈을 준다. 물론 그것은 무력한 대전이다.

"참 세월이 좋구려. 그런데 지금은 뭘 하지?"

"다방의 마담이랍니다."

말꼬리를 길게 뽑았다.

"떡장수를 한다던가? 뭐 음식점을 한다는 소문이더만 잘하는군."

계영은 번득이는 눈으로 상현 씨를 흘겨본다. 떡장수라는 말은 상현 씨에게 알아들으란 말이요 잘한다는 말은 잘 놀아먹는다는 비양이다. 나는 가늘게 뜬 눈에 불길을 뿜으며 웃었다.

"그럼 가보아."

모조 다이아의 이어링을 흔들며 돌아서는 계영의 얼굴은 모멸적인 웃음을 유감없이 드러내고 있었다.

'곡마단의 여두목이면 몰라도 그 몸짓과 말씨로써는 숙녀의 자리가 퍽 불안하겠어.'

증오감을 달래듯 그런 말을 입속에서 뇌어본다.

"어떻게 그분을 아시죠?"

상현 씨의 우울한 목소리가 들려왔다.

"그 대령님 부인 말씀인가요?"

교수님이라 하던 상현 씨의 시니컬한 공대를 의식적으로 본땄다.

"그분의 남편이 대령이던가요? 준장이란 말을 들었는데……."

준장이라는 계급을 존중한 뜻에서 한 말은 아니다. 그러나 계영이 아무 권리 없는 모욕을 나에게 던진 뒤였기에 그의 말은 불쾌했다.

"그동안 승급을 한 모양이군요."

"어떻게 아시죠?"

재차 묻는다. 좀 집요하다.

"동창이에요."

"여학교의?"

"여학교도 그랬고, 대학도 같이 나왔죠."

상현 씨는 좀 의외라는 듯 나를 넘겨다보며 걸음을 늦추었다. 나는 고개를 수그렸다. 계영의 웃음이 발걸음마다 밟힌다. 명문 출신인 상현 씨에 비하면 계영은 소위 급조귀족急造貴族이다. 그 급조의 경위를 내가 너무나 잘 알고 있는 데서 그와 나 사이에 반목이 시작되었을 것이다. 그는 나를 경멸하고 또 나는 힘껏 그를 경멸하고.

나하고 계영하고 관련된 역사는 길다. 20여 년 전의 이야기다. 국민학교 훈장이던 계영의 아버지 윤 씨尹氏를 꾀어낸 사람은 팔난봉 같은 내 아버지였다. 아버지는 그 친구를 끌고 중국으로 만주로 돌아다니며 여러 가지 사업에 손을 대었다. 아버지는 흥망무상했던 방랑 생활 속에서 돈 잘 쓰는 한량이었다. 그러나 윤 씨는 그렇지 않았다. 돈을 만지는 솜씨에 규모가 있어 가족들에게 보내지는 돈은 여러 가지 부동산으로 변했다. 말하자면 알뜰했던 사람이다. 그러나 윤 씨는 해방이 되기 바로 직전에 금괴밀수 사건으로 체포되어 서울로 왔다. 그는 형무소에 미결수로 있었는데 그 형무소살이는 해방과 더불어 혁명지사니 망명객이니 하는 엉뚱스러운 이름을 붙이게 되는 결과가 나왔다. 그리하여 중국을 무대로 단련된 능수능란한 수완으로 일인들의 여러 가지 사업체를 접수하여 벼락부자가 되고, 아울러 정객 노릇을 하더니 민의원까지 지내게 된 것이다. 그리고 만주에서 사귄 만주군의 무슨 장교인지 하사관인지 아무튼 그런 전신을 가진 청년에게 딸을 주어 그 사위가 준장에까지 출세를 했으니 대단한 한국적인 급조귀족들이다. 그렇게 도금鍍金된 그들의 광채를 나는 비웃지만 계영은 나를 씨종 취급을 해야만 스스로의 권위가 서는 것으로 알고 있는 모양이다.

미도파 앞에 이르렀다.

합선된 전선줄이 불을 뿜고, 전차는 지나간다. 레일 위를 갈고 지나간 수레바퀴 소리가 오래도록 뇌신경을 진동시키고 있었다. 길을 건넜다. 어디를 가는지 알 수 없다. 높은 건물을 따라 걸어간다.

"그럼 S대학의 영문과를 나오셨단 말씀이군요?"

새삼스럽게 상현 씨는 물었다. 서로 엇갈렸던 것이 겨우 마주치기라도 한 것 같다.

"계영은 영문과였지만 저는 사학과였죠. 정말 시세 없는 과목을 택했더군요."

열적게 웃었다.

"그럼 그렇게 좋은 학벌을 갖고서 왜?"

"여학사하고 떡장수는 정말 어울리지 않는 일이군요. 호호홋……."

어둠 속에 내 웃음이 울린다. 눈앞이 희미하게 흐려진다. 전전하던 피란 생활의 고통이 생각났다. 굶주림 속에서 훈아를 낳았던 일. 별안간 터져 나온 웃음에 무색했던지 잠시 말이 없던 상현 씨는,

"그런 뜻에서 말한 것이 아닙니다. 현재 현회 씨한테 적당한 직업이 따로 있을 것이란 말입니다."

"다방의 마담이 천하다는 말씀이군요. 그렇지만 산다는 것은 퍽 귀중한 일이에요."

"천하기보다 성격상 맞지 않을 거요. 학벌이 좋으니까 다른 적당한 직장이 있겠다는 생각입니다."

"그렇지도 않아요. 다른 직업보다 매력 있는 직업이라 생각해요. 적어도 독립이니까……."

말만은 그렇게 했다.

"사실은 선생님이 적당하다는 직장에서 여러 번 쫓겨났어요."

덧붙인다.

"쫓겨났다고요? 왜?"

"질서라든가 명령에 견뎌 배길 수가 있어야죠. 먹을 것이 없어지면 양말장수 비누장수 막 닥치는 대로 해먹던 장돌뱅이 버릇이 있어 그런지 모르지만."

"어지간히 고집이 세게 생겨먹은 얼굴이기는 해요."

상현 씨는 노다지로 털어놓는 내 말이 재미있다는 듯 우스개로 응수한다.

"그렇지만 쫓겨난 직접적인 원인은 품행이 단정치 못하다는 것이에요."

서슴없이 주워섬긴다.

"품행이 단정치 못하다고요?"

"그럼요. 전 사생아를 낳았거든요."

"사생아?"

고개를 돌리며 그는 반문했다.

"혼인 수속도 하지 않고 애기를 낳았단 말예요."

마치 남 일을 설명해주듯 그에게 큰 소리로 말했다.

"아이아버지가 인지를 안 합디까?"

발끝을 내려다보며 다시 묻는다.

"아이아버지는 전쟁 때 죽어버렸거든요!"

여전히 남의 일처럼 무감동하게 소리를 질렀다. 상현 씨는 걷다 말고 멈칫 서버린다. 그리고 마주 보는 위치에 선 그는 생각 깊게 나를 바라본다. 비스듬하게 가등이 가려주는 그와 나 사이에 말 없는 눈만 내린다. 우리는 다시 걷기 시작했다. 발이 얼어서 멍멍하니 감각을 잃고 있다.

"우리는 도대체 어딜 가지요?"

"저녁을 하러 가는 길이죠."

"몹시 멀리 가시는군요."

"얼마 걷지도 않았는데…… 바로 저기가 대여돕니다."

"그런데 이 선생님은 어떻게 계영일 아세요?"

잊어버렸던 일을 꺼내어 물었다. 대답이 없었다. 가로수가 하나 또 하나 지나갔다.

"우리 집사람하고 친합니다. 선배라 하던가요."

"그럼 부인께서도 S대학?"

목소리가 이빨 사이에서 밀려 나왔다.

"1년 남짓 다니다 중퇴했답디다."

비로소 계영의 검찰관 같은 눈과 집요했던 상현 씨의 물음에 이해가 간다.

중국요리점인 대여도大麗都에 와서 상현 씨는 나를 돌아다보았다. 딱딱하게 굳어버린 마음, 그것은 냉엄한 일기보다 더 절실했던 일 같다.

"우울하시잖아요? 그냥 저는 가는 게 좋겠어요."

"왜 가셔야 합니까?"

"부인한테 죄스러워요."

어처구니없는 비굴한 대답이었다. 내 자신도 뜻하지 않았던 말이었다.

"아주 통속적이군."

상현 씨는 픽 하고 웃었다. 그러나 이내 노여운 듯 노려보더니 팔을 와락 잡아끌고 대여도의 문을 밀었다.

5

따뜻한 방이었다. 김이 무럭무럭 서리고 있는 물수건을 가지고 온 중국인 보이는 개기름이 번지르르 흐르는 얼굴 위에 야비한 웃음을 띠며 허리를 구부렸다. 그 웃음과 마주쳤을 때 지금껏 방황하고 있던 내 정신의 어느 보루가 일시에 무너져가는 것을 느낀다. 개기름이 흐르는 야비한 웃음 위에 계영의 모멸적인 웃음이 겹쳐진다. 한 인간과의 대좌가 아닌 애정하고의 대좌를 바라는 강한 욕망을 그러한 웃음들이 여지없이 짓밟아주고 마는 것이다. 나의 욕망과 그들의 모멸적인 거부의 웃음들은 현실 속에서 보이지 않게 뒹굴어가는 싸움의 모습들이다.

"뭘 하시겠습니까?"

보이의 한국 말씨는 유창했다.

"현회 씨는 뭘루 하시겠습니까?"

"아무거나 더운 것이면……."

"그럼 우선 해삼탕하고 탕수육, 그리고 또오 팔보채를 가져

올까? 그리고 술하고."

보이가 나간 뒤 상현 씨는 뒷벽에 기대어 앉으며 담배를 피워 문다. 위로 쳐들린 턱과 이마의 반반한 선이 소묘처럼 짙게 그어져 있다. 장신인 그에게 썩 잘 어울리는 곤색 양복의 모습에서 풍겨오는 것은 아직도 청년다운 젊음이다. 다만 면도 자국이 파아란 입언저리에 연륜과 세파의 시달림이 투영되어 있다. 그는 담뱃재를 떨면서,

"현회 씨의 자부심도 대단합니다."

"왜요?"

"자신이 있는 사람이 아니면 자기가 지닌 좋은 면을 감추지 않습니다."

"좋은 면이라니요?"

"현회 씨가 인텔리라는 점 말입니다."

"전 인텔리가 아녜요. 학교 간판을 두고 말씀해요?"

"그야 일반적인 구별이죠. 그런데 왜 그런 것을 감추시죠?"

"감추는 것이 아니에요. 필요가 없으니까 말을 하지 않았다뿐이죠. 그런 것을 자부심이라 할 수 있을까요? 도리어 교활한 처세술일 텐데……."

국산품을 애용하자는 포스터가 나붙어 있는 맞은편 벽을 멍하니 쳐다본다.

"교활한 처세술이라니요?"

"다방의 마담이면 마담답게 행세를 해야죠. 공연히 떠벌리면

경원을 당합니다."

"요는 그런 것을 헤아리게 하는 것이 자부심이라는 것이오."

"자부심이기보다 경험이에요."

그는 잔잔하게 웃고 있었다. 그의 눈을 바라보면서,

"하긴 가만히 생각해보면 우스워요. 공부를 하기 위하여 악착같이 장사고 뭐고 다 해보았는데 그 경험만이 살아가는 데 효과가 있으니 말예요. 졸업장 같은 것 휴지만도 못해요."

"학문이 반드시 먹고살기 위한 것만은 아니잖아요."

"그렇다고 할 수도 있겠죠. 그렇지만 그런 정열이 아무짝에도 소용없더군요. 거절당하기 일쑤였어요. 뒷받침이 없는 우리들에게는 더욱 그렇더군요. 그러니까 양말장수건 뭣이건 독립할 수밖에 없지요. 그리고 사실 거절을 당한 그곳에 정열을 바쳐야 할 의의도 없었어요."

"재미나는 말을 하십니다. 그렇지만 건전치 못하신데요?"

"대외적으로는 건전치 못하지만 저 혼자는 지극히 건전해요."

"하여간 오늘 밤엔 눈도 내리고, 참 좋은 밤입니다. 현회 씨하고는 영 가까워진 것 같습니다."

나는 화제를 돌리는 그의 말이 어딘지 서툴고 소년 같다고 느꼈다. 그래서 웃었다. 웃다가,

"저는 도리어 선생님하고 멀어진 것을 느끼는데요."

계영의 모멸적인 웃음이 눈앞을 지나갔다.

"왜 그렇습니까?"

"글쎄요……. 결코 선생님 편이 될 수 없을 거예요."

상현 씨는 잠시 머뭇거리는 표정이다. 실은 나도 왜 그런 말을 했는지 알 수 없었다.

"묘한 말을 하십니다."

마침 보이가 요리를 날라 왔다. 창밖에는 눈이, 함박눈이 막 쏟아지고 있었다. 흰 비닐 식탁보 위에 차례차례 요리들이 놓인다. 식욕에서보다도 흥분과 추위에 떨고 있던 나는 그런 마음을 녹이기 위하여 부지런히 음식을 입속에 밀어 넣었다. 상현 씨도 자작으로 술을 들이켜고 있었다. 음식을 먹다 말고 상현 씨를 쳐다보았다. 별안간 무엇이 가슴에 치민다. 마주 보고 앉았는 이상현이란 사나이, 그의 입술, 눈, 그리고 보기 좋게 뻗어난 팔. 피가 거꾸로 넘치는 것 같다. 얼굴이 화끈거린다. 이것은 무슨 충동인가. 나는 탕수육 속에 묻힌 잔뼈를 자근자근 씹으며 견딜 수 없는 육체적인 고독 속에 빠진다. 사랑과 반발이 서로 얽힌 내면에서 뜻하지 않았던 육체적인 고독이 채찍처럼 날아와 나를 후려치고 있는 것이다. 어쩌면 그것은 신비로운 율곡律曲이었는지도 모른다.

젓가락을 접시에 걸쳐두고 우두커니 손을 내려다본다. 상현 씨도 젓가락을 멈추고 나의 그러한 꼴을 가만히 바라보는 모양이다. 손을 맞잡으며 고개를 들어 그의 눈을 본다. 격렬한 교감에 또다시 얼굴이 타고 팔다리가 나른해진다. 나는 눈에서 뜨거운 것이 쏟아지기 전에 얼른 젓가락을 들고 음식을 입속에 밀어넣었다. 상현 씨도 술을 따르더니 훅 들이켰다.

"왜 저한테 저녁을 사시는 거예요?"

그의 눈을 피하며 물어본다.

"친해볼려구요."

"이야기하고 싶어져서 그런다고 낮에 아까 말씀하시고서……."

정감적인 목소리가 내 자신에게도 부끄러웠다. 나는 표정을 압축시켰다.

"그럼 현회 씨는 왜 새삼스레 물어보십니까? 이야기하고 싶어지는 마음과 친해지고 싶은 마음이 별다른 것인가요?"

능동적인 농담인데 갑자기 위태로워지려는 기색을 보인다.

"저하고 친해질 수는 없어요."

새로 날라 온 요리에 젓가락을 대면서 낮게 말했다. 흐트러진 마음을 한곳에 모으면서 나는 긴장한다.

"자꾸 그런 말을 하는데, 어째서 친할 수 없습니까?"

"저의 자존심이 강하니까요."

순간 그의 얼굴이 어둡게 흐려진다. 약간 고통스러워 보인다. 필경 그는 그의 아내 생각을 했을 것이다. 처자가 있는 조건과 내 자존심을 결부시켰을 것이다.

"피차 사는 세계가 다를 적에는 자연히 친해질 수 없을 거예요."

"세계가? 어떻게 달라요?"

"설명할려면 길어지고 또 설명도 잘되지 않을 거예요. 기질이 다르다고 해둘까요?"

웃으며 말을 끊어버리려고 하는데 그의 눈은 나를 좇아왔다.

"도무지 애매한 얘깁니다. 기질이 다르니 세계가 다르니 하고…… 아까부터 고의적으로 이야기가 빙빙 꼬여 돌아갑니다."

"표현이 잘못되기는 했지만, 그러나 모르셔서 자꾸 물으시는 거예요?"

그는 대답을 하지 않는다.

"저는 자존심이 강하다고 했는데, 그것은 제가 살아온 주변을 경멸할 수 없어서 한 말입니다. 그러니까 선생님들과 같은 상류계급의 생활감정에 따라가지 않는다는 말이 되겠죠."

그는 가만히 재떨이에 담뱃재를 떤다.

"선생님이 우리 같은 사람을 동정하고 계시는 것을 알고 있어요. 그렇지만 가난하고 천한 사람들은 진정으로는 그런 동정을 바라지 않아요. 동정에 대한 반감이 더 클 거예요."

나를 쳐다보는 상현 씨의 눈이 유리알같이 움직이지 않는다.

"육이오 때 우리는 레프트한테 몹시 들볶였습니다. 그 속에서 살 수 없다는 것을 뼈저리게 느꼈어요. 그렇지만 때로는 그 억압에 못지않게 동정이 뼈에 사무치는 경우가 있더군요. 구제품을 배급받아야 하는 가난한 사람들은 결코 베푸는 사람을 고맙게 생각지 않습니다. 반감과 미움에 가득 차 있죠. 그건 뿌리 깊은 감정입니다."

어느새 그런 말을 뇌까리고 있었다.

"저에게 주는 공격입니까?"

"그런지도 모르죠. 선생님은 약한 사람들의 대변자로 자처하고 계실 거예요. 그렇지만 관념적인 휴머니즘이란 것도 구제품의 배급 같은 거죠 뭐."

"대단히 신랄한 말입니다. 그러나 왜 우리들의 얘기가 그리로 흘러갔습니까?"

"거기에 뿌리를 박았기에 우리들에게 거리가 생기지 않았어요?"

나는 흥분을 가라앉히고 웃으려고 했으나 근육이 움직이지 않았다.

"그럼 현회 씨, 우리들 사이에서 제거되어야 할 게 뭐죠? 사상입니까? 계급입니까? 나는 무척 당신하고 친해보고 싶어요."

그는 오히려 유쾌한 듯 들떠 있는 목소리로 나를 놀리려 든다. 나는 화가 났다.

"제거되나요? 철로처럼 끝까지 합쳐지지 않으니 못 친해지죠."

"현회 씨의 편견이야말로 하나의 관념으로 뭉쳐진 덩어리요."

상현 씨는 껄껄 웃는다. 그 웃음은 내 말을 조금도 대단하게 생각지 않는다는 기분을 풍겨준다.

"감정의 덩어리죠. 잊히지 않는……."

지리멸렬한 마음속에 상현 씨의 밝은 웃음은 여운을 남긴다.

"인간의 애정까지도 끝내 그렇게 확연히 갈라놓으렵니까?"

"애정이란 구름 같은 거죠. 자기가 자기한테 기만당하는 환각 같은 것이죠."

"현회 씨!"

적의를 뿜으며 그를 쳐다본다.

"손을 좀 여기에 내어보세요."

엉뚱한 그의 말에 잠깐 어리둥절했다.

"왜 그러세요?"

"하여간 내어보세요."

그는 비어 있는 테이블을 두들기며 연신 손을 내어보라고 한다. 테이블 위에 손을 얹었다. 으스러지게 손을 쥔다. 당황한 나는 손을 빼려고 했으나 그의 손아귀 속에 든 손은 꼼짝도 하지 않았다.

"우리는 서로 가능한 한 우리의 고독에서 놓여나야 할 게요. 반발하지 마세요. 우리에게는 이런 교류가 필요합니다. 애정 말입니다."

말없이 쳐다보는 눈과 눈 사이에 차츰 허식이 걷혀간다.

"고생을 몹시 하셨군."

"고생을 했어요."

"애기아버지가 돌아가시기 전에도 애정을 구름 같은 거라 생각하셨소?"

나는 그의 손을 풀어버리고 대답을 하지 않았다. 그는 술을 부어 나에게 내밀었다.

"한잔해보세요."

나는 두말도 하지 않고 받아서 마셨다.

"춤을 추어보셨습니까?"

술잔을 놓으며 고개를 저었다.

"영화를 좋아하세요?"

"별로."

"음악은?"

"여유가 있을 때…… 무척 좋아요."

"사치스러운 감정을 그렇게 고고하게 두지 말고 좀 풀어보세요. 그럼 훨씬 편해집니다."

상현 씨는 웃지 않고 심각한 얼굴로 말을 했다. 보이가 식은 음식을 다시 데워서 가지고 왔다. 생각해보면 우습다. 그와 친해질 수 없다고 하면서 이렇게 마주 앉아 있는 일이 우스운 것이다. 하물며 단둘이서. 만일 계영을 만나지 않았던들 내 환상이 이렇게 하얗게 식어버리지는 않았을 것이다. 그렇게 염치없이 나를 드러내놓지도 않았을 것이다. 그런 것을 생각하며 침묵 속에 빠져버린다.

"왜 침묵을 지키십니까? 좀 잡숫고 얘기하세요."

"너무 쓸데없이 말을 많이 지껄였어요. 후회막심이에요."

나는 싱겁게 웃었다.

"노하셨죠?"

얼굴을 들여다보며 물어보았다.

"현회 씨의 말씀이 과히 그르지는 않아요. 그러나 그렇게 때리면 내 일거리가 없어지지 않소. 하하핫……."

상현 씨는 유쾌하게 웃었다. 나도 따라 웃었다.

"현회 씨의 애정론처럼 일이라는 것도 자기 정열에 기만당하고 있는 경우가 많아요. 귀착되는 곳이 있어야지."

상현 씨는 그런 말을 중얼거리며 일어선다.

"나가보실까?"

적잖게 술을 마셨는데도 상현 씨는 끄떡없이 일어섰다. 눈이 얼근했지만 얼굴은 오히려 창백했다.

대여도 밖으로 나왔다. 그새 눈이 쌓여서 가로수와 지붕, 전신줄까지 뒤덮고 있다. 그 대신 날씨는 훨씬 누그러진 것 같다. 밤이 깊은 거리에는 별로 오가는 사람도 없었다. 상점 앞에는 지나간 크리스마스 때 장식한 크리스마스트리가 여태 남아 눈을 맞고 있어 마치 크리스마스의 밤이 다시 찾아온 느낌이다. 십자로 가까이에 와서 우리는 차를 잡기 위하여 멈추어 서 있었다. 맞은편에서 중절모를 쓴 사나이가 눈을 맞으며 길을 횡단하여 우리가 서 있는 쪽으로 걸어온다. 때마침 지나가는 자동차의 헤드라이트에 비쳐진 사나이의 얼굴은 시인 민우 씨다. 민우 씨는 외투 깃을 세우고 외투 주머니에 양손을 찌르고 있었다. 그도 나를 본 모양으로 잠시 움찔하고 서더니 그냥 모르는 척 우리 앞으로 뚜벅뚜벅 지나간다. 상현 씨가 차를 잡는 것을 보다가 나는 민우 씨가 간 곳으로 고개를 돌렸다. 얼마만큼 떨어진 곳에서 우리들을 돌아보고 섰던 민우 씨는 몹시 당황한 듯 급히 가버린다. 상현 씨가 자동차를 타라고 손짓했다. 눈을 털고 올라탔다. 그도 눈을 털며 내 뒤를 따라 자동차에 오른다. 의아스럽게 그를 쳐다보다가 소매를 걷고 시계를 들여다본다. 11시 하고 5분이다.

"돈암동이죠?"

고개를 끄덕이며 다시 그를 멍하니 쳐다보았다. 어쩔 셈인가? 내 생각에는 나를 차에 태워주고 그는 다른 차를 잡아 자기의 집으로 돌아갈 것으로 알았던 것이다.

"시간이 늦지 않아요?"

"야간통행증이 있으니 상관없어요."

조금도 흐트러지지 않는 그의 태도는 이내 나에게 안정감을 주었다. 하얗게 눈에 뒤덮인 넓은 가로를 자동차는 쾌속으로 달린다. 안국동으로 해서 고궁의 돌담을 따라 달리는 자동차 속에서 나는 인간에 대한 신뢰감에 젖어본다. 만일 그가 내 남편이었더라면, 그리고 그와 내 사이를 가로막는 여러 가지 일들이 없었더라면 나는 그의 어깨 위에 머리를 얹고 피곤한 몸과 마음을 쉬게 했을 것이다. 그러나 우리는 적당한 거리를 두고 다만 사랑하는 분위기만을 마시며 자동차의 속도에 흔들리고 있는 것이다.

돈암동까지 오는 데는 20분도 걸리지 않았다. 나는 우리 집으로 들어가는 골목 앞에서 자동차를 정지시켰다. 상현 씨가 먼저 내려서 팔을 잡아준다. 그는 잠시 동안 말없이 나를 내려다보았다. 헤드라이트가 상현 씨의 등을 비춰주고 있었기 때문에 얼굴은 어둡게 가려 있었다. 그는 가만히 손을 내밀었다. 악수를 청하는 것이다. 나는 무명 장갑을 낀 손을 그의 손 위에 얹어주었다. 뼈가 으스러지게 꼭 눌러 잡아주는 그의 손은 따뜻하다. 손을 놓고 그는 자동차에 오른다.

클랙슨 소리를 요란스럽게 내며 자동차는 눈길로 사라진다.

집을 향하여 걸어가는 길에 나는 장갑도 끼지 않고 모자도 쓰지 않았던 그를 생각하고 있었다. 얼굴을 스쳐 가는 눈바람이 은은한 훈풍처럼 느껴진다.

6

집 앞에까지 와서 문을 두들겼을 때 자지 않고 기다리고 있었던 동생 현기賢基가 문을 열어주었다. 현기는 금년에 열일곱이 된 고등학교 1학년생이다. 그는 나를 닮아 눈이 크고 살빛이 희다.

"훈아는 자지?"

"네."

말수가 적은 현기는 문을 잠그고 난 뒤 자기의 방으로 들어가 버린다. 현기는 팔난봉 같은 아버지가 중국에서 어느 여자하고 인연을 맺어 낳은 사내아이다. 아버지는 생전에 어머니와 나를 버리고 중국으로 어디로 떠돌아다니다가 해방이 된 이후 빈손으로 한국땅에 돌아와 지난 생활을 그리다가 불우하게 돌아갔다. 그는 딸자식을 위해 치마 한 감 끊어주지 못한 아버지였으나, 어미도 모르는 현기를 유일한 유산으로 나에게 남겨준 것이다. 그러나 나는 아버지를 미워하지 않는다. 그는 어느 점에서는 낭만적인 사람이었으니까. 정확하고 소심한 어머니의 피보다 반항적이며, 격정적인 아버지의 피를 나는 내 속에서 더 많이 느낀다. 아버지는 젊었을 때 운동선수였던 만큼 아주 훌륭한 체구를 갖고 있었다. 여자가 많이 따랐다. 유부녀하고 정이 들어 손을 맞잡고 일본까지 도망을 간 일도 있고, 좋아한 여자가 사는 언덕에 앉아 밤새도록 퉁소를 불었다는 얘기도 있다. 그러나 아버지에게는 일평생 따뜻한 가정이 없었다. 의부 밑에서 자란 그의 소년 시절이 그랬고, 나무랄 데 없이 고왔던 어머니를 결코 사랑하지 못한 그에게는 끝없는 사랑과 생활의 방랑이 있을 뿐이었다.

방으로 들어온 나는 외투를 벗어 걸고 옷을 갈아입었다. 모두 한잠이 들어서 내가 들어온 것도 모른다. 보기 싫게 입을 떡 벌리고 코를 고는 어머니의 얼굴을 외면하면서 베개 밑으로 얼굴을 떨어뜨리고 자는 훈아의 잠자리를 고쳐준다. 아랫목에는 식모 계집아이 연이蓮伊가 허리를 구부리고 새우잠을 자고 있다. 어머니는 코를 골다가 입맛을 쩍쩍 다신다. 이제 늙고 병들어서 쪼그라진 얼굴에는 옛날의 그 고왔던 모습이 간데없다. 나는 그러한 어머니를 보는 것이 싫었다. 가엾다고 생각하면서 그의 못난 생애를 미워하고 싫어하는 것이다.

책상 서랍 속에서 담배를 꺼내어 문다. 여러 가지 일들이 차츰 마음속에 가라앉는다. 이상현이란 남자의 얼굴이 먼 곳에서, 마치 꿈속에 있었던 듯 아득하게 먼 곳에서 보여지고는 사라진다. 그리고 주변의 너절한 물건, 어머니가 벗어 던져놓은 치마, 훈아의 그림책, 그런 것들이 뚜렷한 모양을 갖고 내 눈앞에 있는 것이다. 코 고는 소리, 입맛 다시는 소리, 숨소리, 그리고 방안에 충만된 원인 모를 소리들이 가느단 신경의 선을 물고 늘어진다. 이 잡음과 형체 들은 나를 얽어매둔 가장 확실한 끄나풀들이다. 발버둥 치면 칠수록 휘말려 들어가는 끈질긴 끄나풀들이다. 밤은 깊다. 가엾은 내 식구들. 나는 담배를 비벼 꺼버리고 일어서서 전등을 껐다. 창가에서 눈에 반사된 밝음이 방 안에 스며든다. 자리에 들어서도 좀처럼 잠이 오지 않는다.

훈아의 아버지인 찬수를 만난 것은 사변이 나기 전의 일이다. 나는 그때 S대학교 문리대학에 적을 두고 있었고, 찬수 역시 S대학교의 의과대학에 적을 두고 있었다. 우리가 접근하게 된 동기를 만들어준 것은 고학생회苦學生會라는 단체였다. 찬수는 고학생회의 회장이었고 나는 회원이었다. 나는 원래부터 고학을 하지 않으면 안 되는 가정 형편이었지만 찬수는 삼팔선이 생김으로써 이북에 있는 집으로부터 부쳐져 오던 학자가 끊어져 부득이 고학을 하게 된 사람이다.

우리는 쉽게 결합이 되었다. 서로 신뢰하고 이해할 수 있었다. 꿈을 마련하는 감정보다 현실적이며 생활적인 애정으로 우리들의 연애는 발전되어 갔다.

그 당시 학생들 간에는 좌우익으로 세력이 나누어져 피투성이의 싸움이 벌어지고 있었다. 그러한 과도기 속에서 우리는 그 어느 것에도 가담하지 않고 다만 학비와 먹을 것과 시간을 얻기 위하여 무진한 고생을 하고 있었다. 행상은 두말할 것도 없고 심지어 식모살이까지도 젊음과 배운다는 자랑으로 해서 부끄럽게 생각하지 않았던 것이다. 그래서 찬수는 놋그릇장수라는 별명을 경상도 어느 친구가 지어주었고, 나는 양말장수라는 별명으로 해서 계영이나 그 밖의 여학생들로부터 경멸의 대상이 되었던 것이다. 찬수는 흥분할 줄 모르는 사나이였다. 투철한 이성은 지체 없이 행동을 결정짓고 명령한다. 그는 결코 자기를 파는 일이 없었다. 그러나 찬수는 양쪽에서 다 미움을 받았다. 동시에 양쪽에서 이용을 하려고 무척 속을 썩인 사람이기도 했다. 찬수에게는 H라는 친구가 있었다. 그들이 친해진 동기는 좀 색다르다. H는 열렬한 커뮤니스트였다. 그는 찬수하고 친해지기 전에 나에게 호의를 보였고 사상적인 유혹도 꽤 심하게 했던 사나이다. 어느 날 의과대학의 교문 앞에서 일어난 일이었다. 마침 볼일이 있어 나하고 찬수가 나란히 걸어오는데,

"히야아! 놋그릇장수!"

뒤에 따라오던 H의 야유였다. 찬수는 슬그머니 돌아서서 H를 바라보더니,

"왜 그러는 거야. 무슨 용무냐?"

벌써 H는 찬수한테 시비를 걸어볼 작정이었던 것이다. 그의 주변에는 이미 적잖은 그들 패가 서 있었다.

"좀 불러보면 못쓰나? 뭐 그리 비싸게 굴 건 없잖아. 개처럼 사람이 부르면 꼬리를 흔들어야지, 그래야 놋그릇이 팔리거든."

그 말에는 대중을 저버리는 반동, 너는 개다, 하는 저의가 충분히 내포되어 있었다.

"그럼 진짜로 좀 비싸게 굴어볼까?"

찬수는 어슬렁어슬렁 H 앞으로 다가서는 것이었다. H의 자신 있는 완력을 모두 믿고 있다.

"뱃심 좋군. 그럼 어디, 개의 꼬리가 얼마나 긴가 밟아보아야지."

H는 그 말을 하면서 나를 흘깃 쳐다보더니 재빨리 찬수의 다리를 걸어찼다. 나는 길 위에 나자빠질 찬수의 처참한 꼴을 생각하며 눈을 감았다. 그러나 눈을 떴을 때 날짐승처럼 날쌔게 찬수는 H를 두들겨주고 있는 것이 아닌가. 그것은 일순간의 일

이었다. 그리고 멋있는 반격이었다. 모두 덤벼들 생각도 잊고 우두커니 구경만 하고 섰는 것이었다.

H가 코피를 쏟고 쓰러지자,

"장난이 좀 심했나? 자, 일어서. 이 못난 친구."

찬수는 호주머니 속에서 손수건을 꺼내어 H에게 던져주었다. 그러고는 아무 일도 없었던 것처럼 유유히 걸어가는 것이었다. 그 후 H는 투옥되었다. 투옥되기 전까지 H는 사상적인 반목을 떠나 찬수를 존경했고 사나이끼리의 우정이 지속되었다. 그러는 중에도 H는 찬수의 사상 전환에 대한 희망을 버리지 않았다.

찬수는 곧잘 H에게,

"흥분할 필요는 없는 거야. 목이 쉬도록 소리를 질러보았댔자 허사니까. 누구의 참견도 받지 말게. 누구를 참견할 생각도 갖지 말게. 공연한 허수아비 노릇을 할 작정으로 그러고들 있어?"

"자넨 예수쟁이, 그 광신자들보다 더 완고하고, 철저한 에고이스트야."

H는 담배에다 불을 붙이며 말을 뱉곤 했다.

육이오가 발생했을 때 우리는 마침 학교를 졸업했다. 찬수는 연구실에 그대로 남고 나는 취직을 서두르고 있었다. 그리고 우리들은 벌써 동서 생활을 하고 있었다. 그것이 훨씬 경제적이었기 때문이고, 또 결혼이란 수속을 밟는 데 필요한 비용이 없었기 때문에 우리는 그런 형식을 무시해버린 것이다.

괴뢰군이 서울로 밀려 들어오는 것과 때를 같이하여 H는 영웅처럼 형무소에서 돌아왔다. 찬수는 끝내 그들과 영합하지 않았지만 연구실에는 꾸준히 나가고 있었다. 다만 그는 나만은 아무 곳에도 나가지 못하게 했다. 그것에 대하여 찬수는 아무런 설명도 하지 않았지만 나는 그의 의도를 알 수 있었다.

"개새끼들 같으니, 뭣 땜에 그렇게 날뛰는 거야. 연극배우들 같은 수작들을 하고서, 그래 영웅이라고? 흥! 인간들의 감상까지도 다 우려먹으려 드는 족속들 같으니!"

찬수는 얼굴 위에 어두운 웃음을 흘리며 말했다. 매일매일 공습이 계속되었다.

찬수의 조롱에 찬 말은 괴뢰군에게만 퍼부어지는 것은 아니었다.

"도대체 무슨 미친 지랄들이야? 누가 이 짓을 해달라고 했어?"

내 팔을 잡고 골목길로 피신하다가 폭격에 쓰러진 시체를 뛰어넘으며 찬수는 차갑게 뇌까리는 것이었다. 찬수는 나를 사랑했다. 폭격이 끊일 새 없는 어둠 속에서 나를 껴안으며 하는 말이,

"현회는 가능했던 내 세계야. 내가 연구에 열중하는 것처럼 나는 현회에게 열중하는 거야. 그 밖에 내게는 아무것도 없어."

그의 애정의 행동은 사태가 불안해질수록 적극성을 띠어갔다.

유엔군이 인천에 상륙했을 때 찬수는,

"이미 나에게는 쌍방의 총구가 겨누어져 있는 거야. 그 쌍방이 아니었더라면 우리들의 삶은 아직도 의의 있고 공정한 것이었겠지. 그러나 쌍방의 범죄를 고발할 곳이 없으니, 나는 이대로 걸어가는 거야. 그리하여 나는 나를 지키는 희생자가 되는 것이겠지."

구이팔 작전이다. 나는 그때 임신 중이었다. 견딜 수 없는 공포와 불안에 휩쓸려 연구실로 찬수를 찾아갔다. 그때까지 H의 배려에 의하여 찬수의 생명이 보존된 것이지만 나는 마지막을 믿을 수 없었다.

"집으로 가요. 난 불안해서 견딜 수가 없어요. 무슨 변이라도 생길 것 같아서……."

찬수를 복도 밖으로 불러내어 속삭였다. 얼굴이 창백해진 찬수는 내 손을 꼭 쥐었다. 우리는 밖으로 나왔다. 교문 쪽을 피하여 부속병원이 있는 반대 방향으로 걸어나갔다. 구릉진 길을 내려서 원남동으로 나갈 참인 것이다. 우리가 병원의 정문에 못 미쳤을 때 여맹女盟의 무슨 간부로 있는 K하고 공교롭게 부딪치고 말았다. 그하고 나는 동기동창이다. 찬수는 못 본 척하고 먼저 걸어가 버렸다. 그러나 나는 그럴 수가 없었다. 그렇다고 죄지은 사람처럼 우물쭈물할 수도 없어서,

"참 오래간만이군."

하고 인사를 했다. K의 안색에도 초조한 것이 완연히 나타나 있었다.

"왜 영 그리 안 나와?"

K는 검색하듯이 아래위로 나를 훑어보았다.

"임신 중이야. 몹시 앓았어."

그런 말을 공개할 필요는 없었다. 그러나 이곳을 빠져나가야 겠다는 순간적인 기분이 나로 하여금 그것을 구실로 삼게 했던 것이다. K는 내 얼굴 위에 냉소를 확 끼얹어주며,

"대단한 일을 치르는군."

K는 찬수가 간 곳을 힐끗 돌아다보더니 내 옆을 스쳐 지나가 버렸다. 입술을 깨물었다. 햇빛이 몹시 눈에 부셨다. 비겁하고 초라한 내 꼴을 느끼며 햇빛 아래서 눈을 찌푸렸다. K는 내가 임신한 사실을 비웃은 것은 아니다. 그것을 방패로 삼았던 내 비겁한 마음을 들여다보고 웃은 것이다. 찬수만큼의 신념이 있었던들 나는 묵례만 하고 지나쳐 버렸을 것이요, 구구히 내 임신의 사실까지 들추어냈을 필요는 없었을 것이 아닌가. 나는 다시 한 번 입술을 깨물며 K의 뒷모습을 돌아다보았다. 순간 바로 앞에서 총성이 울렸다. 두 발이었다.

나는 내 얼굴에 핏기가 걷히는 것을 느끼며 정문을 향하여 달음박질쳤다. 정문을 나서는 동시에 나는 찬수가 걸어갔을 왼편 쪽으로 눈길을 보냈다. 골목길로 H의 옆모습이 막 사라졌다. 나는 황급히 반대편으로 얼굴을 돌렸다. 나는 걸음을 옮길 수가 없었다.

이마 위에 피를 흘리고 가로수 밑에 쓰러져 있는 찬수, 찬수

를 안아 일으켰을 때 그의 머리는 내 무릎 위에 푹 떨어졌다. 경련을 일으키고 있는 손, 길바닥에 부딪쳐서 산산이 바스라진 시계. 일식처럼 태양은 내 시계視界에서 꺼져가는 것이다.

방문을 열어젖힌다. 씽! 하니 찬 바람이 들어온다. 창 너머 처마와 처마 사이에 보이는 가느다란 하늘, 눈에 반사된 가느다란 하늘.

나는 방문을 닫고 전등불을 켠 뒤에 담배를 피워 물었다.

멀리서 달리는 자동차의 클랙슨 소리가 아슴푸레 들려오더니 밤은 다시 정적 속에 가라앉는다.

7

부엌에서 연이하고 주거니 받거니 말다툼을 하고 있는 어머니의 높은 목소리와 내동댕이치는 그릇 소리에 잠이 깨었다. 아침마다 잔소리를 하고 짜증을 부리는 어머니의 습관은 혼자 살아온 여자의 특유한 신경질이다.

뒤창이 훤했다. 창문 사이를 뚫고 새어든 아침 햇빛 속에 뿌연 먼지가 날고 있었다. 늦잠을 잔 모양이다. 반듯이 드러누운 채 손을 뻗어 머리맡에 있는 담배를 찾는다. 담배에다 불을 붙이고 연기를 들이켰다. 파르스름한 연기가 나선형으로 꼬이며 천장으로 올라간다. 퍼져가는 연기 속에 천장이 흔들린다. 마치 장난감인 근위병의 대열처럼 천장의 무늬들이 규칙적으로 흩어지고 모여든다. 아련한 어지러움을 쾌락하면서 그런 모양들을 바라보며 누워 있었다.

언제부터 담배를 피우기 시작했는지 기억이 뚜렷하지 못하다. 밤중에 내리는 빗소리나 머리맡의 시계 소리가 무서워서 담배를 시작했노라 하면 적절한 이유가 될까?

담배 연기가 자욱히 고인 방 안으로 어머니가 풀쑥 들어왔다. 눈살을 잔뜩 찌푸리며 못마땅하게 나를 바라본다. 슬며시 몸을 일으켜 거의 다 타버린 담배를 재떨이에 비벼 꺼버린다. 어머니는 담배를 피우는 내 모습을 사생아를 낳았던 그 행위처럼 배덕적인 것으로 알고 있다.

"어제저녁 때 사장댁에서 가져왔어. 정말 애 터지는 세상이구나. 그놈의 빚은 언제나 갚고 사누."

어머니는 혀를 끌끌 차면서 쪽지 하나를 건네준다. 사장댁이라는 것은 내가 빚을 쓰고 있는 순재를 일컫는 말이다. 나는 쪽지를 아무렇게나 머리맡에 던져버리고 일어나 앉았다.

"훈아하고 현기는 학교에 갔어요?"

어머니는 쪽지 건 때문에 나를 보고 서 있지만 일부러 나는 딴청을 했다. 보나 마나 이자 독촉인 것이 뻔하다.

"갔다. 그런데 그건 무슨 편지지?"

어머니의 관심은 어디까지나 쪽지에 있다. 그러나 더 정확하게 말하자면 어머니의 관심은 쪽지를 보고 난 뒤의 내 표정에 있는 것이다. 벌써 쪽지의 내용을 보고 난 뒤면서 새삼스럽게 나한테 물어볼 까닭이 없다. 빙빙 돌려서 접어놓은 쪽지를 손가락 끝으로 튀겨버린다.

공연히 마음이 언짢다. 쪽지를 풀어보고 슬픈 얼굴을 해버리면 문제는 간단했다. 그러면 어머니는 가엾은 자기 딸한테 사랑을 베풀 기회를 얻는 것이고, 모녀간에는 평화가 유지된다. 그러나 그 간단한 연극이 싫은 것이다. 나는 잔인하고 이기적인 여자다.

돌연 부엌 쪽에서 그릇이 와그르르 무너지는 소리가 난다.

"이크, 맙소사! 저 계집애가 또 그릇을 깼나 부다!"

어머니는 방문을 열어젖히고 치맛바람을 날리며 부엌으로 달려간다.

양손으로 머리를 부둥켜안았다가 귀를 막는다. 이 무한히 계속되는 소음 속에서 빠져나갈 도리는 없다. 귀를 막은 채 햇빛 속에 날고 있는 먼지를 멍하니 바라본다. 뭣 땜에 사람은 사는 것일까?

어머니는 한평생 남자로부터 사랑을 받아본 일이 없다. 그리고 그 자신도 애정을 위하여 고민을 하거나 연애감정을 체험해본 일이 없는 여인이다. 그러한 어머니가 나한테 너무 많은 애정을 베풀고자 하고 또 받아들이고자 하는 것은 당연한 일이었을지도 모른다. 그러나 돌이켜 생각해보면 많은 것을 바라고 적은 것을 거부하는 오만한 내 인생 태도에 비하면 극히 하찮은 욕망이나 안일을 찾는 어머니는 몹시 겸허한 사람이라 할 수 있을 것이다. 그런데도 나는 어머니를 비굴하고 수선스럽다고 경멸을 했다. 경멸을 하면서도 내 정신 영역의 대부분을 어머니는 늘 차지하고 있는 것을 느낀다. 잇몸이 근질근질해지는 일이 아닐 수 없다.

어릴 적에 내가 바라본 하늘은 언제나 무서운 무엇으로 해서 흔들리고 있었다. 바람이 자고 노오란 개나리가 피고, 연보랏빛 혹은 연둣빛 아지랑이가 걸려 있는 언덕길을 갈 적에도 나는 그 무서운 생각에서 놓여난 일이 별로 없었다.

어머니하고 나하고 단둘이서 살던 시골의 집, 어머니는 그 헙수룩한 집의 대문에다 녹슨 쇠통을 잠가놓고 외출을 하는 일이 번번이 있었다. 책가방을 내동댕이치고 대문 앞의 돌층계 위에 턱을 괴고 앉아서 어머니를 기다리던 어린 시절의 나였었다. 턱을 괴고 생각하는 것은 어머니가 돌아오다가 자동차나 마차에 치여 죽었는지도 모른다는 것이요, 작은엄마하고 살림을 하는 아버지한테 가서 구박을 받고 오다가 강물에 빠져 죽었을지도 모른다는 것이요, 아니 엄마 말마따나 다른 신랑을 얻어서 멀리, 아주 멀리 도망을 쳤을지도 모른다는 것이었다. 생각이 거기까지 미치면 나는 벌떡 일어서서 양손으로 얼굴을 가리고 엉엉 울었다. 불그스름한 저녁노을을 타고 갈가마귀 떼가 울고 날아가면 더욱 서러워서 소리를 질렀던 것이다. 짭짤한 눈물방울에 입맛을 다시며 그대로 돌층계 위에서 잠이 들어버렸던 일도 있었다.

나는 나에게 고통을 주는 어머니가 싫었다. 그래서 반항을 했다. 그러면 어머니는 어떻게 너를 믿고 살겠느냐고 한탄을 했다. 남편 덕도 못 본 내가 무슨 자식 덕을 보겠느냐, 이런 박복한 내가 살아 무엇하겠느냐, 죽어 마땅하다, 하며 치마끈으로 목을 매는 시늉을 한다. 나는 치마끈을 졸라매는 어머니의 손을 물어뜯고 발광을 했다. 외딴집의 어두컴컴한 방에서 지르는 내 울음소리가 여울처럼 멀리에 울리며 되돌아왔다.

"현회야, 쉬! *끄쳐*, 아가⋯⋯."

흐느끼는 내 얼굴의 눈물을 닦아주는 어머니는 사랑의 승리자처럼 만족해한다. 분명히 그것은 일종의 사디즘이다.

"엄마가 없어보아. 눈먼 구렁이 갈밭에 들지."

다시 강박관념을 심어주는 어머니였다.

머리를 감쌌던 손을 내려 쪽지를 집었다. 뜻밖의 일이다. 이자 독촉이 아니라 원금을 돌리라는 내용이다.

나는 한동안 멍하니 앉아 있었다. 아무런 생각도 떠오르지 않았다. 생각이 떠오르지 않은 채 쪽지를 발기발기 찢고 있었다.

'어쩌면 좋을까?'

어머니는 궁금해서 견딜 수 없었던지 분주하게 치맛바람을 일으키며 또다시 방으로 들어왔다.

"무슨 얘기지? 편지 말이야."

찢어서 흩어버린 편지 조각을 가만히 주워 모아서 휴지통에 넣는다.

"별말 아니에요."

짤막하게 대답하고 일어섰다. 세수를 하면서, 화장을 하면서, 옷을 갈아입으면서, 열심히 그 문제를 생각했다. 별 신통한 대책이 없었다. 순재 같은 형편에 까짓 돈 70만 환이 뭐길래, 하는 생각도 없지 않았으나 채권자의 의사를 막을 도리는 없다.

내가 말없이 밖으로 나가려고 했을 때 우두커니 지켜보고 섰던 어머니의 울화는 터지고 말았다.

"어미라고 세상에 의논 한번 하는 법 없고, 남만도 못하게……."

신발을 신으며 나는 대답을 하지 않았다. 외로움 이전에 살아야 하는 문제 속에 나는 헤매어야 한다. 그러나 나의 침묵은 잔인했다.

"오늘까지 자식이라 믿어온 게 내 잘못이지. 자식이 아니라 무슨 대천지원순고!"

히스테리컬한 목소리를 뒤통수에 들으며 집을 나섰다. 몇십 년을 한결같이 이런 수법으로 싸워오는 우리 모녀는 서로가 모두 어떤 유의 병자인지도 모르겠다.

차에서 내려가지고 마돈나에 들어갔을 때 광희와 명자는 동시에 나를 쳐다보며 눈을 껌벅인다. 왜 늦었을까? 하는 시늉이다. 나는 웃으며 아무 일도 없었다는 표정을 지었다. 벌써 손님들이 와서 차를 마시고 있었다. 상현 씨도 그들 속에 있었다. 상현 씨의 곤색 외투는 뚜렷한 윤곽을 이루고 있었다.

나는 외투를 벗었다. 목도리도 끄른다. 퇴색한 목도리 속에 순재의 빚 걱정이 싸여든다.

'순재를 만나보기까지 그 생각은 하지 말자.'

머리를 매만지며 언제나 정한 그 자세대로 카운터에 섰다. 상현 씨하고 눈이 마주친다. 나는 고개를 떨어뜨리며 미소했다. 상현 씨는 천천히 몸을 일으켜 카운터 앞으로 오더니 찻값을 놓았다. 그리고 빙그레 나를 보고 웃는다. 창에서 비스듬히 새어든 광선을 받아 안경이 희번덕였다. 그는 문을 밀고 나가버렸다. 그뿐이었다. 나는 장밋빛 같은 환각을 휘저어버리듯이 의자에 주저앉았다.

한참 바쁜 시간이 지났다고 생각했을 때 상현 씨의 웃는 얼굴이 눈앞에 떠올랐다. 나는 그 얼굴에 손을 가려보았다. 생활의 질서가 허물어지는 것 같다. 순재를 만나기까지 생각지 않기로 했던 빚 걱정을 끄집어냈다. 이달 안으로 내야 할 세금, 전기 요금, 종업원들의 급료, 재료 구입, 집에 들어가야 할 쌀, 반찬 값, 쭉 늘어놓아 본다. 그러나 상현 씨의 웃는 얼굴은 그러한 너저분한 일들을 밀어버리고 쑥 나타나며 조용히 흔들린다.

'끈을 늦추지 말아야지. 보기 싫게 그의 앞에 꿇어앉지 말아야지. 쫓아가지 말자. 환상이다.'

정오 사이렌이 뚜우! 하고 불었다.

8

저녁 5시. 변함없는 얼굴들이 여전하게 나타난다. 안 나오면 직업의식상 섭섭하지만 한결같은 얼굴들을 대하고 보면 따분하다. 거의 기계화된 내 미소도 지쳐버린다. 카운터에 설치된 형광등의 푸른빛이 음악의 선율에 따라 소용돌이치고 있다는 감각도 희미해진다. 그러면 음률 자체가 하나의 박자 이외 뜻을 갖지 못하게 되는 것이다.

두 손을 포개 얹고 그 위에 머리를 얹어본다. 피로하다. 피란 갔던 부산에서처럼 또 그 무서운 병이 달려들까 봐 겁이 났다. 고개를 들었다.

동업자하고 분주하게 떠들고 있던 출판업자 김 선생이 벌떡 일어선다. 성큼성큼 카운터 앞으로 걸어온다. 아무렇게나 걸쳐 입은 듯한 의복에다 빗질도 하지 않은 굽슬어진 머리 하며, 검은 살빛, 언제 보아도 야만스러운 얼굴이다. 그는 카운터에 놓인 성냥으로 담배에다 불을 붙이며,

"어디 아파요? 안색이 좋지 않군."

나는 이렇다 저렇다 대답 없이 그저 괴로운 웃음만 보였다. 그는 성냥을 놓고 제자리로 돌아갔다. 수표 사건을 생각하면 깨끗하게 잊어버려 준 그가 여간 고맙지 않다. 장사꾼답게 점잔을 빼지는 않지만 확실히 사나이답다. 용렬한 사람이 아니라도 자기의 뜻 있는 호의를 거절당했을 때 그만큼 수습하기란 어

렵다.

언제 왔는지 민우 씨는 구석에 앉아 있고 광희는 눈에 띄게 당황한 모습으로 왔다 갔다 한다. 그날 밤 눈이 내린 십자로에서 우리를 돌아보고 섰던 민우 씨 생각이 난다. 민우 씨는 내가 돌아보았을 때 몹시 당황한 듯 급히 가버렸던 것이다.

광희의 사랑이 성취되기를 바란다. 광희의 청정한 아름다움이 시인의 시 속에 가득 차주기를 바라고 싶다. 내가 이렇게 생각하는 것은 시인으로서보다 인간으로서 외롭지 않고 행복하라는 마음에서인지도 모르겠다. 인간의 참된 삶을 버리고 예술을 한다면 그것은 아마 허영일 것이라는 생각도 해본다.

민우 씨는 창만 보고 앉아 있었다. 도시에 비가 내리는 것처럼 내 가슴에도—하는 투의 애상이 그의 얼굴에 흐르고 있다. 광희는 아름답고 민우 씨는 선량하다. 그들은 꼭 한 쌍의 비둘기 같다. 비라도 쪼르르 맞고 있는 비둘기 같다. 그러나 그러한 낭만의 시대는 지나가고 없다. 물론 나에게 있어서는 이미 오래 전에, 그리고 예술에 있어서도 연애에 있어서도.

최 강사는 들어서면서부터 은근한 웃음을 나에게 보낸다. 건방진 작자라고 생각하면서도 입술을 걷어 올리며 웃어주었다. 그는 동행인 듯한 수염이 듬성듬성 난 말라깽이 사나이하고 카운터 앞에 있는 자리에 앉는다. 명자가 주문받은 대로 커피를 가지고 가니까 최 강사는 밀크를 더 치라는 둥 요즘 차 맛이 나빠졌다는 둥 공연한 트집을 잡는다. 명자는 돌아서면서 입을 삐죽 내민다. 나는 명자의 그런 표정을 눈으로 나무랐다.

"시간강사를 전폐한다는 말이 있는데, 그럼 교수나 전임강사의 대우가 나아져야 할 게 아냐?"

최 강사는 커피를 저으면서 말라깽이 사나이를 쳐다보았다.

"글쎄……."

"사실 난 지금 참 곤란하단 말이야. K대나 S대는 시간강사이기는 하지만, 대외적 면목이 선단 말이야. 뭐니 해두 일류니까. B대로서는 어디 명함이나 한 장 써먹겠더라고?"

재떨이에 담배를 조급하게 떤다.

"그야 그렇지만 이류 삼류래도 한 강좌 얻는다는 것은 하늘의 별 따기야. 요즘 세상엔. 시간표 짤 때가 되어보아, 오류 대학이래도 돈 보따리가 오고 가지."

말라깽이 사나이는 꾀죄죄하게 웃는다.

최 강사는 조급하게 손짓을 하더니 말라깽이 사나이의 귀 옆에 입을 바싹 가지고 간다. 한동안을 소곤거린다. 말라깽이가 무슨 말을 또 중얼거리며 최 강사를 의미심장하게 치떠 본다.

"아암, 그렇고말고. 그야 뭐 이미 생각하고 있는 일이지."

"자네가 좀 불리한 건 전학장파란 말이야. 그 조건이 나빠. 사실이지 그때 학장파는 다 나갔잖아? 자네 혼자 남은 셈이지."

말라깽이는 침을 하나 주는 것이다.

"뭐 그리 김 학장파라고 레테르 붙일 필요는 없잖아? 다 우리 같은 사람이야 좋도록 사는 게지."

최 강사는 눈을 굴린다.

"어쨌든 노력해보겠어."

"부탁하네. 다 그래서 친구가 좋다는 거야. 그 대신 자네 저
서의 출판 문제는 내가 꼭 늘어질 테니 그리 알란 말이야."

들으려고도 하지 않는 이런 대화가 내 귀에 흘러 들어왔다.

얼마 후 말라깽이 사나이는 나가고 그 대신 후줄그레한 바바
리코트와 잠바를 입은 청년이 두 사람 최 강사하고 마주 앉는
다. 학생인 모양이다. 가끔 이러한 낯이 선 학생들이 최 강사를
찾아온다.

학생들과 마주 앉은 최 강사는 아까하고는 아주 딴판으로 존
대하게 어깨를 편다. 근엄해진 얼굴이다. 나는 얼른 얼굴을 돌
려버렸다. 하마터면 실소를 할 뻔했던 것이다.

날씨가 약간 누그러진 탓인지—그래도 아직은 얼음이 풀리
지 않고 있다—손님들이 꾸역꾸역 밀려들어 온다. 앉을 자리가
없어서 두리번거리다가 나가는 사람도 있다. 이럴 때는 아무리
단골손님이라도 오래 버티고 앉았는 치들이 미워진다. 대개 팔
리지 않는 싯줄이나 쓰고 있는 사람, 모던아트의 화가들, 시나
리오 원고를 들고 들락거리는 사람, 고료 지출이 원활치 못한
잡지사의 기자들이 지구파에 속한다. 그러나 최 강사를 찾아온
생판 초면의 학생들은 아예 차를 청할 생각을 잊어버리고 있다.
최 강사 역시 제자한테 차를 살 용의가 없는 모양이다.

자리가 없어서 그대로 나가는 사람들을 바라본 광희는 안타까워서 이 구석 저 구석 자리를 마련하여 나가는 손님을 붙잡기도 한다. 김 선생이 일어서고, 그의 일행이 일어서고, 그리고 민우 씨도 부스스 일어서서 자리를 내준다. 그렇게 신경을 써주는 그들이 고맙고 미안하다. 그들은 결코 지구파도 아니요, 공짜배기 손님도 아니다.

광희는 일어서서 나가는 민우 씨의 뒷모습에 눈을 보내며 탐스러운 그 볼을 붉힌다. 광희는 사모하는 민우 씨가 그렇게 마음을 써주는 것에 감격한 것이다. 정작 눈총을 맞는 최 강사와 학생들은 태연자약이다.

"……스미스와 벤담의 공리주의가 같은 것이라 하지만 엄격하게 따지면 시대적으로나 기운적으로 많은 차이가 있지. 물론 벤담이 스미스와 같은 분위기 속에 있었지만 로크나 흄의 영향을 더 많이 받았어. 원칙적으로 벤담의 공리주의의 골자인 최대다수의 최대 행복이란 것은……."

최 강사의 목소리는 뚝 끊어진다. 명자가 심술이 나서 최 강사 바로 뒤에 있는 전축의 소리를 높인 것이다. 명자는 싱글 웃으며 나를 보더니 고개를 돌려 최 강사를 눈 밑으로 흘겨본다. 학생이 무슨 질문을 했는지 모르지만 그가 다방을 강의실로 알았던지 연설을 길게 늘어놓는 것에 그만 명자의 비위가 거슬린 것이다.

"아아, 시끄러! 전축 좀 낮춰주!"

최 강사는 손을 흔들며 크게 소리를 지른다. 명자는 전축의 볼륨을 낮추었다. 다른 손님이 얼굴을 찌푸렸기 때문이다.

"왜 까부니?"

명자를 나무란다.

"밉살스럽지 뭐예요."

"……산업혁명 전의 시민인 스미스와 벌써 부르주아화된 산업혁명 이후의 시민인 벤담의 차이점이지. 그러나 아무튼 두 사람은 다 그 시대의 자본주의 또는 제삼계급의 이론가인 것만은 공통점이니까……."

나는 담배 연기 속에 앉아 있는 최 강사의 근엄한 얼굴을 보고 있노라니까 어쩐지 병아리 우장 쓴다는 말이 혀끝에 돌았다. 그의 지식이라는 것이 그 병아리가 우장을 쓴 격이 아닐까? 그러나 나는 최 강사에 대한 가혹한 비평이 본능적인 미움에서 오는 것이라 반성도 해본다. 만일 상현 씨의 경우라면 설혹 그에게 사교적인 요소가 다분히 있었다 치더라도 그가 성인聖人이 아니고 가장 인간적인 인간이라 생각했을 뿐이지 그를 경멸하지는 않았을 것이다.

최 강사가 일어서서 화장실로 간 뒤 잠바 차림의 학생이 냉소를 띠고 하는 말이,

"자아식, 별것 아냐. 어지간히 재지만 신사는 아냐. 바이스로이 열 갑 사갔더니 말이야, 학점을 주잖아. 말로 부탁을 해서 학점을 주는 것과 술을 갖고 가서 교섭하는 것과 담배 같은 물

건을 가지고 가서 매수하는 것, 다 틀리거든. 그자는 그, 소위 그 물질파야."

"말이사 번드르르하더군."

"학생들을 보면 새로운 것, 새로운 것 하지만 말이야, 그게 다 젊은 사람들에 대한 아첨이거든. 대가리가 콘크리트인데, 그의 새로운 것이라는 개념부터가 문제거든."

"새로운 것이란 문자 그대로지 뭐. 물질이나 현상이 좀 덜 낡은 것, 가장 가까웠던 일이지. 오늘보다 내일은 새롭고 내일보다 모레가 새롭고 우리보다 배 속의 것이 더 새롭고…… 하하핫……."

느닷없이 말을 쏟아놓은 뒤 학생들은 어느 뒷골목에서 울려 나오는 듯한 그런 웃음을 웃는다. 반항을 위한 반항인 모양인데, 대상을 회피하고 지껄이는 그들 어깨 위의 희미한 빛이 서글프다.

최 강사가 화장실에서 나오자 학생들은 그 험구險口를 닫았다. 그리고 비둘기처럼 온순하게,

"선생님, 저희들이 듣기엔 뭐 신학년도부터는 시간강사가 없어진다고 하더군요."

"글쎄 그런 말이 들리더군. 그러나 확정적인 것은 아닌 모양이야."

"만일 그렇다면 선생님께선?"

"나야 뭐 시간강사니까 언제 미역국을 먹을지……."

"그렇지만 학교 측에서는 고려할걸요. 실력 본위로 한다면……."

"글쎄, 실력 본위인 조치가 없어서는 학교 측의 손해지. 교수진이 학생의 질을 좌우하니까."

최 강사는 몸을 젖힌다. 자기를 쫓아내는 건 학교 측의 손해라는 뜻이 은연중에 풍겨진다.

"저희들이 가만있지 않을걸요."

학생들이 우쭐댄다.

"고위층도 신문 잡지를 보고 알고 있을 테니 말이야, 손해란 것을 생각하고 있을 테지."

신문이나 잡지에 실린 그 알량한 논문인지 조각 글인지 모를 것을 두고 하는 말인가 보다.

"그럼요. 손해고말고요. 학생들이 가만히 있지 않을걸요."

그렇게 한동안 북적거리던 마돈나가 좀 잠잠해졌다.

"아, 자네들 차는?"

최 강사가 비로소 말만으로라도 생색을 낸다.

"괜찮습니다. 다른 데서 마셨으니까요."

한참 후 학생들은 그 끈질끈질하게 질긴 엉덩이를 들었다. 최 강사는 점잖게 손을 내밀며 학생들하고 악수를 나누었다. 학생들은 문을 밀고 나가면서 서로 마주 보고 조소를 교환하고 있었다.

9시가 지나고 10시가 가까워질 무렵이었다. 손님은 한 사람도 없었다. 문을 닫기로 하고 나는 카운터에 앉아서 시장한 김에 우유를 마시고 있었다. 그때 뜻밖에도 술이 취한 민우 씨가 비틀거리며 들어왔다. 나는 놀라며 일어섰다. 흔히 다방에도 주정꾼들이 온다. 그러나 민우 씨가 술을 마시고 온 일은 처음이다.

민우 씨는 광희가 쫓아가서 부축을 하려고 하는데 그의 팔을 홱 뿌리친다. 그리고 내가 서 있는 카운터 옆으로 비실비실 걸어오더니 기대어 선다. 중심을 잃은 몸이 기대어 선 뒤에도 건들건들 흔들렸다. 그는 양손으로 턱을 괴고 가만히 나를 응시한다. 아무리 술김에 하는 짓이라 해도 이상했다. 평소에는 인사도 잘 하지 않고 다니는 지극히 내성적인 사람이기 때문이다. 그는 여전히 내 눈을 쳐다보고 있었다. 괴상스럽고 전율적인 눈이다. 그리고 지독한 술 냄새다.

나는 주방 문을 열고 그곳으로 피해버렸다.

"왜 그래요?"

쿡인 박씨가 접시를 닦으며 묻는다.

"술 취한 사람."

나는 입술이 마르는 것 같았다. 그리고 가슴이 이상하게 뛰었다.

이런 영업을 하고 있노라면 주정꾼들도 한둘이 아니요 이상하게 감겨드는 사내들도 한둘이 아니다. 그러나 나는 무섭다고 생각해본 일은 없었다. 대개 그치들은 냉랭한 묵살로써 물러가

버린다.

　민우 씨는 빈 홀에서 한동안,

　"마돈나! 마돈나!"

하고 고함을 치고 주정을 부리더니 문을 우당탕탕 두들기고 실랑이를 하며 밖으로 나가는 모양이다. 나는 주방에서 나오면서 광희의 얼굴부터 살폈다. 광희의 낯빛은 약간 창백했다.

9

　며칠 동안을 순재한테 가야겠다고 벼르다가 겨우 내키지 않은 기분으로 마돈나를 나섰다.

　합승 정류장에서 자동차를 기다리면서 시계를 들여다보니 6시 10분이다. 사방은 완연히 밤으로 묻혀가고 있었다. 일렬로 쭉 늘어선 맞은편의 나사점 쇼윈도에서 비쳐 나온 가지각색의 불빛이 빙판을 이룬 가로 위에 반사되고 있었다.

　그 가로 위로 사람들이 조심스레 걸어간다. 굽이 가늘고 높은 구두를 신은 아가씨들의 위태로운 걸음걸이는 약간 민망스러웠다. 아름다움이란 언제나 어느 조화 속에 있었더라는 상식을 새삼스럽게 느끼어본다. 그러나 아름다움이나 진실 같은 것이 어느 배경, 또는 조건의 지배를 받아야 한다는 것은 역시 개인에게는 자신이 없어지는 얘기가 아닐 수 없다. 인간은 본시부터 그럼 노예였던가? 나는 맞은편의 불빛이 반사되고 있는 가로를 우두커니 바라보면서 공연히 쓸데없는 그런 생각을 하고 있었다.

누가 와서 내 어깨를 친다. 놀라서 돌아다보니 최 강사가 웃고 서 있었다. 노골적으로 싫은 기색을 보였으나 그러나 고개는 수그렸다. 그는 온통 웃음 속에 파묻혀 작은 눈알이 보이지 않았다. 정면으로 받은 가등의 광선을 따라 그의 그림자가 뒤로 길게 뻗어 있었다. 다행히 징그러운 손가락에는 장갑이 끼워져 있었다.

"어딜 가시죠? 댁으로 가세요?"

"아, 네."

되도록이면 그하고의 대화를 갖고 싶지가 않았다.

"댁이 어디죠?"

"돈암동이에요."

쌀쌀하게 말했다. 그를 경계한다는 것조차 내 자존심이 허락하지 않는다.

"아, 그래요? 나도 돈암동으로 이사를 했는데…… 같이 가겠군요."

돈암동으로 가는 합승이 왔다. 잠자코 나는 합승에 올랐다. 최 강사도 뒤따라 오른다. 합승이 움직였을 때,

"어떻게 이리 빨리 돌아가세요? 댁에서 누가 기다리세요?"

야비한 목소리에 농을 감는다.

"볼일이 있어요."

아니꼬운 생각이 들었다. 가만히 차창 밖을 바라보고 있노라니까 여학교 때 담임이던 음악 선생이 싫다는 이유만으로 1년간 휴학을 했던 생각이 났다. 이상하게 불그레한 입술과 푸르도록 흰 이빨을 모조리 드러내고 나한테 다가올 때 나의 미운 생각은 살의로까지 자극되는 것이었다. 그러나 지금 나는 그러한 미움을 견디며 참을 수 있을 만치 나이 들었다.

합승이 종로 입구에 머물렀을 때 미군美軍하고 팔을 끼고 오던 여자가 미군의 팔을 풀어버리고 합승에 올라왔다. 새빨간 외투를 입고 검정 단화를 신었는데 몹시 추워 보이고 가난해 보인다. 여자는 최 강사와 뚱뚱한 사나이가 앉은 비좁은 사이에 몸을 내리었다. 최 강사는 감히 군자하고 자리를 같이하다니 하는 식으로 나에게 몸을 바싹 붙인다. 나는 그의 동작보다 더 강하게 유리창 옆으로 몸을 갖다 붙였다. 그러나 빽빽하게 네 명이 끼여 앉은 좌석이라 그의 몸뚱어리가 내 옆구리에 찰싹 달라붙어 요지부동이다. 기분이 나쁘다. 그의 숨결이 마치 송충이처럼 징그럽게 내 얼굴 위에 스물스물 긴다. 구역이 날 만치 싫다. 합승은 차장이 꾸역꾸역 손님을 밀어 넣은 뒤 움직이기 시작했다. 그때 미군은 외투 호주머니 속에 찔렀던 손을 들어 흔들어 보였다. 표정이 소박하게 흐리어진다. 여자도 손을 들어 보이며 창백하게 웃었다. 그 분위기 속에 이상한 아름다움이 흐르고 있는 것이 느껴진다. 그래서 여자를 유심히 쳐다보았더니 콧날이 날씬하고 피붓빛이 맑고 내리깐 긴 속눈썹의 그늘이 짙었다. 합승이 종로5가에서 동숭동으로 커브를 돌았을 때 승객들의 몸은 왼편으로 모두 쏠렸다.

"아이 참! 망칙해!"

여자가 소리를 질렀다. 뚱뚱한 사나이가 짐승처럼 껄껄 웃는다. 최 강사도 따라서 해해거리고 웃는다. 뚱뚱이 녀석이 그 여자한테 못된 수작을 부린 모양이다. 최 강사는 연신 몸을 우쭐거리고 입을 헤벌리며 웃고 있었다. 천치와 악마가 상통한 듯, 그런 추잡한 녀석들이다.

여자는 S대학에 못 미쳐서 합승을 정지시키더니 길 위에 내려서서 침을 뱉는다. 그리고 가로수를 따라 걸어 올라가는 것이었다.

자동차 안에서는 또 한바탕 뚱뚱이와 최 강사의 웃음이 요란하게 울렸다.

'못난 자식들, 그 여자가 만일 창부라면 그 여자의 아래에 또 아래에 속하는 더러운 자식들!'

휙휙 달아나는 차창 밖의 가로수를 바라보며 마음속으로 욕을 퍼부었다. 빨간 외투가 멀어지더니 이내 보이지 않게 된다.

삼선교에서 합승을 버렸다. 최 강사는 합승 안에서 닭 쫓던 개처럼 나를 바라보았다. 나는 아예 모르는 척하고 외투 자락을 털었다.

성북동 쪽으로 발을 옮겨놓는다. 개천을 끼고 북쪽으로 뻗은 길이 황량하다. 거리에는 오가는 사람도 드물었다. 큰길을 꺾어서 오른편의 약간 경사진 길을 조심스럽게 올라간다. 항상 응달이 진 이 길의 얼음판은 상당히 단단했다. 추위에 얼어버린 듯한 달빛이 희미하게 비쳐 있는 길 위에는 차량 자국이 쭉 그어져 있었다. 소위 부호들의 별장이라는 것이 그곳에 있다. 나는 미끄러지지 않게 발목에다 힘을 주어가며 걸었다. 상록수가 거무죽죽하게 뒤덮인 눈에 익은 지붕이 보인다. 창문이 환했다. 순재의 집이다. 순재의 집이 보이는 지점에까지 왔을 때다. 나는 소스라치게 놀라며 물러서는 순간 얼음판 위에 그만 보기 좋게 나자빠지고 말았다. 난데없이 클랙슨 소리도 없이 질풍처럼 바로 내 옆으로 시발이 지나간 때문이다. 나는 얼음판을 짚고 몸을 일으키면서 동댕이친 핸드백을 집어 들었다. 값이 싼 물건이기는 하지만 한쪽 귀퉁이가 영 찌그러지고 말았다. 그뿐만 아니라 핸드백 속에서 굴러 나온 손거울이 두 동강이로 짝 갈라져서 발밑에 밟힌다. 입술을 깨물었다. 정말 순재 집을 방문할 마음이 잡쳐지고 만 것이다. 그러지 않아도 순재의 생활 풍속이 점점 친구라는 감정을 멀리 갈라놓고 있는데 이런 꼴까지 당하고 보니 어쩔 수 없이 마음이 남루해진다. 아까 합승 속에서 빨간 외투의 여자가 당한 봉변이나 지금 내가 당한 봉변이 뭔지 모르게 비슷한 것 같다. 그러나 일면 치여 죽지 않았으니 다행이라 생각해야 할 것인지. 어처구니없는 일들이다.

순재의 집 앞에까지 왔을 때 방금 경고도 없이 지나갔던 시발이 거기에 정차하고 있었다. 방약무인의 모습이다. 나는 장갑 속에 딱딱하게 굳어버린 손을 들어 목도리를 푹 뒤집어썼다. 발딱 나자빠졌던 모습이 부끄럽다. 자동차의 잘못이 아니라 내 잘못인 것 같은 착각도 들었다. 정문을 피하여 뒷문으로 돌아가 문을 두들겼다. 안면이 있는 식모가 얼굴을 내민다.

"주인아주머니 계신가요?"

"네…… 저……."

"좀 만나야겠는데……."

"저, 지금 막 주인님이 들어오셔서……."

만나보기 곤란할 거라는 표정이다.

'이 족속들에게도 이제 정객이나 할리우드의 여배우들처럼 대변인이 필요하겠군.'

나는 식모의 얼굴을 멍하니 쳐다보다가 혼자 쓰디쓰게 웃었다.

"꼭 만날 일이 있으니 내가 왔다고 좀 전해주시오."

나는 내가 무엇인지 모르지만 나를 우겨야겠기에 강하게 목소리를 밀었다. 식모는 부스스 들어간다. 하긴 나도 부자가 되면 내 하인이 친구의 내방을 문전에서 거절할는지도 모르지. 무턱대고 그를 원망한다는 것은 가난에 비뚤어진 내 마음의 탓인지도 모른다.

"잠깐 들어오시래요."

집 안에 들어갔다 나온 식모는 문을 열어주었다. 나는 불기 없는 방에 들어가서 순재를 기다렸다. 복도를 오가는 발소리, 도란도란 들려오는 이야기 소리, 시계 소리, 또 웃음소리.

순재는 육이오 전만 해도 과히 허물이 없었던 친구였다. 여학교 동창인 순재는 그때 평범한 샐러리맨의 아내였던 것이다. 그러나 피란한 부산에서 중석重石 수출의 호경기를 타고 돈을 쌓아 올린 그의 남편은 환도하자 민첩하게 제당공업製糖工業으로 전신하여 사업계에 두각을 나타냈던 것이다. 순재는 본시 계영이처럼 허영심이 많은 여자는 아니다. 허영에 날뛰기에는 좀 신경이 둔한 편이다. 천박한 인품은 아닌데 실속주의고, 돈이 생김으로써 배금주의자가 된 것은 할 수 없는 노릇일 게다.

찌그러진 핸드백을 내려다본다. 어째 무르팍이 시큰시큰하다. 넘어졌을 때 모질게 부딪친 모양이다. 옷을 걷어서 무르팍의 상처를 보려고 하는데 순재가 들어왔다.

"좀 바쁜 일이 생겼어."

순재는 들어오면서 그 말을 했다. 그리고 보니 외출 준비를 한 차림새다.

"쪽지를 보고 왔는데……."

"글쎄, 자세한 얘기를 아직 할 수는 없지만 우리 집안 꼴이 말이 아니란다."

투박하게 생긴 순재의 얼굴이 흐려진다. 웬일인지 땅이 꺼지게 한숨을 짓는다. 나는 순재 남편이 돈이 생기고부터 몹시 바람을 피운다는 소문을 들었기에 그의 심로를 건드리고 싶지 않았다.

"어지간하면 돈을 돌리라고 하지 않았을 거야. 아무튼 오늘은 시간이 없어. 일간에 내가 한번 나가지. 그리고 계영이도 만나보고……."

"계영이는 또 왜?"

"글쎄 가만히 있어. 계영인 돈이 많아. 그냥 노다지로 놀리고 있거든. 현회는 그리 쉽게 돈을 돌릴 형편이 못 되잖아?"

순재는 내 눈을 가만히 쳐다보았다. 사실 그의 말대로 돈이 나올 곳이 없다. 마돈나를 팔지 않는 이상. 그럼 계영이한테 채권이 넘어간단 말인가, 정말로 순재는 그렇게 형편이 딱하단 말인가? 믿어지지 않는다.

"아무튼 자세한 얘기는 요다음에 만나서 하기로 하고 오늘은……."

순재는 두루마기의 소매를 걷어 시간을 본다. 그가 바빠서 서두르는데 그냥 앉아서 계영이가 개재되어야 할 경위를 따져볼 수는 없다. 나는 일어섰다.

"미안하다."

이렇게 바쁘게 쫓아 보내는 것이 미안하다는 것일 게다. 나를 쳐다보는 순재는 그새 많이 늙은 것 같다. 눈 가장자리의 잔주름이 눈에 뜨인다.

식모가 열어주는 뒷문으로 해서 나는 밖에 나왔다.

칼날 같은 일진의 바람이 휭 하고 몰려오더니 다시 잠잠해진다. 앙상한 나뭇가쟁이들이 왜 그런지 창백한 것 같은 느낌을 준다. 사방은 잠긴 호수처럼 고요하고 달이 얼음조각처럼 전신줄에 댕그랗게 걸려 있었다. 경사진 길을 조심스럽게 내려온다. 아까 넘어졌던 일이 되살아와서 발끝이 떨린다. 뒤에서 클랙슨 소리가 몹시 요란스럽게 울려온다. 얼른 비켜섰다. 그리고 차가 지나가기를 기다렸다. 내 옆을 스쳐서 자동차는 지나가 버렸다. 자줏빛 라이트 아래 앉아 있는 사람은 순재와 그의 남편이다. 아까 내가 넘어졌던 일을 생각했음인지 운전수가 빙그레 웃고 있었다. 그 순간 내 눈이 찡하니 뜨거워졌던 것이다. 길은 험하고 추운 밤이다. 기왕 나가는 길이니 전찻길까지 친구를 태워다 줄 수도 있는 일이다. 하긴 순재는 원체 살갑고 인정스러운 성질이 아니다. 1년을 넘겨 쓰는 빚만 해도 그렇다. 1할이라는 비싼 이자를 도무지 깎을 생각을 하지 못하는 것도 욕심에서보다 그의 살갑지 못한 성격 때문인지도 모른다. 그렇게 생각하면 오늘 밤의 섭섭한 처사도 굳이 원망할 수 없고, 그의 성격에 돌릴 수밖에 없다. 그러나 순재는 분명히 나를 경계한 것이다. 남편의 버릇과 나의 젊음을. 그래서 그는 그의 남편과 내가 마주칠 기회를 막은 것이다.

큰길로 나와서 터벅터벅 걸었다. 불현듯 상현 씨 생각이 났다. 그러나 이내 미운 마음으로 변해지는 것이었다. 미웠을 뿐만 아니라 퍽 먼 곳으로 서로가 떨어져 있는 것을 느낀다. 그들은 그들이다. 계영과 순재와 그리고 상현 씨의 어엿한 부인, 그런 요조숙녀들이 손을 잡은 동그라미 속에 상현 씨는 서 있는 것이다. 점잖은 모습으로.

삼선교까지 나왔다. 발길이 그냥 집으로 향하지 않는다. 들먹거리고 있는 마음이 자꾸 발길을 막는다. 만나고 싶다. 만나서 황량한 마음을 녹이고 싶다. 그 돼지처럼 뚱뚱해진 순재의 남편이나 높은 목소리를 내며 기껄기껄 웃던 최 강사나, 그리고 순재, 그런 축들에게 나한테도 사랑하는 사람이 있노라고 소리를 치고 싶다. 실상 그들은 그들 마음대로 나를 요리하고 있으니 말이다. 그러나 상현 씨는 먼 곳에 있다. 허황한 이 거리감을 나는 메울 수가 없다.

어느새 나는 책방에 들어가서 공중전화의 다이얼을 돌리고 있었다. 조간에 나갈 사설을 위하여 상현 씨는 아직 신문사에 남아 있을 것이라는 추측에서 전화를 건 것이다. 신호가 자꾸 가는데도 전화를 받아주는 사람이 없다. 공연히 무서운 생각이 든다. 한참 만에 남자의 목소리가 들려왔다. 나는 이상현 씨 좀 바꾸어달라고 부탁했다. 잠깐 동안 잡음이 들리더니 상현 씨가 수화기를 잡은 모양이다.

"누구시죠? 제가 이상현입니다."

단정한 상현 씨의 목소리다. 다리가 발발 떨린다.

"저, 저 마돈나의 강이에요."

무의식중에 마돈나를 내세워 나는 스스로 겸허를 표시하고 있었다. 잠시 동안 말이 없었다. 그도 의외였던 모양이다.

"아, 그런데 어떻게 이리 늦게……."

극히 소극적인 목소리였다. 나는 그가 반가워할 줄 알았던 것이다.

"지나가다가 만나고 싶어서 걸었어요."

미처 상현 씨의 대답도 기다리지 않고 전화를 끊어버렸다. 눈에서 눈물이 울컥 쏟아졌다.

거리에 나선 나는 하늘을 쳐다보았다. 상현 씨의 소극적인 목소리는 가슴을 으깨는 듯했다.

'고난과 고독 속에서 동지를 구하지 않는 사람이야말로 진실로 영웅적인 인간일 게다.'

엉뚱스러운 말을 씹어본다.

10

집에 돌아오니 훈아가,

"엄마!"

하고 나를 부르더니 빙긋이 웃으며 팔에 매달린다. 한집에 살면서도 좀처럼 얼굴을 대하기 어려운 어미와 자식이다. 부드러운 볼에 내 차가운 볼을 비비다가 그를 안고 따뜻한 아랫목에 발을 뻗는다. 얼굴을 가만히 들여다보았다. 깊은 숲속에 솟는 샘이 이렇게 맑을 수 있을까? 신비한 눈이다.

"훈아는 크면 뭘 하지?"

"선생님이 훈아 그림 잘 그린다고 화가 되겠대요. 화가 될까?"

훈아는 유심히 나를 쳐다보며 말한다.

"그래, 뭣이든 너 하고 싶은 대로 해."

새까만 눈이 엄마만을 믿고 있는 듯 반짝인다. 훈아를 안았던 팔을 살그머니 풀었다. 나는 훈아를 좀 멀리 두고 보아야겠다. 애정에도 염치가 있어야 한다. 항상 애정을 강요하던 어머니에 대한 미움이 어느새 나를 소심하게 조심스럽게 만든 것이다. 만일 나의 연인이, 그리고 내 딸이, 나에게 의무적인 또는 동정이나 강요에 못 이긴 포용을 했다고 하자. 그것은 기막히는 일이다. 나는 그들, 사랑하는 그들을 잃을지언정 그들 마음속의 화석이 되어서는 안 된다. 내 마음속의 어머니처럼 나를 억지로 밀어 넣어서는 안 된다. 나는 방금 전화를 끊고 왔다. 강요는 하지 않으리. 염치를 차려야지.

"내가 죄가 많아서 원수의 새끼까지 거느리고, 이게 무슨 꼴이람……."

현기가 있는 방문을 닫아부치며 어머니는 넋두리한다. 무슨 일이 또 일어났는가 보다.

"외삼촌은 어디 갔니?"

"할머니가 야단쳐서 나가버렸어."

"무슨 내가 할 짓인고……."

어머니는 그래도 은근히 걱정이 되는지 문간을 들락거린다.

'그 자식이 또 어딜 갔을까.'

우두커니 어항을 내려다본다. 한 달에 한두 번은 으레 있는 일이다. 붕어들이 힘없이 흐느적거리고 있었다. 겨울이 되면서부터 마돈나에서 갖다 놓은 어항이다.

"어머니, 저것 말예요, 얼룩이 있잖아요. 요즘 통 밥을 안 먹어요. 소금물에 목욕도 시켰는데두⋯⋯. 영 힘이 빠졌나봐⋯⋯."

"글쎄, 병이 났나, 추워서 그런가?"

"아주 저 꼬마는 먹고잽이예요. 손가락만 넣어보세요. 올라오죠. 아이 간지러! 손가락을 막 물어요."

훈아는 어항 속에 손가락을 집어넣고 얼굴을 찡그리며 웃는다.

9시가 지났는데도 현기는 돌아오지 않았다. 극장에나 가지 않았는지. 현기는 아버지를 닮아 방랑벽이 있는 모양이다. 불쌍한 아이, 애정에 굶주리고 있는 아이다.

"훈아! 자리 깔았다. 이제 자야지."

이래저래 화가 난 어머니는 훈아의 팔을 올곧잖게 잡아끈다.

"훈아는 혼자 자지? 그지? 이제 어른인데, 뭐."

훈아는 내 말이 우습다는 듯 어깨를 슬쩍 올리고 눈을 찡긋한다. 어머니는 눈을 내리깔고 나를 흘겨보았다. 그래도 나는 모르는 척하고 훈아의 이부자리를 잡아끌었다.

"아이들은 혼자 자게 버릇을 들여야 해요. 어른이 안고 자면 못써요."

매양 하는 말이었다. 밤늦게 돌아와서 어머니 품에 안겨서 자는 훈아를 몇 번이나 갈라놓았는지 모른다. 어머니는 그것을 일종의 나의 질투로 알고 있다.

이불 속에 들어간 훈아는 빙긋이 한 번 웃더니 눈을 감는다.

"흥! 내가 무슨 몹쓸 병에나 걸렸나 부지, 아이 옆에 얼씬도 못 하게 하고……."

어머니의 빈정거리는 말도 매양 하는 그 말이다.

"아이는 어른들의 장난감이 아니니까."

낮은 목소리였지만 충분히 압력을 주었다. 어머니는 저고리를 벗어 윗목으로 휘딱 던지며,

"강씨네 가문하고 나하고 무슨 원수가 졌길래 아비 자식들이 모두 나를 눈엣가시처럼 생각하누. 현기 놈만 해도 그렇지. 인생이 불쌍해서 길러놓았더니 제 아비처럼 역마살이 뻗쳤는지 원, 걸핏하면 나돌기가 일쑤고……."

"밤낮 어머니가 오금을 박으니까 아이가 나돌게 되죠, 뭐."

참으려던 말이 그만 풀쑥 나왔다. 말이 자연 오고 가게 된다.

"오냐, 그래. 너도 자식이 크지 않니? 어미로서 뭐가 그리 장한가? 큰소리하게 됐냐? 너도 나처럼 훈아한테 구박을 안 받을 줄 아니?"

말없이 어머니를 쏘아본다. 어머니는 강한 내 눈빛을 슬그머니 피하더니 베개를 찾아 그냥 누워버린다. 연이도 힐끔힐끔 눈치를 살피다가 자리에 든다.

담배를 태우며 생각했다.

어느 곳에 늙은 아버지를 모신 젊은 내외간이 있었다. 늙은 아버지는 밥을 먹을 적마다 손이 떨려서 곧잘 그릇을 깼다. 그래서 젊은 내외는 아버지를 구박하고 천대했다. 그러다가 그들은 나무 그릇을 만들어 아버지의 밥그릇으로 했다. 어느 날 그들 젊은 내외의 아들이 열심히 무엇을 만들고 있었다. 무엇을 하느냐고 그의 어머니가 물어보았더니 아버지 어머니가 늙으면 줄 밥그릇을 만드노라 했다. 이 말을 들은 그 젊은 내외는 무서움에 떨었다는 것이다.

어릴 적에 그 늙은 아버지의 얘기가 슬퍼서 나는 울었다.

담배 연기를 뿜는다. 인간이 왜 생겨났을까 싶다. 인간이란, 삶이란 한없이 황막한 잿더미 속에서 겨우 이마를 쳐들어보는 그런 것이 아닌가 싶어진다. 묘한 생각이다.

어머니는 그새 벌써 잠이 들어 코를 골기 시작한다. 어떠한 근심이나 노여움도 어머니의 수면을 방해하지 못한다. 그렇게 고민이 간단한 어머니를 보고 있노라면 내 자신 좀 더 잔인해진다. 이것도 사디즘에 속하는 것일까?

10시가 넘었다. 문을 두들기는 소리가 들려온다. 현기가 돌아오는가 보다. 나는 야단을 쳐줄 생각을 단단히 먹고 나갔다. 그러나 문을 열고 보니 뜻밖에 상주댁尙州宅이다.

상주댁 뒤에 현기가 우두커니 서 있었다.

"어쩐 일이에요, 상주댁?"

그는 명륜동에서 식모살이를 하고 있다.

"드릴 의논이 있어 왔지요. 일을 끝내다 보니 이리 늦었구먼요. 또 늦게 와야만 훈아 어머닐 만날 수도 있고 그래서……."

"현기는 어디 갔었댔어?"

상주댁이 있기 때문에 야단을 칠 수도 없다.

"지가 오니까 전찻길에 우두커니 서 있더만요. 그래 같이 가자고 했지요."

가슴이 아프다. 그러나 나는 조금도 표정을 풀지 않았다. 잠들었던 어머니도 바깥 기색에 잠이 깨어 문을 열어본다.

"상주댁이 왔구만, 올라오우."

부스스 현기는 제 방으로 들어간다.

"뒈진 줄 알았더니 그래도 기어들어 오누만."

입으로는 강하게 말을 해도 어머니는 안심이 된 눈치다.

상주댁은 방으로 들어왔다. 그는 터서 피가 밴 손을 맞잡는다. 그는 옛날 외할머니 댁에서 자란 양딸이다. 상주로 시집갔대서 상주댁이라 한다.

"요즘은 좀 어떠우?"

"글쎄, 또 일을 저질러서 죽도록 맞았답니다."

상주댁 눈에 눈물이 글썽 돈다. 병신이 된 그의 남편 이야기다.

"왜 또?"

"글쎄, 배가 고프고 답답해서 한 짓이겠지만……."

상주댁은 손등으로 눈물을 씻는다.

상주댁의 남편은 다리 하나가 잘린 상이군인이다. 네 살이나 자기보다 나어린 남편에 대한 상주댁의 애정은 지극한 것이었다. 전시 때 그는 일선으로부터 남편을 후방으로 돌리고자 그 잘나빠진 땅이야, 집이야, 소야, 하고 팔아 날렸다. 그러나 남편은 병신이 되고 전쟁은 끝이 났다. 그가 할 일이라곤 이제 식모살이가 남아 있을 뿐이었다.

"무슨 일이 있었댔소?"

나는 재차 물었다.

상주댁의 이야긴즉 남편은 그의 동료 한 사람하고 라디오점에 가서 구걸을 했다는 것이다. 그러다가 깡패에 잘못 걸려 죽도록 맞았다는 것이다.

상주댁은 연신 눈물을 글썽이며,

"글쎄, 내가 서푼어치 장사라도 해야겠어요. 남의 집 식모살이란 끝이 없어요. 그이를 내가 데리고 있어야겠어요."

"그럼 장사 밑천은 좀 있나요?"

"있긴 뭐가 있겠어요? 월급 받기가 바쁘게 그이한테 가져가죠."

"한 만 환 정도 마련이 안 되우?"

"만 환 같으면 어떻게 되는지…… 그렇지만 만 환으로 뭘 하겠어요?"

"할 만한 일이 하나 있어요. 우리 다방 앞에서 담배 장사를 하구려."

나는 선뜻 머리에 떠오르는 대로 말을 했다.

"밥벌이가 될까요?"

상주댁의 얼굴은 걱정스럽다.

"상주댁이 하다가 주인한테 맡겨요. 가만히 앉아서 파는 거야 못 할라구?"

"그럼요, 왜 그걸 못 하겠어요?"

"둘이서 버시구려. 설마 입치레야 못 할라구?"

상주댁의 얼굴이 환하게 핀다. 나도 기뻤다. 나하고 일단 이야기가 끝난 상주댁은 어머니를 상대로 끝없는 시름을 늘어놓는다. 말벗을 얻은 어머니도 상주댁을 상대로 끝없는 이야기들을 늘어놓는다. 통금 준비 사이렌이 불자 상주댁은 황황히 일어섰다.

11

다방의 문을 열어놓고 광희는 테이블에 걸레질을 하고 있었다. 안개가 낀 아침인데 날씨는 어제보다 한결 누그러져 있었다. 봄이 바로 저만큼 와가지고 서 있는 것 같았다.

다방에는 여지껏 손님이 한 사람도 없었다. 마침 누가 문을 밀고 들어왔다. 상현 씨였다. 그는 곧장 카운터로 다가왔다.

"왜 전화를 끊었죠?"

까칠한 목소리였다. 나는 말을 못 하고 멍하니 선 채 그를 보았다. 그가 이렇게 일찍 나타나리라고는 생각지도 못했다.

"이내 여기에 왔었지요. 벌써 들어갔다고……."

"직무에 방해가 될까 봐……. 전활 잘못 걸었다고 생각했어요."

"신경질이군."

널찍한 어깨가 나를 감싸주는 듯 가까이에 있다. 눈을 깜박이다가 의미 없이 차반을 쓸어보았다.

"몇 시에 문을 닫죠?"

"10시쯤, 혹은 11시에……."

"9시에 오면 같이 나가시겠어요?"

아이처럼 순순히 고개를 끄덕였다. 그리고 침을 삼켰다. 상현 씨는 양미간을 모으고 나를 깊숙이 바라본다. 안면 근육이 미묘하게 움직이면서 미소가 된다. 가장 복잡한 그의 심리를 나타낸 웃음이다. 그는 창가에 가서 의자에 푹 가라앉았다. 그리고 신문을 꺼내어 드는 것이다.

광희는 모닝커피를 마시는 손님들에게만 서비스하게 되어 있는 메추리알을 위스키글라스에다 깨면서 힐끔 나를 숨어 본다. 철없게도 나는 그만 얼굴을 붉히고 말았다. 여자는 본시 사랑의 분위기에는 예민한 족속이다. 아마 광희는 우리들의 그러한 분위기를 느낀 모양이다.

광희는 상현 씨한테 커피를 날라다 주고 카운터로 돌아와서 차반을 놓았다. 그리고 손을 깍지 끼었다 풀었다 하면서 우두커니 나를 바라본다. 무슨 할 얘기라도 있는 표정이다. 그러나 냉큼 말을 못 하고 머뭇머뭇 입술만 움직이고 있다. 민우 씨가 술이 취해서 오던 날 밤 이래 광희하고 나 사이에 어쩐지 벽이 하나 생긴 것 같다.

"아주머니?"

속삭이듯이 부른다. 대답 대신 쳐다보았다. 광희의 웃음 짓는 얼굴은 자꾸 우는 얼굴하고 교차된다.

"민우 씨가 말예요……."

"……?"

"저, 민우 씨가 말예요. 질투를, 질투를 했죠."

"질투를?"

무엇을 말하려는 것인지 얼핏 깨달을 수 없어서 되물었다. 광희는 그저 고개만 끄덕인다.

"누구한테…… 질투를?"

"이 선생님한테, 질투를…… 하나 봐요."

광희는 고개를 돌리며 상현 씨를 눈으로 가리킨다. 그냥 웃어넘겨 버릴 수 없었다. 광희는 내 눈을 피하여 고개를 푹 수그렸다. 그리고 시멘트 바닥에 발끝으로 원을 그린다.

"잘못되었으면 용서하세요."

광희의 손을 무의식중에 쥐어버렸다. 떨리고 있는 광희의 슬

95

픔이 손끝을 타고 내 핏속으로 흘러들어 오는 것 같다.

"공연히 근거 없는 추측일랑 하지 말어."

그 말에 자신이 있었던 것은 아니다.

"어젯밤 늦게 이 선생님이 오셨더랬어요. 마침 술을 마신 민우 씨가……."

술을 마신 민우 씨가? 광희의 손을 놓고 당황하면서 머리를 걷어 올린다. 광희는 고개를 수그린 채 가만히 있다가 이마 위에 주름을 잡으며 눈을 치뜨고 나를 본다. 그날 밤 민우 씨가 나를 보던 때의 눈처럼 괴상스럽고 전율적인 눈이다. 광희는 다음 순간 나에게 등을 보이며 돌아섰다. 그러더니 도로 내 앞으로 몸을 돌리며 하는 말이,

"마돈나는 실종이오, 마돈나는 잃어져 버렸소, 그렇게 말했어요. 이 선생님을 노려보면서. 마돈나는 아주머니래요. 그 얌전한 사람이 그런 말을 했어요."

광희의 다물린 입매가 흔들린다. 하얀 이빨을 드러내며 미소를 짓는다. 그러나 쌍커풀이 굵게 진 눈에 눈물이 가득 괴고 있었다. 나는 아무 대꾸도 못 하고 의자에 주저앉아 버렸다.

광희는 슬며시 몸을 구부리며 레코드판을 고르더니 전축에 건다. 감정을 참는 듯 입술이 발발 떨고 있다. 곡목은 「별은 빛나건만」, 마리오 란차가 부르는 토스카의 일부다. 광희는 아침부터 사람의 오장을 쥐어짜는 듯한 마리오 란차의 목소리를 틀어놓고 어젯밤에 씻어놓은 재떨이를 빈 테이블 위로 가져간다.

아무 일도 없었던 것처럼 조용한 동작이었다.

상현 씨는 여전히 신문만 보고 있었다.

아침 손님이 한 사람 두 사람 나타났다. 잿빛이 된 사방 벽에 담배 연기가 서리고 음악이 쿵! 쿵! 울리는 속에 마돈나의 하루가 시작된다.

거의 10시가 되려고 할 때 명자는 얼굴이 벌게져 들어왔다. 빨리 걸어오느라고 서둘렀던 모양으로 몹시 씨근거린다. 그는 끈이 떨어져버린 핸드백을 카운터 밑에 집어 던지고 외투를 벗는다. 외투를 벗으면서,

"아주머니, 아이 참! 저, 기가 막히는 꼴을 다 봤어요."

조용히 움직이고 있는 광희의 뒷모습을 좇아가던 눈을 들어 명자를 보았다.

"글쎄, 오는데 말예요, 이년 이제 잡았다, 꼼짝 말라! 하잖아요."

명자는 눈을 둥그렇게 뜨며 호들갑을 떤다.

"어떤 사내가 지나가는 여자한테 그러고 덤비지 뭐예요. 모두 바람난 여자를 남편이 잡는 줄만 알았죠. 그랬더니 그게 아니에요. 바로 그게 날치기예요. 그만 핸드백을 덮치더니 다리야 날 살리라고 달아나지 뭐예요. 여자는 그만 땅에 주질러……."

늦게 온 이유인지 따분한 얘기를 늘어놓는다. 손짓 발짓과 같이 전해오는 명자의 높은 목소리를 귓전에 흘려버리면서 나는 아까 눈물이 가득 괴던 광희의 눈을 생각하고 있었다.

"……우리 식구는 다 죽었다는 거예요. 참 별난 세상이야……."

명자는 아직도 지껄이고 있었다. 연기가 자욱이 실려 있는 속에 상현 씨는 앉아 있다.

여태까지 이 실내에 폈던 나의 신경의 망網은 탄탄하고도 실한 것이었다. 그러나 지금 그 망에는 구멍이 펑펑 뚫어지고 말았다. 제일 큰 구멍은 상현 씨가 뚫어놓았고, 광희 민우 씨 최 강사 계영이 순재, 이런 치들이 각기 조그마한 구멍들을 뚫어놓았다. 이것들이 서로 연관을 갖고 풀어지면서 망은 아주 망그러지고 만 것이다.

그런 생각을 하고 있는데 상현 씨가 손가락에 담배를 끼고 나오면서 찻값을 치른다.

"이 선생님, 여기 오시지 마세요. 8시에, 먼저 그 다방으로 제가 나가겠어요."

빠르게 속삭였다.

"그럼 8시 말고 7시에 오세요."

말만 남기고 휙 나가버린다.

오후에 순재가 찾아왔다. 어젯밤에 불빛 밑에서 보던 얼굴보다 훨씬 더 늙어 보인다. 명자한테 커피를 가지고 오라고 시키면서 그와 마주 앉는다.

"얼굴이 몹시 상했군."

그런 말을 하고 보니 뭔지 친구다운 감이 든다.

"말도 말어. 우린 완전히 파산이란다."

"파산이라니?"

"파산이기보다 파멸이지."

"왜?"

"기는 사람하고 나는 사람하고 경쟁이 되나? 일찌감치 손을 떼어버리자고 해도 말을 안 듣더니 이제 이 꼴이지 뭐니?"

투박한 얼굴 위에 가는 경련이 인다. 여자 문제가 아니라 사업 관계인 모양이다.

"사업이 시원찮아?"

"시원찮을 정도가 아니야. 홈싹 무너지고 말았어. 글쎄 우리를 잡아먹으려 드는 삼흥회사는 말이야, 규모가 크고 시설이 최신식이고 또 자본이 굉장하거든. 그러니까 생산가격이 싸질 수밖에. 거기다가 밑지는 장사를 한단 말이야. 그건 모두 우리를 쓰러뜨릴 작전이지 뭐니? 우린 은행 빚에 공장이 몽땅 넘어가도 모자랄 판국인데 겹쳐지는 인건비, 고율의 세금, 어떻게 감당한단 말이니?"

"그럼 진작 말 일이지."

"누가 아니래? 그러나 처음엔 경쟁이 되었더랬어. 도리어 이쪽에서 이길 것이라 믿었어. 그래서 돈이란 돈은 모조리 끌어넣었잖아? 그랬더니만 삼흥에서는 방직공장하고 합자를 하더군. 그래 저쪽은 갑자기 자본이 커지고, 우리가 녹았지. 요즘의 사업이라는 것은 어느 쪽의 자본이 더 오래 견디는가 그것에 달렸거든. 아아 인건비, 세금, 이자, 모두가 빚으로만 고스란히 남게 되었으니, 이제 우린 거지가 다 됐어."

흥분을 하다가 나중에는 그만 말을 내던지듯 끊어버린다. 나는 순재의 말을 들으면서 짓궂게도 순재가 퍽 박식해졌다는 생각을 하고 있었다. 순재의 말은 현실에 있어서 흥망무상한 사업가들이 밟아온 경로를 요약한 것이었다.

"그래도 괜찮아. 월급쟁이로 있던 옛날을 생각하려무나. 아직은 집도 있고 자동차도 있고…… 설마 산 입에 거미줄 치겠니?"

"집이 다 뭐니……? 빚에 안 잽힌 것이 하나나 있는 줄 알아? 남은 것이라고는 매일 늘어만 가는 빚뿐이야."

순재는 어이없다는 듯 나를 바라보다가 커피를 마신다. 하기는 순재이니 이런 얘기라도 한다고 생각되었다. 인정스럽지는 못해도 대범스러운 데가 있어 눈물도 보이지 않았다.

"참 허무하구만."

진실로 허무하다고 생각했다.

"정말…… 허무한 세상이야."

순재도 나도 잠시 동안 말없이 앉아 있었다.

"오늘 아침에 나오면서 계영이한테 전화해보았지."

한참 만에 순재는 말을 흐리면서 나를 본다.

"돈을 빌려주어도 좋다는 기색이더군."

잠자코 듣기만 한다.

"현회가 다른 데서 빌 수만 있으면 계영이한테 부탁할 것도 없지만……."

계영이하고 내 사이를 알고 하는 말이다.

"다방을 팔아야지, 어디서 돈을 구해보겠니?"

아침에 느낀 여러 가지 불안이 떠올라서 선뜻 다방을 팔아버릴까 싶은 생각도 들었다.

"그렇지만 다방이 어디 하루 이틀에 팔리니?"

"그렇겠지. 한데 계영이하고는 싫어."

"뭐가 어때? 이자 주고 쓰는데 누가 구걸하니?"

"독사한테 말려들어 가는 것 같아서 기분이 나빠."

"워낙 사이가 나빠서 그렇지. 장삿속으로 피차 대하려무나?"

"글쎄……."

우리 집사람하고 친합다, 하던 상현 씨의 목소리가 귓가에서 불길한 종소리처럼 울리고 있었다.

"2월 3일 날 1시에 아서원雅紋園으로 나와. 그날 동무들이 모이는데, 거기서 계영일 만나보게……. 나도 급하구……."

순재는 장갑을 끼면서 일어섰다. 그러나 나는 나가겠노라는 대답을 하지 않았다.

"참, 우리 회사의 사정 남보고 말하지 말어. 계영이한테는 더욱이야."

"그래, 알았어."

순재는 어깨를 축 늘이고 힘없이 걸어 나갔다.

12

S신문사의 게시판을 비춰주는 전등불이 무지갯빛처럼 지고 있었다. 나는 바둑판처럼 깔린 포도鋪道 위의 가로수 그늘을 밟는다. 국회로부터 중앙청에 이르는 넓은 가로는 오늘따라 조용한 것 같았다. 시청 뒤로 뻗어나간 길을 막 질러가려고 할 때, 덕수궁 뒷거리에서 이쪽으로 건너오던 남녀 한 쌍이 내 옆을 스쳐서 앞서간다. 싸늘한 포도 위에 이상한 음이 하나씩 탁! 탁! 새겨진다. 그 소리는 남자의 한쪽 겨드랑이에 낀 의족이 포도에 부딪는 소리다. 한쪽 다리가 잘려진 상이군인이었다.

"나는 결코 너하고는 결혼 안 한다."

아주 젊은 음성이 기복 없이 울려온다.

"아이 참! 어쩌란 말예요?"

"흥, 난 누가 나를 이렇게 부축해주는 것이 싫다는 거야!"

남자는 한쪽 팔에 감겨진 여자의 손을 획 풀면서 말을 내뱉는다. 갑자기 중심을 잃은 몸이 휘청거린다. 여자는 다시 그의 팔을 잡으며 한숨을 짓는다.

"나는 널 좋아했지만 동정은 받기 싫다. 빨리 시집을 가란 말이야."

여자는 말이 없다.

"나는 식모 같은 여자를 하나 얻어서 부려먹을 작정이야. 내가 너한테 굴복하고 비굴해져야 할 까닭이 있어? 난 사내야."

"누가 비굴해지라고 했어요?"

여자의 긴 머리채가 나부낀다.

그들은 목발 소리를 하나씩, 하나씩 남겨놓고 을지로 쪽으로 사라진다. 시청 앞의 광장을 지나면서 나는 그들의 귀로를 궁금하게 생각했다. 이상스럽게 인상적인 뒷모습이었다. 갓 난 상처에서 핏방울이 확 튀기는 듯한 그들의 대화가 머릿속에 자릿하니 남는다. 그리고 어젯밤에 다녀간 상주댁의 말이 되살아온다. 눈물이 번득이던 눈도…….

'밥벌이가 될까요?'

마치 이 세상에 난 사명은 오직 그 사람을 위한 것뿐이라는 듯 피가 맺힌 억센 손을 몇 번이나 맞잡던 상주댁이었다. 그것은 남편에 대한 사랑이기보다 일종의 충성심이 아닐까? 그의 남편은 아무런 스스러움도 없이 아내의 모든 것을 받아들인다. 조금도 에누리나 보탬이 없는 소박한 사랑이다.

불안하고 무서운 생각이 든다. 이상현, 얼마나 그리운 이름인가. 나는 염치를 차려야 할까? 억척스럽게 그의 애정을 받아야 할까? 아니 나는 도도해야 할까? 그런 생각에 골똘하여 그만 호수다방을 지나쳐 버렸다. 그리고 어느덧 시공관 앞에 와서 우두커니 서 있었던 것이다.

되돌아가서 호수다방을 찾아 들어갔다. 이번에도 상현 씨는 먼저 와서 기다리고 있었다. 그는 나를 보자 웃으며 얼른 일어섰다.

"간단히 저녁을 하고 영화나 보러 갑시다."

그는 미리 계획을 짜놓았던지 어느 양식점에 나를 데리고 갔다.

우리는 라디오에서 중계방송하고 있는 연주를 들으며 음식을 먹었다. 담담하면서도 행복한 분위기를 즐기며 여러 가지 이야기를 나누기도 했다. 저번처럼 반발하지 않았다. 내 주변에다 담을 쌓아 올리는 태도도 취하지 않았다.

상현 씨는 마요네즈에 무친 감자를 내가 잘 먹는 것을 보고 자기 접시의 것을 덜어주었다. 눈언저리가 후끈하고 달아올랐다. 그의 얼굴을 바라보기가 면구스러웠다. 그는 잔잔하게 웃고 있었다. 내가 당신을 사랑하는 행위는 당연한 것이 아니오? 하는 눈으로 그는 나를 보고 있는 것이다. 누가 보면 우리를 정다운 내외간으로 알았을 것이다.

저녁을 마친 뒤 상현 씨는 냅킨으로 입언저리를 닦으며 시계를 본다.

"빨리 가야겠는데, 영화가 시작되었겠어요."

밖으로 나오자 그는 내 팔을 끌다시피 하며 빨리 가자고 서둘렀다. 그러한 동작이 마치 소년의 것처럼 순진하게 보였다.

영화관으로 들어갔을 때 마침 뉴스가 끝나고 오늘의 프로가 막 시작되려는 판이었다. 영화는 서독에서 제작한 톨스토이의 「부활」이다.

영화를 보면서 나는 아주 어렸을 때에 본 영화 「부활」을 생각했다. 그때 아버지가 데리고 살던 기생 소화가 어머니하고 나를 극장에 데리고 간 것이다. 정거장에서 카추샤가 쓰러지는 장면, 카추샤가 치마를 걷어 올리고 담배를 꺼내던 장면이 지금도 어슴푸레 기억 속에 남아 있다.

그때 영화를 보고 난 뒤 극장을 나오면서 소화가 하는 말이,

"아무리 천한 계집일지라도 배반한 사내를 따라가지 않는 것이 신통하지요, 형님?"

어머니는 집에 돌아와서,

"그년, 나를 보고 비양을 치는 모양이구나."

그 후 소화는 아편쟁이가 되더니 그만 물에 빠져 죽었다. 어머니는 팔자는 사나워도 인정스러운 계집이었는데 하고 불쌍해했다.

화면을 좇으면서 부질없이 지난 일을 생각하고 있었다. 화면에선 지금 카추샤가 발발 떨면서 담배에다 불을 당기고 있다. 시원스럽게 연기를 뿜는다. 그것을 바라보고 있던 나는 불현듯 담배가 피우고 싶었다. 그러나 나는 지금까지 남 앞에서 담배를 피워본 일이 없다. 언제부턴지 혼자 밤에 피우게 버릇이 되어버렸다. 그래서 그런지 낮에 남이 피우는 것을 보아도 피우고 싶다고 생각해본 일이 없다. 그러나 카추샤가 시원스레 연기를 뿜고 있는 것을 보았을 때는 견딜 수 없이 담배가 피우고 싶었다.

나는 지금 고독을 느끼고 있는 것일까? 상현 씨를 쳐다보았다. 내 시선을 느낀 상현 씨는 고개를 나에게 돌린다. 차갑도록

흰 이빨을 보이면서 웃는다. 그리고 내 손 위에다 자기의 손을 가볍게 얹으며 얼굴을 화면으로 옮기는 것이었다.

영화관에서 나왔을 때 밤은 꽤 깊어진 것 같았다. 자동차를 잡기 위하여 큰 거리로 나오면서,

"네흘류도프는 선생님처럼 인정 많으신 분이군요."

물론 농담이었다.

"영광입니다. 애인을 가로채 가는 청년이나 없었으면 다행으로 알겠소. 어젯밤에 젊은 친구가 무서운 눈초리로 나를 봅디다."

우리는 서로 마주 보고 웃어버렸다. 그러나 민우 씨의 어두운 그림자가 내 마음속에 깔렸다.

택시를 타고 돈암동으로 향하였다. 잘 아는 이야기였지만, 우리들의 가슴속에는 영화에서 온 애상이 여음처럼 남아 있었다. 이러한 엷은 감동은 영화에서 오는 것이기보다 우리들의 애정에서 오는 것이다. 자동차에서 내렸다. 상현 씨도 따라 내리면서 자동차를 돌려 보낸다.

"아직 시간이 좀 남아 있으니 걸어볼까요? 날씨도 풀렸고……."

교회당이 있는 조용한 뒷길을 걸어간다. 길게 뻗은 그림자 두 개를 밟으며 우리는 나란히 걸어간다. 날씨가 누그러지기는 했지만 역시 겨울날이라 밤바람은 차가웠다. 별빛이 무수히 흐르고 있었다. 교회당 뒤에 자리 잡고 있는 나직한 산허리가 박

명薄明 속에 부드러운 선을 띠고 있었다. 사방은 고요하고 인적 기조차 없다. 이따금 멀리에서 메밀묵장수의 외치고 가는 목소리가 희미하게 들려올 뿐이다.

"추워요?"

상현 씨는 내 허리에 팔을 돌리면서 자기 옆으로 바짝 다가세운다. 우리는 사춘기의 소년 소녀들처럼 겨울밤을 정처없이 헤매어 다녔다.

"우리가 좀 더 일찍 만나서 결혼을 했더라면 행복했을 거요."

그는 내 손을 쥐고 걸어가면서 말했다.

"행복하지 못했을 거예요. 필경……."

나는 어리광이라도 피우는 심정으로 트집을 부렸다.

"왜?"

"욕심이 많아서……."

"앞으로 하게 된다면?"

가슴이 떨린다.

"마찬가질 거예요."

"어째서?"

"애정 이외 너무 많은 일들이 있어요……. 그런 일 때문에 서로 싸우고 고독해질 거예요."

"애정 이외의 일이라면 얼마든지 극복해나갈 수 있지 않을까?"

"생각만으론…… 그렇겠지요. 그렇지만 애정에 정직한 것만 큰 다른 일에도 정직할 수밖에 없잖아요?"

"지금 내가 결혼하자고 한다면?"

"결혼은 아니하겠어요. 그렇지만 사랑하고 싶어요."

나는 상현 씨의 손을 떠밀고 두 손으로 볼을 감쌌다. 그러한 자세로 나는 발밑을 내려다보며 걸어갔다.

"늦었어요. 집 앞에까지 데려다주세요."

나는 집이 있는 곳으로 발길을 돌렸다.

"애정하고 생활이 결합되지 못한 결혼처럼 불행한 것은 없소."

상현 씨는 처음으로 자기의 결혼 생활이 불행한 것을 암시했다.

"저는 집착이 무서워요. 저를 파멸시킬 거예요. 언제든지 헤어질 수 있다는 체념만이 저를 구원하는 단 하나의 방법입니다."

볼을 감싸고 걸어가면서 나도 모르게 그런 말을 하고 있었다.

"파멸이라는 것은 무엇을 두고 하는 말이오?"

"애정이죠……. 얼마나 무서워요. 애정의 파멸 속에서 헤매이는 무서운 집착…… 사람이 죽었을 때도, 사랑하는 사람이 한 포기의 풀보다도 못하게 죽어버렸을 때도…… 무서운 바람처럼 집착이, 내가, 뒹굴어가는 모습…… 생각해보세요. 굴러가는 벌판을 생각해보세요. 무섭지 않으세요?"

내 말에는 분명히 두서가 없었다. 나는 흥분을 했기 때문에 말의 뜻을 잃어버렸고 감정만 훑어낸 것이다.

바로 눈앞에 대문이 다가왔다. 발을 멈추며,

"우리 집이에요."

흥분을 가라앉혔다. 창문에는 불이 꺼져 있었다.

"들어가면 안 되죠?"

그는 내 어깨 위에 손을 얹었다.

"어머니가 계세요."

"그럼 이대로 돌아갈까요?"

"돌아가세요."

그의 뜨거운 눈길을 받으며 서 있었다.

그는 나를 안았다. 내 입술을 찾아 지그시 빨았다. 그리고 나를 놓아주면서 손을 찾아 쥐고,

"추웠죠?"

나는 고개를 저었다.

"가세요. 늦어지겠어요."

돌아서서 문을 흔들었다.

13

순재가 다녀간 후 정월이 지나가고 2월이 왔다. 창살 사이로 비치는 하늘은 푸르고 맑았다.

그동안 나는 계영한테 돈을 빌리는 문제를 여러모로 생각해 보았다. 순재도 몸이 달아서 두 번인가 찾아왔다. 다방을 판다고 해도 시일이 걸리는 일이니 우선 계영한테 먼저 교섭을 해야 한다고 마구 압력이다. 아무래도 계영한테 빚을 쓸 마음이 없다. 다방을 팔아버릴까 싶은 생각을 여러 번 해봤다. 그렇다고 해서 다방을 판 후의 생활 대책을 세워본 것도 아니다. 생활에 대하여 이렇게 허탈 상태에 놓여 있는 것은 지금 내가 연애를 하고 있는 때문이다. 나는 지금 상현 씨에 대한 애정 속에 빠져 있는 것이다. 다방을 팽개쳐버리고 싶은 것도 우리들의 애정 이외의 일을 생각하고 싶지 않은 때문이다. 감정만으로는 그러했다. 그러나 나는 내 몸 위에 무수히 쌓여지는 짐을 덜기 위하여 몸부림을 쳐야 한다. 순재의 말대로 계영을 장삿속으로 상대해야 한다. 계영을 경멸하는 나, 상현 씨를 사랑하는 나, 어쩌면 그것은 나 아닌 또 하나의 나라고 쳐줄 수는 없을까.

그런데 웬일인지 오늘은 광희가 나오지 않았다. 얼마 전에 명자가 나한테 일러바친 말도 있고 하여 걱정이 된다. 명자의 말인즉 술이 취한 민우 씨가 밤늦게 들르면은 광희가 그를 따라나간다는 것이다. 민우 씨가 나한테 대한 반발심이나 혹은 여자에 대한 학대의식으로 광희를 유혹하고, 광희 역시 자포자기의 기분으로 그한테 몸을 내맡긴다면 곤란한 일이라고 생각했다. 의지가 없는 선량이라는 것, 그리고 순수하다는 것, 그런 것은 때에 따라서 방종과 무책임에 흐르기 쉽고, 죄를 저지르기

쉽다. 죄라고 하는 것은 그들에게 있을 수 있는 불장난을 두고
하는 말은 아니다. 그들 자신의 마음에 대한 책임을 말한다.

명자 혼자 바쁘게 서두르는 것을 보고 있을 수 없어서 나도
같이 차를 나르고 손님들의 심부름도 해준다.

손님들이 좀 뜸해지자 나는 카운터에 와서 기대어 서며 쉬
었다.

어젯밤에도 우리는 밤거리를 헤매어 다녔다. 상현 씨의 따뜻
한 손길이 지금도 머리카락에서 느껴진다. 집에 돌아가서도 나
는 밤늦게까지 그를 생각했다. 몹시 피곤하다. 잠을 자지 못한
때문이다. 몽롱해지려는 시야를 넓혀본다. 마돈나는 여전히 고
물상 같은 모습을 탈피하지 못하고 있었다. 봄은 바로 눈앞에
와 있는 것 같은데 그을릴 대로 그을린 커튼이 넝마처럼 바람
에 흔들린다. 봄이 빨리 와서 난로라도 치워버렸음 속이 시원하
겠다.

민우 씨의 모습은 보이지 않았다. 적개심에 가까운 눈으
로 나를 노려보던 민우 씨, 그리고 창백하고 눈만 커 보이던
광희······.

어떤 영문인지 모르지만 최 강사가 김 선생하고 이마를 맞대
며 이야기를 하고 있다. 최 강사는 또 무슨 이용 가치를 김 선
생한테서 발견했는지, 음험한 표정이다. 그러나 김 선생은 만
만한 사람이 아니다. 최 강사는 일전에 삼선교에서 그를 무시
하고 합승에서 내려버린 나한테 상당히 깊은 앙심을 품고 있는

모양이었다. 그 후부터 그는 사사건건을 묘하게 꾸부려서 남의 마음을 간질간질 긁는다. 그리고 물귀신처럼 기분 나쁘게 말을 감기도 한다. 영 귀찮을 지경이다. 차라리 차를 팔지 않아도 좋으니 그치들이 나타나지 말았으면 속이 시원하겠다. 그러나 그는 여전히 끈질기게 나타난다. 나타나는 이상 손님 대접을 안 할 수도 없다. 마돈나의 공기를 험악하게 해서는 안 되기 때문이다. 영업을 하는 이상 아니꼽고 구역질 나는 일이라도 할 수 없이 해야 한다. 그러나 최 강사에 대한 나의 그러한 대접을 그 자는 일종의 교태쯤으로 알고 있는 모양이다. 우리가—엄밀히 말하면 내가—그한테 아첨을 하고 비굴하게라도 굴었던 것처럼 거만스럽게 우리를 내려다보면서 뭐 천한 것들이! 하는 식으로 냉소를 흘린다. 피차가 서로 경멸하기는 일반이다. 다만 나는 그에 대한 경멸의 기색을 고양이의 발톱처럼 감추고 있고, 그는 몸짓과 말투로써 충분히 나타내고 있는 것이다.

정말이지 다방의 카운터처럼 이상한 곳은 없다. 서울 장안을 굽어보는 감시대 위에 선 것처럼 카운터에 서면 그 아래 온갖 속물들이 자기의 창자까지도 부끄러움 없이 드러내고 다니는 모습들을 환하게 볼 수 있다.

정치를 장사하고 다니는 무리들의 수작이나, 예술가라는 골패를 앞가슴에다 달고서 한밑천 잡아보자고 드는 족속들이나, 서커스의 재주 부리는 원숭이처럼 정의나 이념 같은 것을 붓대로 재주 부리는 것쯤으로 알고 있는 지식인들의 협잡, 국록을 먹는 관공리들의 의자倚子를 싸고도는 장사 수법, 심지어 똥차에서 쏟아지는 폭리를 노리고 이권을 쟁탈하는 데도 점잖은 무슨 단체의 인사나 무슨 유명인의 귀부인(?)들이 돈 보따리를 안고 다방에서 면담을 갖는 것이다. 이러한 그들의 의복이나 성별이나 명함이나, 또는 노소를 막론하고 꼭 같은 것은 그들의 눈빛이요 몸짓이요, 웃음소리다. 심지어 사용되는 언어까지도 공통적인 낱말을 얼마든지 추려낼 수 있다. 그들은 상대가 달라질 때마다 표정이나 목소리의 억양까지 판 박은 듯 꼭 같은 모양으로 달라진다. 어느 명배우 속에서 그만한 연기를 찾아볼 수 있으랴 싶어진다. 그러한 장사꾼치고도 치사스러운 것은 자기에 대한 과대망상증에 걸려 있는 최 강사 같은 부류가 하찮은 이익을 위하여 파리 손이라도 비비는 듯한 시늉을 하는 꼬락서니요, 걸리려면 걸리고 앉히려면 앉힌다는 식의 협박을 던지는 무슨 법원의 말석 서기, 하늘 아래 제일가는 권리라도 지닌 듯한 말석 서기 앞에 가난한 피고들의 가족은 주머니를 털리게 마련이다.

나는 이런 것을 볼 때 그만 이 직업이 싫어진다. 사람을 겉으로부터 순하게 받아들이지 못하고 안으로부터 뒤집어보게 되는 이 직업이 싫어지는 것이다. 이러다가는 정말 내 얼굴의 미소는 냉소로 굳어져 버리겠고 인간성도 삭막하게 굳어버릴 것만 같다.

김 선생은 최 강사의 능변에 귀를 기울이고 있다. 진짜 장사꾼인 김 선생은 아무리 최 강사의 말솜씨가 부드러워도 밑지는 장사를 할 사람은 아니다. 헙수룩한 차림새로 아무런 포즈도 취하지 않고 앉아 있는 김 선생의 떡 벌어진 어깻죽지를 바라보고 있노라니까 상현 씨의 정의감이나 사회관이 얼마나 뿌리 깊고 확고한 것인지 의심스러워진다. 김 선생은 인간이 가질 수 있는 선성善性과 악성惡性을 다 가진 사람인데 그에게는 넓은 폭과 세찬 힘이 있다. 거기에 비하면 상현 씨는 선성만을 추구하다가 약화된 것 같은 감을 준다. 아무리 날카로운 말을 뱉어도 그는 의연히 귀공자의 풍모를 벗어나지 못하고 아무리 현실을 뚫어 보는 눈이 예리해도 그의 얼굴에선 밝은 빛이 없어지지 않았다. 나는 그러한 상현 씨가 좋다. 얼마나 티 없이 풍겨오는 그의 애정인가. 어쩌면 그것은 신뢰하고는 다른 것인지도 모르겠다.

저녁 늦게 광희가 왔다. 손님도 없고 하여 문을 닫으려던 참이다.

"어디 아팠니?"

광희는 대답도 하지 않고 의자에 가서 푹 주저앉으면서 얼굴을 싼다. 나는 전표를 정리하고 있다가 명자더러 사라다빵을 사 오라고 해서 밖으로 내보냈다.

광희 옆으로 갔다.

"광희, 왜 그래?"

"아무것도 아니에요."

광희는 얼굴을 쌌던 손을 무릎 위로 내리면서 미소를 짓는다. 광희는 참 이상한 아이다. 감정이 북받치면 으레 미소를 짓는다.

"기왕 쉬었으니 나오지 말 것이지."

"궁금했어요."

광희는 그러더니 멍하니 창밖을 내다본다. 한참 만에,

"민우 씨는 안 나오셨어요?"

"오늘은 안 보이더군."

광희의 표정을 주시한다. 나로부터 얼굴을 돌리고 어두운 창밖을 내다보는 옆모습이 나무토막처럼 딱딱하다.

"정조란 것은 아무것도 아니죠?"

광희는 창밖을 내다본 채 중얼거렸다. 나는 가슴이 뜨끔했다. 얼마나 절박했으면 이처럼 처녀가 대담하게 말을 할까? 어쩌면 그 말은 나에게 주는 고백인지도 모른다. 내 자신도 알 수 없다. 답답하다. 사실 그것은 아무것도 아니다. 아무것도 아니라고 말하고 싶다.

"왜 그런 말을 하니?"

"안심을 하고 싶어요."

"안심을 하기 위해서라면 아무것도 아니라 생각하는 것이 좋겠지. 정조라는 것이 언제나 마음과 같이 있는 것이라면 후회가 있을 수 없고 죄악일 수도 없고, 더군다나 그것은 아무것도 아니었을 거야."

그런 말을 하면서 광희가 이미 무슨 일을 저질렀다는 생각이 들었다. 그러나 나의 애정의 윤리나 정조관을 광희한테 적용시켜서 좋다는 법은 없다. 내 자신에 대하여 나는 내 생각을 그대로 실천했음에도 불구하고 광희에 대하여는 왜 그런지 불안하고 위태롭고, 아니 오히려 보수적인 충고까지 입 밖에 나올 뻔했다.

"저의 마음과 육신은 같이 있었지만 상대의 마음과 육신은 따로 있을 적에 저의 마음과 몸은 어떻게 되는 거예요?"

광희는 나를 강하게 쳐다보더니 아까처럼 양손으로 얼굴을 푹 가리고 울기 시작한다. 흐느껴 우는 광희의 모습을 물끄러미 바라보며 나는 그에게 무슨 말을 해야 옳을지 몰랐다.

"광희, 내가 사생아를 가진 일을 아나? 나는 정조가 아무것도 아닌 것이라 생각했기에 사생아를 낳았어. 그러나 나는 애정은 퍽 귀중한 걸로 알고 있다. 나는 오랫동안 고독하게 살아왔어. 애정이 너무나 귀중한 것이었기 때문에 그것은 아무 곳에나 쉽게 굴러 있지 않았어. 그래서 아무것도 아닌 정조도 엄격한 대접을 받지 않을 수 없었지. 정조라는 것은 아무것도 아니지만 언제나 애정하고 같이 있어야 해. 애정에 후회가 없다면 정조에도 후회가 없을 거야. 그리구 또 애정은 혼자서 책임을 지는 일이야. 내 아닌 어떤 사람도 방관자일 수밖에 없다는 것을 명심한다면 비극에 당황하지 않지. 광희, 누구나 다 외로워. 사람은 사랑하면 할수록 외로워지는 거야."

나는 그런 말을 하면서도 광희가 어느 정도로 이해해줄 것인지 의문이었다.

"민우 씨는 아주머니의 환상을 그리면서 저의 몸을 탐내는 거예요."

광희는 흐느껴 울다가 눈물을 닦고 아까처럼 멍하니 창밖을 내다본다. 나는 그 얼굴에서 갑자기 그가 성숙한 여자라는 것을 느꼈다. 내 충고나 말이 그에게 이미 소용없다는 것도 알았다. 광희는 잃어버린 처녀성 때문에 고민하고 있는 것이 아니다. 그는 민우 씨의 마음의 소재 때문에 괴로워하고 있는 것이다.

명자가 사라다빵을 사가지고 들어왔다. 그때 광희는 깜짝 놀라며 자리에서 벌떡 일어섰다. 필시 그는 민우 씨가 오리라는 희망 때문에 그렇게 놀랐을 것이다. 명자의 모습을 본 광희 얼굴에 실망의 빛이 역력히 떠오른다. 그는 힘없이 도로 자리에 주저앉았다.

깔깔해진 입에다 우유에 적신 빵을 넣는다. 아까 느낀 시장기는 어디로 다 달아나고 입맛이 쓰기만 하다. 명자는 빵하고 우유가 든 컵을 가지고 광희 옆으로 다가갔다.

"빵이나 먹어."

광희는 대답이 없다.

"공연히 고민하지 말고 빵이나 먹어."

명자는 짓궂게 광희 코밑에다 우유컵을 들이댄다. 광희는 귀

찮은 듯 손으로 밀어내고 다른 자리로 옮겨 앉으면서,

"너나 먹으렴!"

광희는 가만히 옷깃을 내려다본다. 그의 신경은 여전히 문쪽에 있다. 그는 민우 씨를 기다리고 있는 것이다. 술이 취해서 올는지도 모를 민우 씨를 기다리고 있는 것이다. 나는 빵을 먹다 말고 우유만 쭉 들이켠 뒤 외투를 걸쳤다.

"그럼 난 가겠어."

거리에 나섰다.

14

아서원에서 계를 모은다는 날이다. 정각 1시에 거리로 나왔다. 아서원 앞에까지 왔을 때 코발트빛 자동차가 한 대 미끄러져 왔다. 나는 무심코 자동차를 바라보았다. 쥐색 외투에다 올해 유행인 흰 머플러를 감은 여자가 내린다. 나이는 그다지 많지 않아 보인다. 나보다 한두 살 아래인 듯한데 몸가짐이 세련되어 있고, 퍽 점잖은 인상을 준다. 그 여자는 먼저 아서원으로 들어가더니 이내 2층으로 사라진다. 나는 중국인 보이한테 오늘 이곳에서 여성들의 모임이 있다는데 어느 방이냐고 물었다. 보이는 불친절한 태도로 2층에 올라가 보라고 한다. 2층에 가서 또다시 보이한테 어느 방이냐고 물어가지고 그들이 모이는 방 앞으로 안내를 받았다.

나는 문 앞에 서서 잠시 동안 눈길을 떨어뜨렸다. 미리부터 나에게 모여들 분위기를 느낀 때문이다. 나는 일종의 모욕감 때문에 고통을 느낀다. 노크를 하고 문을 열었다. 제일 먼저 나에게 주목한 사람은 계영이었다. 다음엔 순재가 손짓을 하며 자기 옆에다 자리를 마련해준다. 다른 사람들은 모두 돈을 열심히 세고 있었다. 부지런히 입을 놀리고 있던 치들이 약간 알은체를 했다.

"이 애가 강현회 아니니?"

"글쎄, 이 애가…… . 그래, 몇 해 만이냐?"

각기 한마디씩 아섭지 않게 말을 던져준다. 꽃밭처럼 오색이 찬란한 비단옷 속에서 나는 다만 웃기만 했다. 안면이 전혀 없는 사람도 서너 명 있었다. 조금 전에 아서원 앞에서 자동차를 버린 여자가 계영이 옆에 앉아 있었다. 그 여자는 벌써 외투를 벗고 앉아 있었는데 그린빛 투피스가 흰 얼굴에 썩 잘 어울린다. 나긋나긋한 손가락에는 한 캐럿이 넘는 다이아 반지가 반짝거리고 있었다.

테이블 위에는 돈뭉치하고 수표가 수북히 쌓여 있었다. 단위는 적어도 수백만 환 내지 수천만 환 정도 되어 보인다. 친목을 도모하기 위한 계가 아니라 본격적인 계인 모양이다.

내가 그 돈뭉치를 멍하니 바라보고 있을 때,

"너 참, 아이가 하나 있다지?"

말이 들려온 옆으로 고개를 돌렸더니 학교 다닐 때 몹시 까불던 이성희가 계영이하고 마주 보며 웃고 있었다. 나는 되도록 태연하게 차리면서 그의 말을 묵살해버렸다. 그는 큼직한 악어 핸드백 속에서 은으로 만든 콤팩트를 꺼내어 콧등을 두들긴다. 그리고 눈 밑으로 나를 슬쩍 쳐다보더니,

"다방을 한다며?"

"차를 팔아줄래?"

다방을 한다 안 한다 말없이 그의 경멸하는 심정을 넘겨짚고 도리어 되물었다.

"숙녀들도 갈 수 있는 곳이니?"

핸드백 속에 콤팩트를 집어넣으며 서슴지 않고 말하면서 웃었다. 나는 손톱 사이에 낀 먼지를 후비면서 두 번째 그의 말을 묵살해버렸다.

그들은 이내 나라는 존재를 잊어버리고 그들의 화제로 돌아갔다.

순재는 계영한테 손짓을 하더니 좀 떨어져 앉아 이야기를 시작한다. 신용만은 내가 보증하겠다는 말이 여러 번 들려왔다. 나는 전혀 관계가 없는 사람처럼 그들의 얼굴을 피하여 맞은편 벽을 멍하니 쳐다보았다. 사실 나는 그렇게 절실하게 계영한테 매달리고 싶어서 온 것은 아니다. 딱하면 딱한 대로 빠져나갈 구멍이 있으려니 하는 것이 절박할 때 내세우는 마음이다. 끼니를 굶고 늘어져 있었던 지난날의 일, 섬에서 밀수품을 사가지고

오다가 몽땅 빼앗겼을 때 울었던 일. 헤아릴 수 없이 많은 절망의 연속 속에서 나는 살아왔다. 이까짓 것, 이까짓 일쯤은 문제가 되지도 않는다. 그렇게 생각하고 앉았는데 계영은 순재하고 이야기를 하다 말고 나를 쳐다보더니 그 눈을 그린빛 투피스를 입은 여자한테 옮긴다. 그 여자는 신래자新來者인 나한테 완전히 무관심을 표시하고 있었다. 그러나 나는 그 여자가 나를 의식하고 있는 것이라 생각했다. 왜 그런지도 모르고 그렇게 생각한 것이다. 그리고 그 여자의 무관심의 힘보다 나의 관심의 힘이 더 강했던 것처럼 나는 그 여자를 바라보고 있었다. 인형처럼 곱다. 입 모습이 맑았고, 입언저리에 솟은 다갈색 사마귀 하나가 얼굴 전체에 생기를 주고 있다. 모두 천덕스럽게 양단을 휘휘 감고 있는 속에서 울지의 양복을 입은 것도 소청하고, 흔들리고 있는 이어링도 결코 천하지 않다. 하긴 계영이도 양장이다. 거룩한 검정색으로 몸의 곡선을 나타내고 있는데 지나치게 불룩한 젖가슴이나 오렌지색에 가까운 입술연지가 너무 강조되어 고상한 맛이 도무지 없다.

이렇게 내가 두루 관찰을 하고 있는 동안 계영하고 순재의 협상은 진행되고 있었다. 계영의 기분이 과히 나쁘지 않다는 것인지 검고 뼈마디가 굵은 손으로 테이블의 모서리를 톡톡 두들긴다. 진분홍의 매니큐어를 칠한 넓적한 손톱, 순간 나는 몸을 뒤틀며 노래를 부르던 영화 속의 흑인 가수 생각을 했다. 그가 발산하던 강렬한 관능을 계영의 손톱에서 느낀 것이다.

"다방의 계약서는 너가 갖고 있니?"

어쩌다가 새어 나온 목소리다.

"1년쯤 이자를 못 내는 한이 있어도 결코 밑지는 장사는 아니지."

이번에는 순재의 목소리가 사정없이 내 귀에 흘러들어 왔다. 언제부터 순재는 저렇게 말주변이 늘었을까? 서글픈 생각이 든다.

"그럼 상의껏 해보자우요."

계영은 힐끗 나를 보더니 격에 안 맞는 이북 사투리까지 늘어놓는다. 협의가 끝난 모양이다. 나는 다만 그들 앞에 놓인 제물祭物처럼 우두커니 앉아 있었다.

"미스 강, 그럼 순재한테 직접 주면 되겠지?"

너의 손을 거치지 않고 돈을 주어도 되느냐는 물음이다. 용의주도하다.

"마음대로."

미스 강이라는 계영의 발음이 부자연스럽다. 그러나 그가 유독 나에게만 한하여 그런 칭호를 붙인 악의에 모욕을 느끼지 않는 것도 아니다. 나는 눈을 가늘게 뜨면서 고개를 돌리는데 그린빛 투피스의 여자하고 눈이 마주쳤다. 여자는 당황하며 내 눈을 피하였다. 순간 나는 그 여자가 미리부터 나를 알고 있었다는 이상한 예감이 들었다. 그 예감은 계영하고 상현 씨에게 줄을 그었고, 상현 씨의 부인한테 또 줄을 긋는다.

"그래, 시집도 안 가고 혼자서 사나?"

누군가가 옆에서 또 말을 걸었다.

"갈 때가 되면 가겠지."

건성으로 대답을 했으나 내 마음은 심히 흔들리고 있었다.

"……문숙이가 교외에 땅을 샀는데 말이야, 한 달 동안에 천만 환 벌었대. 요즘엔 이자놀이보다 땅 사두는 게 빠르다더군."

"한 평에 5천 환씩이나 올랐으니……."

한입에 천만 환이 늘름 들어간다? 하기는 1억 환도 들어갈 수는 있지. 그러한 잡담을 듣고 있던 내 마음에는 분한 생각이 가득 차올랐다. 정말로 세상이 이래서는 안 되겠다는 주제넘은 흥분이 가슴을 꽉 누르는 것이었다.

드디어 음식이 들어왔다. 일어서서 나오려고 나는 무릎을 세웠다.

"현회!"

이번에는 미스 강이 아니다. 계영의 눈에는 잔인한 빛이 돌고 있다. 알지 못할 전율을 느낀다.

"이상현 씬 너의 다방 단골손님이니?"

반사적으로 그린빛 투피스의 여자를 보았다. 여자는 눈썹을 약간 치올렸다.

"신문사가 가까이에 있어서 잘 오시지."

메마른 목소리가 불안과 더불어 밀려 나왔다.

"그래?"

계영의 눈에는 희미한 웃음이 피어났다. 무엇을 쾌락하듯 입술이 배시시 열렸다.

"바로 이분이 이상현 씨의 부인이야. 알았니?"

도대체 무엇을 알란 말인가? 나는 피가 걷히는 듯한 얼굴을 들고 그린빛 투피스의 여자를 지켜보았다. 그러나 상현 씨의 부인이라는 그 여자는 접시에다 요리를 덜어놓더니 눈도 거들떠보지 않고 얌전하게 먹고 있었다.

"바빠서 가야겠어."

일어섰다.

"음식을 보고 가는 법이 어디 있니? 좀 먹고 가려무나?"

기억이 나는 몇몇 얼굴이 권해본다.

"한시도 비울 수 없어서 그래. 미안하지만 먼저 가겠어."

"미안할 것까지야 없지만 오래간만이니 말이야."

길 가는 낯선 사람에게 음식을 베푸는 정도의 호의다. 문을 열고 나왔을 때 순재가 이내 뒤쫓아서 문을 열고 따라 나왔다.

"……남편 뺏길 우려가 다분……."

닫히는 문틈 사이에 말이 끼어들었다. 그리고 웃음소리도 새어 나왔다.

"그럼 아까 계영이 말한 대로 알아두어. 너야 뭐 이자 물기는 마찬가지니까……."

우둔한 순재도 나에게는 그 방의 공기가 좋지 못한 것을 깨달은 모양이다. 그래서 이미 납득을 하고 돌아가는 나를 쫓아와서 그런 말로라도 무마시켜 보자는 것이었는지. 사막에 떨어진 물 한 방울만큼은 고마워지는 우정이다.

"내가 안 와도 될 뻔했군. 너희들끼리 의논해도 충분한 걸 그랬지?"

"그래도 계영이는 네가 와야 한다는 거야."

"의심이 많군그래. 그렇지만 난 영 취미 없다. 귀부인들의 모임에는 말이야."

쓴웃음을 남겨두고 계단을 내려와서 거리에 나섰다. 가슴이 뭉클했다.

'정말로 뺏어버릴까?'

그러나 다음 순간 나는 혼자서 웃어버리고 말았다. 누구한테서 빼앗고, 누구한테 줄 수 있단 말인가? 사랑은 내 마음속에 있는 것이고 사랑은 그 사람의, 상현 씨의 마음속에 있는 것이다. 누구도 그것을 범하지는 못한다.

마돈나의 문을 밀고 들어가면서 얼마 전부터 담배 장사를 시작한 상주댁의 남편을 전연 몰랐던 사람처럼 우두커니 바라보았다. 카운터에 가서 섰을 때도 내 눈에는 손님들의 얼굴이 분별되지 않았다. 상현 씨의 부인을 만났다는 것은 역시 나에게 큰 충격을 주었다.

머릿속에는 도시계획에 허물어지는 낡은 빌딩같이 착잡한 환상이 가득 차 있었다. 그 파괴 공사에 동원된 모터의 어지러운 소음처럼 전축이 털거덕거리고 있었다.

'주여, 광대무변한 벌판 속에 혼자 서 있는 내가 가엾지 않습니까.'

엉뚱스러운 기도다. 폐병으로 죽은 고모가 그런 말을 곧잘 했었다. 그러나 나는 그처럼 신을 찾았던 것은 아니다. 무변한 속에 힘을 불렀을 것이다.

상현 씨는 그 여자의 뚜렷한 남편이다. 그들의 집에는 화원이 있을 것이다. 서재가 있고 침실이 있다. 아이의 장난감이 있고. 그것은 모두 그들 두 사람의 것이다.

눈앞에 끼얹어지는 어두운, 어두운 나락을 느끼며 의자 위에 두 팔을 괴고 몸을 가누었다.

"마담, 왜 그리 맥없이 앉아 있소?"

김 선생이 들어오면서 묻는다.

"피곤해요."

"너무 무리하지 마시오. 일껏 사람이란 살게 마련이니까."

"무리를 하지 않으면 살게 마련이 되나요?"

"무리하는 것은 마담의 살아가는 방법이 서툴러서 그렇지요."

"방법이 능란해지면 마음의 무리가 격심해지죠."

무엇이고 지껄이고 싶었다.

"하하핫…… 참 그렇겠군."

김 선생의 웃음소리는 얼마간 내 마음의 매듭을 풀어주었다.

15

상현 씨의 부인을 만난 후의 어느 날 오후, 상현 씨는 동료의
한 사람인 박 선생하고 나타났었다. 그는 박 선생의 어깨 너머
에서 나를 쳐다보는 기색이었다. 그러나 박 선생한테만 웃음을
보였을 뿐, 나는 상현 씨의 눈을 피하고 말았다.

그날, 그러니까 그저께의 일이다. 아서원을 나섰을 때 누구
도 상현 씨의 마음을, 그리고 내 마음을 범하지 못할 것이라고
했다. 그러나 이틀 밤 동안 밤이 새도록 푸른 옷의 여인은 내 마
음을 범하고 그의 남편과 내 사이에 커다란 강江을 만들어놓고
말았다. 도덕이니, 윤리니 하는 따위의 문제 때문에 그랬던 것
은 아니다. 그것은 사회제도에 대한 굴복이기보다 한 여성에 대
한 패배였으며, 역시 상현 씨와 나 사이에는 메워질 수 없는 풍
토적인 거리가 있었다는 것을 다시 인식했던 것이다. 그 여자는
상현 씨한테 가장 적합하고 조화를 이룬 사람이었다. 그 여자
가 지닌 교양과 인품은 상현 씨가 가진 그것과 흡사하다. 비바
람을 맞지 않고 그대로 마음대로 자라난 식물처럼 싱싱하고 연
하다. 거기에 비하면 나는 메마른 땅에서 회초리처럼 모질고 억
세게, 차라리 고집이었던 것처럼 뻗어난 야생식물이다.

상현 씨는 박 선생하고 마주 앉아 이야기를 주고받으면서 낮
은 웃음소리를 내고 있었다. 피하면서도 그의 일거일동에 내 신
경은 집중되었다. 그의 웃음소리는 허공에 떠 있었고, 그의 몸

짓은 몹시 허전해 보였다. 그런 것이 시각이나 청각을 통하여 내 마음에 온 것은 아니다. 그와 나 사이에 진동하고 있는 공기는 피부에, 머리카락에 그대로 스며들어, 보지 않고 듣지 아니해도 뚜렷하게 느껴지는 것이다. 여전히 나의 영혼은 사랑을 얻기 위하여 무릎을 꿇고 그의 앞에서 울고 있는가 보다.

약 10분 가량 얘기를 건네고 있던 박 선생이 혼자 일어서서 먼저 나가버린다. 상현 씨는 한동안 우두커니 앉아 있다가 테이블 위에 놓인 담뱃갑을 호주머니 속에 밀어 넣고 일어섰다. 카운터 앞에까지 다가오더니 강한 눈초리로 쏘아본다. 나도 강한 눈초리로 그를 쏘아보았다. 마치 적을 대했을 때처럼. 그는 돈을 아무렇게나 던져버리고 나갔다. 천 환권 지폐의 붉은 색채가 주문呪文처럼 나풀거린다.

광희를 불렀다.

"지금 이 선생이 막 나가셨는데 아까 박 선생이 찻값 내고 가셨으니 도로 갖다 드려야지."

광희는 가만히 나를 바라보다가 돈을 들고 나간다.

매일 오는 손님이니 구태여 뒤쫓아가지 않아도 내일이 있다. 그러나 인연의 줄이 뚝 끊어져 버린 듯 안경을 밀어 올리며 나가던 뒷모습이 따갑게 남아 있었다. 인연의 줄이 끊어져 버리기를 바라고 그것을 끊기 위하여 취해졌던 행동, 엄청나게 상극된 욕망의 갈등이다.

머리를 쓸어 넘기며 창을 바라본다. 하늘은 한없이 푸르기만

했다. 유리창 밖에 뻗어 있는 가로수에는 곧 새 움이 트고, 싱싱한 5월의 잎으로 자랄 것이다. 그러고 나면 묵직한 그늘이 포도 위에 깔릴 것이다. 그러나 내 생활에 5월은 무슨 뜻을 갖는가. 봄이면 봄마다 앓는 나의 쇠잔한 얼굴을 비춰주는 가로수의 그늘은 창백할 뿐이지.

밖에서 돌아온 광희는 카운터에 명함 한 장을 놓고 손짓을 하는 손님한테 급히 걸어간다. 상현 씨의 명함이다. 명함 뒤에 글이 두 줄 씌어 있다. 호수에서 7시까지 기다리겠노라는 글씨가 날려서 씌어 있었다. 길거리에서 광희를 세워놓고 급히 쓴 모양이다. 명함을 꾸겨 쥐면서 결코 그를 만나러 가지 않으리라고 나는 다짐하는 것이었다.

광희는 휘청휘청 이 자리 저 자리로 옮겨 가면서 빈 커피잔을 거두고 있었다. 파리한 얼굴이었다. 눈자위가 거무스름하다. 어린 사춘思春이 애틋하게 가슴에 온다.

광희는 밤마다 민우 씨를 만난다는 것이다. 그들이 어울려 어디를 가는지 도시 모르겠다고 의심을 표시한 명자의 얼굴에는 선망의 빛과 비난의 빛이 있었다. 불안한 애욕의 행각은 어떤 종결을 지을까? 상현 씨의 영상이 불쑥 솟는다. 그 위에 손을 가려버린다. 잊어버리자. 광희의 일을 생각하자. 그렇다. 광희는 절박의 거리에서 어떻게 되돌아설 것인지 모르겠다. 민우 씨가 광희하고 결혼을 할 것이라고 생각할 수 없다. 광희는 그것을 바라보고 있는 것일까? 그 시인이 나한테 연정을 느낀 것이 사실이라면 그것은 연애를 위한 연정이 아니었을까. 광희한 테의 불건전한 애욕은 데카당을 위한 데카당이었을 것이고, 민우 시인은 광희에게도 나에게도 안주하였을 사람은 아니다. 그는 그에게 응분한 양가의 영애榮愛한테 돌아가서 인생의 안정지대를 마련할 것이다. 그리고 미국이나 갔다 와서 무난한 직업을 택하고 추억처럼 시詩를 내버릴 것이다.

불쌍한 광희. 우울해진다. 그러나 사랑이 아니라도 인생에 꽃을 피울 수 있다. 허망한 희망일까?

썰물처럼 손님들의 발길이 싸악 걷힌 오후의 마돈나는 조용하다. 카운터에 턱을 괴고 앉았다가 귀찮게 달려드는 생각들을 뿌리치고 주방에서 우유 한 컵을 얻었다. 문간으로 나간다. 점심도 굶고 앉았는 상주댁 남편인 성씨成氏한테 우유가 든 컵을 주면서,

"어떻게 장사를 할 만합니까?"

"아, 이거 참, 안됐습니다."

성씨는 엉겁결에 컵을 받으면서 우유를 엎지른다.

"심심찮게 조금씩 팔리지요."

무안했던지 씩 웃는다.

"상주댁이 마침 좋은 자리로 옮겨서 참 잘됐어요."

"네…… 지도 팔자가 나빠서…… 고생이 많지요."

불편하게 몸을 움직이면서 우유를 한 모금 마신다. 삼십을 겨우 넘겼을 터인데 여러 가지 고생으로 해서 늙티가 벌써 나

뵈는 이 상이군인을 가만히 눈여겨 바라본다.

얼마 전에 상주댁은 마돈나 근처에 새로 차린 식당으로 일터를 옮겼다. 고되기는 해도 급료가 많다고 했다. 그리고 아침 일찍이 남대문시장으로 주인과 함께 장을 보러 가는 김에 담배, 은단, 껌 같은 것을 사 와서 남편한테 넘겨준다. 일면 성씨는 밤이면 마돈나의 빈 홀에서 잠을 자고 밥은 사 먹는 때보다 아내가 일하고 있는 부엌에서 찬밥을 얻어먹는 때가 많았다.

"두 분이 열심히 버세요. 차차 밑천이라도 장만하거든 시장에 발판이라도 하나 사고, 그러면 살게 돼요."

"글쎄요, 병신이라고 놀고먹겠어요? 너무 아주머니한테 신세 져서……."

"별말씀을……. 어려운 사람끼리 서로 도우고 살아야죠. 저는 실상 걱정이었어요. 공연히 하시라 해가지고 밑천이나 까먹으면 어떡할까, 하고."

"아닙니다. 아니, 담배 열 갑만 팔아도 4백 환이 남습니다. 땅을 쉰 길 파면 쇠전 한 푼 나옵니까? 얼마나 다행입니까."

성씨는 우유를 꿀꺽꿀꺽 다 마시고 난 뒤,

"한때는 여편네가 남의 집에 종질을 해서 벌어다 주는 돈으로 술도 마시고 노름도 했지요. 울화가 터져서 살 수가 있어야지요. 병신이 된 것쯤은 문제도 아닙니다. 두 다리가 멀쩡한 놈도 일자리가 없어서 자살을 한다는 판인데 병신인 제가 어떻게 밥벌이를 하고 사람 구실을 하겠어요? 죽어버릴까 하고 여러 번 생각했습니다. 이제 참 아주머니 덕분에 사는 게 떳떳해졌습니다. 단돈 백 환이라도 제가 번다고 생각하니까 말입니다. 보세요 아주머니, 날 새고 벌써 담배를 다섯 갑이나 팔았습니다."

성씨는 깔고 앉았던 방석을 들어 보이며 소박하게 웃는다. 백 환짜리가 여러 장 쌓여 있었다.

"참 고마워요."

도시 무엇이 고마운지 알 수 없었지만 그런 말을 뇌는데 코허리가 찡한다.

"여기 레지 처녀들도 꼭 저한테 담배를 사갑니다."

"그럼요, 여기서 사고말고요. 어디서 사겠어요."

웃으며 그를 보았다. 광희나 명자가 다른 데 가지 않고 성씨한테 담배를 사가는 것이 무슨 대단한 은전恩典이라도 되는 것 같은 대견스러운 표정이다. 해어진 작업복 속에서 상이군인의 기장이 내비친다. 인생에 겸손하다는 것은 아름다운 일이다. 병신인 자기가 단돈 백 환이라도 벌 수 있다는 것에 대하여 저렇게 감사하고 자신과 희망을 가지는 성씨한테 정말 나는 무엇을 배워야 하지 않았을까?

빈 우유컵을 받아가지고 카운터로 돌아왔다.

요즘, 신문에는 산에 나무를 하러 갔다가 허기를 못 이겨 아이를 등에 업은 채 쓰러져서 모자가 그대로 아사해버렸다는 기사가 실리고 사형수의 가족들이 법정에서 통곡하고 있는 사진이 게재된다. 나는 어깨를 들먹거리다가 신문 위에 얼굴을 들어

박고 우는 밤이 더러 있다. 그것만이 아니다. 거리에서 누추한 옷차림새의 늙은이를 보면 내가 죽은 뒤의 어머니의 꼴이 저렇겠거니 생각하면서 눈물을 흘리고, 거지 아이가 손을 내밀어도 훈아가 저 꼴이 된다면 싶어져 가슴이 터진다. 이런 망상들은 몸이 좋지 않으려는 전주곡이다. 몸이 허약해지니까 마음이 허약해지는 것이다.

육체라는 것은 퍽 영감적인 것인 성싶다. 옛날에 죽어버린 사람들, 그들은 꿈이라든지 혹은 사소한 언동으로 자기들의 죽음을 암시하고 가버린다. 그리하여 그들은 산 사람에게 괴로운 죽음의 영상을 남겨놓고 간 것이다. 죽지 말아야지, 죽지 말아야지. 어떤 고난 속에서도 사는 것만이 뜻이 될 수 있는 것이다. 모두 다 걸어 들어온다. 피로한 얼굴이든 괴로운 얼굴이든 굶주린 얼굴의 걸인이든 우리 마돈나에 사람은 모여든다. 음악을 울려야지. 삶을 찬미하고 고통까지도 찬미하고, 우리는 살아야 하는 것이다.

16

호수에서 7시까지 기다리겠다던 그 시간은 이미 지나갔다. 그 남자에 대한 향수 때문에 나는 몇 번이나 몸을 흔들었다. 두 손으로 꼭 눌러 잡던 그의 손의 감촉이 양 귀밑에서 타는 듯했다. 언제나 안경 너머에서 잔잔했던 눈이 강한 정감을 뿜고 몇 번이나 얼굴 앞에 다가왔다.

8시가 지났을 때 나는 깊은 절망을 느꼈다. 핸드백을 들고 밖으로 나왔다. 부드러운 바람이 불었다. 터벅터벅 걸어가면서 자꾸 딴생각을 해본다.

화창한 봄날이다. 그곳에는 넓고 환한 우리들의 집이 있다. 넓은 뜰에는 금빛 잔디가 포근하게 깔려 있고 꽃들이 만발한 검푸른 교목喬木이 푸른 하늘을 배경한 공간은 싫다. 나무는 한 그루도 심지 않으리라. 사랑스럽고 귀여운 꽃들이 평화스럽게 피어 있으면 된다. 넓은 홀에서는 훈아가 치는 피아노 소리가 밝게 들려오고— 훈아는 이미 여대생이다. 밝은 그레이의 주름 잡힌 치마를 입고 주홍빛 스웨터를 걸치고 있다. 남쪽을 향한 양지바른 곳에 훈아의 방이 있고, 레이스의 커튼이 바람에 흔들린다. 그의 방에는 르누아르의 인물화나 보나르의 풍경화가 걸려 있어도 좋고 썩 잘생긴 말론 브란도 같은 배우의 사진이 걸려 있어도 좋다. 어머니의 방은 훈아의 방 옆에 만들어야겠다. 그러나 그들의 방 사이에는 벽장을 만들어서 서로의 방을 독립시켜 주어야지. 어머니의 방에는 어릴 적에 외갓집에서 본 그런 장을 들여놓겠다. 나비나 봉황, 붕어 모양의 백통 장식이 붙은 감나무장, 또는 괴목으로 만든 장이었지. 뿌옇게 반들거리는 백통 장식, 방 안에 맑은 쇳소리가 저렁저렁 날 것 같지 않은가. 경대도 반닫이도 반짇그릇에까지도 백통의 고리가 흔들린다. 어머니의 방에는 쌀가마랑 1년 동안 먹을 수 있는 식량이 쌓여 있는 곳간을 바라볼 수 있게 창을 만들어두겠다. 어머니의 머리는 허옇게 세었을 것이다. 허리는 굽어졌을 것이다. 식모들한테 끝없는 잔소리를 늘어놓을 것이다. 그러나 곳간 앞에 서면 그는 웃을 것이 아닌가. 북향으로 자리를 잡은 나의 서재와 침실에는 묵중한 커튼을 늘여야겠다. 침실 뒤에는 목욕탕이 있고 나는 매일 목욕을 하고 가볍고 산뜻한 침의寢衣를 걸친다. 그리고 침실에는 전축을 두리라. 나는 밤에 혼자 침대에 누워서 아름다운 음악을 들으며 울리라. 서재에는 고서古書를 비롯하여 갖가지 희귀한 책들이 가득 쌓여 있다. 그 속에서 나는 몽고의 고비사막으로부터 티베트고원을 거쳐 인더스강이 흐르는 인도를 지나 이란고원으로 해서 아라비아반도, 거기서 또다시 둘러 요르단, 이스라엘을 밟고 이집트에 이르는 말굽과 낙타의 발자취가 남은 사막인들의 생활사를 연구한다. 청랑한 희랍의 헬레니즘, 로마제국의 음울하고 웅대한 로마네스크, 종교시대의 신비한 고딕, 부르봉왕조의 우아하고 섬세한 로코코 문화, 이러한 향취 높은 예술문화보다 사라센 문명에 대한 호기심이 나에게는 더 강하다. 고대 문명을 바탕한 야취野趣와 실리實利, 캐러밴의 애수, 그 옛날의 오벨리스크나 스핑크스의 신비와 현실이 그대로 흐르고 있는 사라센 문명, 나는 조용한 서재에 앉아서 끝없고 엄청나게 방대한 역사의 한 모서리를 깎아 먹는다. 얼마나 충실된 시간일까? 참, 그리고 우리의 넓은 정원에는 다리가 늘씬한 포인터가 있어야 한다. 나는 서재의 창가에서 사랑스러운 개를 바라보며 미소할 것이다. 개는 흘러가는 구름 같은 것도 바라본다. 장난이 심해서 화원에도 뛰어들고 그래서 훈아한테 야단을 맞고, 어머니는 이러쿵저러쿵 잔소리를 할 것이다. 남향인 훈아 방의 창문 위로부터 홀과 응접실에 이르기까지 청포도의 넝쿨을 올리자. 여름에는 그늘이 져서 시원할 게고 가을이면 뽀오얀 분을 뿜은 청포도가 주렁주렁 매달린다. 그것을 따가지고 포도주를 만든다. 술이 익고 좋은 친구들이 모이면 형광등이 휘황한 홀에서 술을 따르고, 춤을 추고, 창에서는 훈풍이 불어오고, 꽃향기가 홀에 가득 차겠지. 좋은 벗들이 돌아간 뒤에 나는 서재에 홀로 앉아서 담배를 피우리라.

신호 소리에 깜짝 놀랐다. 고개를 쳐들어 사방을 둘러보니 어느새 종로3가까지 와 있었다. 꿈을 꾸면서 걸어온 것이다. 사방이 별안간 웅성웅성하고 시끄러웠다. 자동차는 클랙슨을 빽빽거리고 있었고 헤드라이트가 가로 위에 무수히 교차하고 있었다. 전차는 연방 레일을 갈며 지나가고 전선줄에서 스파크한 불이 날카롭게 튀긴다. 바라다보이는 고층 건물의 옥상에서는 지금 막 네온이 파충류의 배 등 모양으로 움직이고 있었다. 4가까지 걸어가서 전차에 올랐다. 전차 속에는 별로 사람이 많지 않고 좌석도 더러 비어 있었다. 딱딱한 나무 의자에 앉아서 어두운 밖을 내다본다. 도대체 무슨 허황한 꿈을 그렇게 꾸고 걸었는가. 동화보다 더 멀고 먼 세상의 이야기다. 그러나 나는 전차의 차가운 유리창에 볼을 붙이고 그 부질없는 꿈을 다시 이어보는 것이었다.

응접실로 훈아의 방을 옮겨보자. 그러면 그 방에는 자그마한 요람이 놓여질 것이다. 장난감인 개와 인형이 굴러 있다. 잠시 동안 나래를 접은 천사같이 잠들어버린 아기가 있다. 세월이 흐른다. 흰 구두에 흰 양말을 신고 챙이 얇은 분홍 모자에 역시 분홍색 드레스를 입은 아기가 뜰 안에서 뛰어간다. 아버지의 손을 잡는다. 아버지가 웃으며 끌어올린다. 서재하고 침실은 아기아버지하고 나하고의 공용물이 된다. 우리는 달이 밝은 밤이나 별이 지는 밤에 조용한 블루스를 춘다. 후리후리하니 키가 큰 그의 가슴에 얼굴을 묻고 나는 어린애가 되는 것이다. 그러면 그는 안경을 걷어 올리면서 내 머리를 쓸어줄 것이다. 그리고 또.

"안 내리겠어요?"

소스라쳐서 놀라며 고개를 쳐들었다. 최 강사가 입을 헤벌리며 웃고 서 있었다. 말쑥한 차림새다. 먼지 한 톨 찾아볼 수 없이 구두 끝에서 머리끝까지 번들거린다.

'빈틈없이 저렇게 옷을 차려입은 사내라면 악인이 틀림없어.'

우연한 그런 생각을 하며 얼굴을 돌렸다. 종점이다. 어느새 종점까지 왔을까?

"빨리들 내리세요!"

우두커니 앉았는 나를 자못 딱하다는 듯 차장이 바라보고 있었다.

전차에서 내렸다. 최 강사는 내 치맛자락이라도 휘어잡듯이 뒤쫓아 내린다. 그리고 바싹 옆으로 다가서면서,

"무슨 생각을 그렇게 골똘히 하면서 가세요? 종로에서부터……."

어둠 속의 그의 얼굴을 노려보았다. 그럼 이자는 그곳에서부터 나를 미행했단 말인가. 그것은 그렇다 치고 언제인가 삼선교에서 혼자 내린 이래 무엇처럼 도도하게 굴던 이자의 이렇듯 표변한 태도를 어떻게 해석할까?

"무슨 고민이 있으신가요?"

간지러운 말씨다. 나는 깔깔거리고 웃었다. 꿈이 끝난 후의 허탈과 광기가 일시에 엄습해온 것이다.

"외로워서 그러시는군. 우리 얘기나 할까요?"

나는 또 한바탕 소리를 내어 웃었다.

"이 세상에 외롭지 않은 사람이 어디 있어요?"

웃음을 거두고 말을 내밀었다. 그리고 이야기 좀 하자고 하면서 길 옆에 있는 다방을 손가락질하는 그의 말을 들은 체도 않고 걸어간다. 그러나 최 강사는 집요하게 내 뒤를 따르면서,

"왜 그렇게 무장을 하십니까? 얼마든지 외롭지 않게 살 수 있는 걸, 그렇게 억지를 부리면 못써요. 은근히 바라면서 왜 두려워하세요?"

어두운 길목에 접어들었다.

"그래서 어떻다는 거예요?"

걸음을 멈추고 그를 똑바로 쳐다보며 힐문했다. 최 강사는 능구렁이처럼 웃는다.

"마담도 혼자 사는 여자, 나도 혼자 사는 남자, 피차 사정이 같단 말이오. 엔조이를 하며 살자는 거죠. 인생에 있어서 능력껏, 손해를 보아서는 안 된다니까."

최 강사는 치사스러운 웃음을 머금고 내게 다가선다.

"남이 보는 다방이 싫으시다면 우리 집으로 가실까요? 식모가 혼자 있을 뿐이오. 아주 조용하죠."

팔을 덥석 잡는다. 반사적으로 홱 뿌리친다. 생각 같아서는 코빼기를 부숴주고 싶다.

"제게까지 자비심을 베풀어주셔 감사합니다만 제발 혼자 가셔서 인생에 손해가 없도록 충분히 즐기세요."

앞만 보고 걸었다.

"공연히 그렇게 뽐내지 마시오. 다 값어치가 정해져 있는데. 흥! 별것인 줄 알어?"

나의 뒷모습을 향하여 침을 뱉는다. 미친 듯이 달려가서 할퀴어주고 짓밟아주고 싶다. 허둥지둥 땅을 밟는데 얼굴이 불덩어리처럼 달아오른다. 머릿속에는 청동에다 망치질을 하는 소리가 쾅쾅! 하고 들려온다.

문을 열고 방으로 들어갔을 때 온몸에서 후덥지근한 땀이 흐르고 있었다.

밥상을 받고 모래알 같은 밥알을 씹었다. 머릿속에서는 여전히 망치 두들기는 소리가 들려오고 있었다. 두개골에 금이 가고 무너진 뼈의 부스러기가 출출 쏟아지는 것 같다.

"이자 돈 들어갈 돈도 빚내야 할 판이니 어떡헌다지?"

어머니가 빈정거린다. 음식이 돌덩어리처럼 식도를 타고 내려간다. 먹은 음식이 또 삭지 않겠다.

"남같이는 못 살아도 빚이나 없이 살아야지."

판에 박은 말이다. 눈을 들어 어머니를 흘겨본다. 견딜 수 없다. 가슴에 뭉그러진 이 노여움과 슬픔을 어쩌란 말인가.

"움집에 사는 사람도 있어요!"

소리를 꽥 질렀다.

"제발 밥 먹을 때만은 말씀 마세요. 밥이 되살아 나오겠어요."

한동안 밥그릇을 우두커니 내려다보다가 숟갈을 놓아버린다.

"참! 배가 덜 고파서 그러지. 내가 말한다고 밥을 못 먹나?"

물어뜯는 어조다. 나는 외면을 하면서 입김을 공간에다 뿜었다.

"……지가 사서 하는 고생을 누가 말려……."

훈아의 베개를 고쳐 고이면서 장사진처럼 푸념은 깊어만 간다.

얼마 후에 사방은 고요해졌다. 모두 잠이 들어버린 것이다. 연거푸 담배를 두 개나 태웠다. 담배 연기는 우중충한 전등불을 타고 빗물에 얼룩이 간 천장으로 올라간다. 그것을 바라보고 있는데 별안간 뜻하지도 않게 입술 위에 상현 씨의 입술이 느껴진다. 너무나 선명한 감각이다. 고개를 젓혔다. 아무도 없고 다만 번거로운 숨소리가 들려올 뿐이다. 지금쯤 상현 씨는 그의 가정으로 돌아갔을 것이다. 그렇지 않으면 당구장 같은 곳을 서성거리고 다니는지도 모른다. 언제인가 그는 기분이 나쁘고 답답할 때 당구장에 가서 혼자 밤늦게까지 당구를 친다는 얘기를 한 적이 있었다.

자리에 들었다. 이불을 푹 뒤집어쓰고 소리를 죽이며 울었다. 이상하게도 나는 오랫동안 잊었던 찬수를 부르며 호소를 하며 우는 것이었다. 만일 지금 찬수가 살아 있다면 나는 조심성 있게 염치 바르게 굴 필요가 없었을 것이다. 슬픔이나 괴로움을 바로 내갈겼을 것이다. 그는 나의 반발심에 대하여 항상 충고를 했었다. 진정한 뜻에서의 자존심이란 반발보다 묵살이라 했었다. 나는 그런 말을 들으면서 나의 열등의식을 잠재우고 기둥같이 곧은 그에게 기대어 섰던 것이다. 오늘 밤과 같은 이런 통곡에도 그는 무슨 답을 분명히 나한테 주었을 것이다.

울음을 거두고 이불을 젖혔다. 손을 뻗어 잠든 훈아의 손을 만져본다. 전등불이 멀리에서 가물거린다.

17

막막한 어둠 속이었다. 그 어둠이 희미한 잿빛으로 번져 나온다. 파상波狀을 이룬 잿빛 속에서 불쑥 나타난 형체는 몽롱했다. 그러나 그것은 피에 물든 얼굴이다. 허름한 작업복을 입은 모습이다. 작업복에도 군데군데 피가 묻어 있었다. 어둠을 떠밀듯이 팔을 뻗쳤다. 순간 형체를 지워버린 잿빛 파상 속에서 피 묻은 팔이 불쑥 나와가지고 내 얼굴을 덮는다. 다시 한 번 팔을 뻗치며 얼굴을 덮은 손을 떠밀었다. 딱딱하고 싸늘한 것이 코끝에 와 닿는다. 가슴을 붙이고 누운 벽이었다. 일어나 앉았다. 물에 빠졌던 것처럼 전신이 흠씬 젖어 있었다. 창백한 달빛이 방 안을 비춰준다. 찬수의 손이 방금도 얼굴에 느껴진다. 땀이 식으면서 오시시 전신이 떨려왔다. 쥐가 마룻바닥을 갈그적갈그적 긁는다. 바로 얼굴 앞에 있는 방문 밖에서 나는 소리다. 죽은 망령들이 이 세상에서 못다 푼 원한 때문에 땅속에 묻힌 관 뚜껑을 손톱으로 긁는 것 같은 착각이 든다. 그 손톱에 피가 거무죽죽하게 맺혀진다고 생각했을 때 온몸에 소름이 쫙 끼쳤다.

갈그적거리는 소리를 듣지 않기 위하여 이불을 뒤집어쓰고 이번에는 벽하고 등져서 누워버렸다. 시계가 벙! 벙! 부엉이 울음처럼 두 번 울린다. 무서움에 떨다가 잠이 들었다.

떠들썩한 어머니의 목소리에 눈을 뜬 나는 몸을 일으켰다.

"이놈의 자식! 아비가 내 속을 썩여주더니, 무슨 원수가 맺혀 너까지 나를 못 잡아먹어…… 꼴도 보기 싫다. 나가거라! 나가!"

"나가라면 나가죠."

퉁명스러운 현기의 악다구니다.

"무엇이 어째? 나간다고? 그 말 참 잘했다."

어머니는 부엌에서 우르르 쫓아 나오면서 현기한테 삿대질을 하는 기색이다.

나가라고 윽박지르면서 정작 나간다고 하면 그것은 어머니의 마음에 못을 박는 것이 된다. 어머니는 실상 현기를 사랑한다. 아들이라는 말이 얼마나 대견한지 모른다. 이웃 노인네들한테 영감 자식이 조카 자식보다 낫답니다, 하면서 자랑하는 어머니의 죄 없는 얼굴.

"흥! 오리 새끼는 길러놓으면 물로 가고 꿩 새끼는 산으로 간다더니, 무슨 소용이 있어. 지금이라도 당장 나가거라! 나가!"

재킷을 걸쳐 입고 방문을 열어보았다. 현기는 교복을 입은 채 엉성하게 허리를 구부리고 세수를 하고 있었다.

"왜 또 야단이야?"

현기는 세숫물을 버리면서 그 대답은 하지 않고,

"누님 번 것 얻어먹고 살았지, 누가 어머니 번 것 먹고 컸나요?"

143

다부지게 한마디 뇌까리고는 핑 하니 방으로 들어가 버린다.

"세상에 저런 말 좀 봐라! 오랑캐를 키워도 유분수지."

어머니는 발을 구른다. 나는 치맛자락을 밟으며 뛰어 내려가서 현기의 방문을 열어젖혔다. 현기는 책상 앞에 멍하니 쭈그리고 앉았다가 돌아다본다. 주먹을 쥐고 현기의 등허리를 두서너 번 뚜들겼다.

"누구를 보고 하는 말버릇이야!"

현기는 아무런 항거도 없이 슬쩍 나를 흘겨본다. 눈에 눈물이 번득인다. 쥐었던 주먹을 풀고 밖으로 나와버렸다.

"괭이 새끼를 길러놓으면 앙갚음을 한다더니 바로 그 꼴이군. 열 번 잘하다가 한 번 잘못하면 싹 할퀴고 돌아서거든. 어느 창자 속에서 빠진 건지도 모르는 저것을 내 뭣할라고 길렀던고. 이 손을 그만 장도로 짜르고 싶구나."

어머니의 한탄을 들으며 방으로 들어오다가 나는 그만 쓰러지고 말았다. 무서운 발작이 일어난 것이다. 짓눌리는 듯한 신음 소리를 토하면서 가슴을 쥐어뜯었다. 예리한 칼끝으로 뒤쑤시는 듯한 고통이 심장에서 전신으로 쫙 뻗어 나간다. 숨이 가쁘고 땀이 흐른다.

어머니가 뛰어 들어왔다. 훈아는 소리를 지르고 운다. 자줏빛으로 질린 손을 들어 흔들어 보인다. 훈아의 얼굴이 흐리어지고 울음소리는 아득한 먼 곳에서 들려왔다. 죽음이 눈앞에 어른거린다. 나는 몇 번이나 가슴을 쥐어뜯었다. 작열約熱하는 고통 속에서 겨우 흰 가운을 입은 의사를 인식했다. 의사 뒤에서 현기가 연방 주먹으로 눈을 닦고 있었고 어머니가 내 이름을 부르고 있었다. 의사는 팔에 주삿바늘을 찌르면서,

"할머니, 더운물을 가지고 오셔서 환자 가슴에다 찜질을 하세요."

얼마 후에 발작은 끝이 났다. 눈을 감고 호흡을 세어보았다. 그러나 그것은 망각의 시냇물처럼 흘러가 버리고 숫자가 되지 못했다. 고통이 사라진 뒤의 망각의 나라, 그곳은 죽음의 나라인지, 현실의 평온인지, 아무튼 모든 것이 분명치 않고 몽롱한 안개가 가슴에 가득 끼어 있을 뿐이다.

"이번이 처음인가요?"

의사는 내 가까이 얼굴을 내리며 물었다.

"부산서…… 한 번……."

겨우 눈을 뜨고 의사의 얼굴을 쳐다보았다. 의사는 고개를 끄덕이며,

"걱정 마세요. 마음을 편하게 가져야 합니다."

병은 협심증이며 신경성에서 온 것이다. 피란한 부산에서 생활고의 무서운 구렁창에서 이 병의 발작을 일으켰던 것이다. 그것의 재발再發이다.

여러 날 마돈나에 나가지 못했다.

뒷길에서 방울을 흔들며 지나가는 강아지의 발소리에 귀를 기울이며 창가로 고개를 돌린다. 사방이 수선스럽다. 이 사랑

채를 빌려 든 지 어언간 이태가 지나갔다. 안집에서는 십자매가 알을 낳았다는 둥 꽃씨를 뿌린다는 둥 부산하게 아이들이 떠들어대는데 어머니는 아랫목에 앉아서 훈아의 양말을 기우며 한숨만 몰아쉰다. 나도 한숨을 따라 쉬면서 돌아누웠다. 매일매일 나는 기다리고 있는 것이다. 무엇을 기다리고 있는 것인지 그것은 확실한 일이지만 끄집어내어 보기가 싫고 두렵다. 허다하게 지나가는 골목의 발소리, 간장장수, 고물장수, 비누장수, 구성지게 소리를 뽑고 지나가고 나면 멀리에서 전차 소리가 아슴푸레 들려온다. 날은 단조롭게 지나가건만 나는 몸보다 오히려 마음을 앓고 있는 것이다. 어느 날 밤에 상주댁은 계란 두 꾸러미를 사가지고 병문안하러 왔다. 나는 조금도 그가 반갑지 않았다. 병을 핑계 삼아 입을 닫고 눈을 감았다. 내가 기다리는 사람은 이 사람이 아니었다. 상주댁이 돌아간 뒤 베개 위에 얼굴을 묻었다. 내가 기다리는 사람은 물론 상주댁이 아니었다. 어두운 공간 속에 날카롭게 튀기는 불꽃을 가만히 쳐다본다. 사방은 너무 깊고 조용하다. 자극제를 피해야 한다는 의사의 충고 때문에 담배를 피울 수 없다. 담배를 금지한 것은 이중의 불행이다.

다시 며칠이 지나갔다.

한나절이다. 하도 답답해서 방문을 열어놓고 앉아본다. 연이만 안집 수돗가에 가서 빨래를 하고 있다. 어머니는 수입금을 거두러 마돈나에 나가고 현기와 훈아는 아직 학교에서 돌아오지 않았다. 처마 끝에 녹슨 쟁이 떨어져서 바람이 불 때마다 댕그랑거린다. 봄바람이다. 꽃을 피게 하려는 바람이다. 책상 모서리를 안고 처마와 처마 사이에 보이는 좁다란 하늘을 바라본다. 훈아는 지금 창경원에서 열심히 그림을 그리고 있겠지. 어제저녁에 훈아는 미술대회에 나간다고 뻐기면서 외제 크레용을 사달라고 졸랐다. 어머니는 땟거리도 없어질 판인데 무슨 미술이냐고 야단을 쳐서 기어코 훈아를 울리고 말았다. 결국 사주고 말 것을 그렇게 볼 면 없이 야단을 치고 정이 떨어지게 한다. 땟거리도 없어질 판인데, 참말 내가 이렇게 누워 있어 될 말인가. 빨리 일어나야지. 그리고 소처럼 꾸벅꾸벅 일을 하고, 소처럼 내 신경이 둔해져야 한다. 그래야 산다.

방문을 닫고 막 자리에 누우려고 하는데 광희가 들이닥쳤다. 광희를 보았을 때 가슴이 뛰었다. 그곳 소식을 들을 수 있다. 광희는 안고 온 꽃분을 방바닥에 내리면서,

"많이 상했군요."

서로 손을 잡았다.

"모두 별일 없었니? 나오시는 분들은 다 여전하시고……."

"네. 여전히 나오시죠. 모두 아주머니가 왜 안 나오시느냐고 걱정들 해요."

"그래?"

차마 상현 씨가 무슨 말을 하지 않더냐고 물어볼 수는 없었다.

"한번 온다는 것이 영 그렇게 안 되더군요. 손이 모자라구. 또 수입이 줄면 큰일 아니에요? 약값이랑 돈이 더 쓰일 텐데……."

"광희가 그렇게 생각해주니 고마워. 정말 병문안 못 오는 것보다 영업이 안 되면 더 큰일이지."

"김 선생이 여간 걱정을 안 하세요. 무뚝뚝해 뵈는데도 참 사리가 밝고 인정이 많은 분이에요."

그럼 상현 씨는, 하고 마음이 북받쳐 올랐다.

"민우 씨도 나오시니?"

얼굴을 돌리며 물었다. 광희는 한동안 말이 없다가,

"밤마다 나오세요. 전…… 저 자신이 무서워요."

"……?"

"이 선생님도 여전히 나오시는데, 안색이 좋지 않더군요."

여전히 나온다고? 그렇겠지. 나오겠지. 광희는 거의 무관심하게 한동안 가만히 앉았다가,

"민우 씨한테는 약혼자가 있었대요."

말을 뚝 끊는다. 그리고 손가락으로 방바닥 위에 뭣인가 그린다. 수그린 목덜미가 눈이 부시도록 희다.

"미국 가 있대요."

또다시 말을 뚝 끊는다.

"어떤 때는 그만 죽여버리고 싶어요. 무심하게 잠든 얼굴을 볼 때 죽이고 싶은 충동을 느껴요."

"죽음이 무엇인지 몰라서 하는 소리지."

"아주머니는 사랑이 무엇인지 모르니까 하시는 말씀이죠."

"그럴까?"

얼굴 위에 피를 모은 광희를 보며 웃었다. 광희도 찌그러진 웃음을 웃는다.

"아주머니는 너무 조용해요. 매몰스러워요. 저는 그이가 벗어놓은 양복만 잡아도 피가 끓어요. 눈물이 쏟아져서 견딜 수 없어요."

'광희! 나도 그래. 왜 너는 상현 씨의 얘기를 좀 더 자세히 해주지 않니? 참말로 그이는 매몰스럽고 냉정한 사람이구나.'

멍청히 광희를 쳐다본다. 정말 사막에 피는 사보텐의 꽃처럼 지독하게 강렬한 광희의 사랑이다. 그의 콧등에는 땀이 솟아나고 있었다. 스스로 흥분하고 있는 것이다.

광희가 돌아갈 무렵에 참, 잊을 뻔했다고 하면서 전해주는 말은 계영한테 채권이 넘어간 그것이다. 2월 그믐날로 순재한테의 돈 계산이 끝났으니 앞으로 계영한테 매달 그믐날에 이자 계산을 하라는 것이다.

광희가 돌아간 다음 날 아침에 편지 한 장이 날아왔다. 생각하지 않으리라고 굳게 결심을 한 상현 씨로부터 온 편지였다. 기뻤다.

몇 번인가 당신이 앓고 있는 창 밑에 갔었지요. 그러나 담배만 태우다가 돌아오곤 했소. 보고 싶은 사람을 만나지 말아야 하는 이

유가 그렇게 위대한 것이라고 생각하세요? 내일 저녁에는 담배만

태우다 돌아오지는 않으렵니다…….

끝까지 읽지도 못하고 편지지를 꼭 눌러 잡았다.

'그이를 멀리하다니, 어림도 없는 소리지.'

18

4월이었다. 카운터의 청동 꽃병에는 노오란 개나리가 피어

있었다.

"마담, 앓고 나더니 더 젊어지고 예뻐졌군요."

외무부의 무슨 과장이라던 사람이 인사를 했다. 김 선생도

병이 잘 났다고 했다. 그렇게라도 해야 쉬지 않겠느냐고 말하면

서 진정으로 위해주는 표정이었다. 그렇게 못 견디게 미워하던

최 강사도 왜 그런지 밉지가 않았다. 그리고 이상한 것은 내가

앓아누운 이래 마돈나의 수입이 올라간 일이다. 빚에 대해서는

병적인 공포심을 갖고 있는 어머니는 극성스럽게도 이자 7만

환을 장만해두고 있었다. 약값이야 병원비야 하고 지출이 많았

는데도 과히 심한 적자가 없었다는 것에 우선 안심이 된다. 다

만 한 가지, 상현 씨가 몇 번인가 병문안을 온 뒤부터 어머니에

대한 부채를 느낀다.

마돈나에 나오고부터 며칠이 지난 뒤 상현 씨는 일요일에 한 번 교외로 놀러 가자고 했다. 그렇지 않아도 그동안 광희하고 명자가 애를 썼으니 이번 일요일에는 다방의 문을 닫고 쉬게 하리라 생각던 참이다. 그래서 어디로 가느냐고 물었더니,

"글쎄, 그날 만나서 생각합시다."

일요일, 아침부터 미장원에 가서 머리를 빗었다. 눈 밑에 거무스름한 기미가 없어진 얼굴을 들여다보는 것이 즐거웠다. 집으로 돌아와서 옷을 갈아입고 거울 앞에 서본다. 아지랑이처럼 내 얼굴에 걸려 있는 것, 그것을 행복이라 일컫는가? 그러나 어머니의 눈을 뒤통수에 의식했을 때 얼굴을 찌푸리고 말았다. 무거운 부담이다. 이성애를 모르는 어머니의 불행에 대한 부담, 반발하고 싶다. 왜 부담을 내가 느껴야 하는가. 나는 검색하는 듯한 어머니의 눈을 냉정히 물리쳤다. 핸드백을 들면서 훈아를 내려다본다. 훈아도 나를 여태 쳐다보고 있었던 모양이다. 핸드백을 팔에 걸고 훈아를 안았다.

"훈아야?"

"응?"

"엄마 나갔다 올게, 응?"

"그래 엄마, 그런데 말이야, 참 예뻐요. 저 봐. 눈 속에 내 얼굴이 보여."

훈아는 손가락으로 내 눈까풀을 건드린다. 훈아의 볼에 얼굴을 비비며,

'엄마는 너를 두고 연애하러 가는 거야.'

가엾다. 다시 한 번 훈아의 볼에 얼굴을 비빈다.

호수에서 우리는 만났다. 상현 씨는 나를 보자마자,

"뚝섬으로 갈까 싶은데……."

"아무 데라도 좋아요."

그와 같이라면 못 갈 곳이 없다. 하늘 끝까지라도.

우리는 퇴계로로 나와서 자동차를 타고 떠났다. 자동차는 경쾌하게 푸른 하늘 밑을 달린다.

"더 먼 곳으로 여행하고 싶지 않아요?"

"하고 싶어요. 하고 싶고말고요."

나도 모르게 강조했다. 참말로 멀리 떠나고 싶다.

"우리 그만 불란서 같은 곳에 가버릴까?"

얼마나 찬란한 꿈인가. 꿈일 수밖에 없는 일이다. 무어라고 대답할 수도 없다. 높은 포플러가 서 있는 길 언저리로 눈을 돌린다.

"아프리카의 밀림이나 어느 고도에 가고 싶어요."

그는 무릎 위에 놓인 내 손을 꼭 쥔다.

'나는 불행하지 않아. 나에게만이 신의 은총이 내려진 거야.'

뚱딴지 같은 혼잣말이다. 나는 행복에 당황하고 있는 것이다. 두려운 일이다. 불안한 일이다.

'다음에 무슨 일이 닥쳐와도 이 순간의 행복은 찬란한 거야. 역시 신은 나에게만 은총을 주셨다.'

역시 뚱딴지 같은 중얼거림이다. 행복에 당황하면서 이러한 오만을 부리다니.

뚝섬의 굴다리를 지나서 자동차를 버렸다. 연한 연둣빛이 알랑거리는 수풀을 찾아갔다.

"생각보다 아주 삭막한 곳이군."

넓은 사장砂場을 내려다보면서 상현 씨는 담배에다 불을 당긴다.

"안 와보셨어요?"

"처음이오."

"저도 처음인데……."

그는 손가락에 담배를 낀 채 잔디 위에 손수건을 깐다. 그리고 앉으라고 했다. 강가에서 바람이 불어왔다. 옷고름이 그의 어깨 위로 나부낀다.

"어때요? 고집덩어리가 좀 풀어지죠?"

다만 웃으며 하늘을 보았다. 차가워 보이는 파아란 하늘에 면사포 같은 구름이 흘러간다.

"여러 가지 복잡한 일들을 잊어버릴 수 있어요."

하늘을 보던 얼굴을 숙여 돋아나기 시작한 풀잎을 후벼 파서 손바닥 위에 얹어본다.

"그렇지만 더 저렇게 되고 싶어요."

풀잎을 버리고 지나가는 학생 비슷한 젊은 남녀를 가리켰다. 검정 바지와 노오란 스웨터, 목에는 네클리스 대신 오렌지빛 스카프를 매고 있었다.

"저렇게? 어떤 뜻에서?"

상현 씨는 얼굴을 바짝 붙이며 눈을 들여다본다. 훈아 말대로 그의 눈동자 속에 내가 있었다. 내 눈동자 속에는 그가 있을 것이다.

"우리들에게는 너무 그늘이 많아요. 우리들은 저럴 수는 없을 거예요."

"그런 얘기, 하지 말기로 합시다."

그는 내 말뜻을 알아차리고 얼굴을 찌푸렸다.

"잊어버린다는 것이 어쩐지 무서워요. 신을 모욕했을 때 느끼는 불안 같은 것인가 봐요. 신이 없다고 생각하면서도……."

"나는 아무 불안도 없소."

"행복할 때 걱정을 안 하면 이내 벌이 닥쳐올 것 같아요."

"어린애 같은 소리, 밤낮 그렇게 전전긍긍하지 말고 푹 마음을 놓아보아요."

"그렇지만 죽음을 생각하지 않을 수 있어요?"

"현회 씨는 옛날의 애인처럼 그렇게 내가 죽어버릴 것 같소?"

찬수의 죽음에서 받은 나의 죽음에 대한 공포가 그한테는 싫었던 것이다. 왜 엉뚱스럽게 그런 말을 했는지 알 수 없다. 막연한 말이다. 강물과 하늘과 산을 보면서 오두머니 만들어진 무덤을 왜 생각했을까?

"그런 게 아니에요. 이 커다란 공간 속에 앉아 있는 우리들이 먼지같이 느껴졌을 뿐예요. 무서워졌어요. 언제까지나 이렇게 마주 보고 앉아 있을 수는 없을 거예요. 그렇지만 우린 체념해야죠. 그렇지요?"

그야말로 횡설수설이다. 상현 씨는 담배를 버리고 발로 문지르며 나를 가엾다고 했다.

"현회 씨의 신경이 정상이 아니오. 미리부터 무서워하고 겁을 내고 그렇게 해서 우리들의 삶을 축내어서는 안 돼요. 자, 일어서서 강가에 나가봅시다."

우중충한 물이 포말을 일으키며 모래 위에 부딪고 있었다. 상현 씨는 강변을 거닐면서 다방을 그만두는 것이 좋겠다는 말을 했다. 나는 피차의 생활은 간섭하지 말자고 했다. 이대로가 편할 것이라 했다. 그러자 상현 씨는 발밑에 굴러 있는 빈 깡통을 걷어찼다. 깡통은 데굴데굴 굴러서 물속으로 사라졌다.

해가 진다. 우리들은 모래 위에 앉아 있었다. 두 무릎을 모아 손을 꼭 쥐고 흐린 강물을 바라보고 있었다. 하루해가 어째서 이렇게 짧은지 모르겠다. 서로 말이 없었지만 조금도 심심치 않았다.

희미한 별들이 반짝이면서 사방은 차츰 어둠에 묻혀간다.

"춥죠?"

"좀 추워요."

"아무도 보지 않으니까……."

상현 씨는 바바리코트를 벗어가지고 내 어깨 위에 걸쳐준다.

그의 체취가 코트 깃에서 상큼하게 풍겨온다. 이제 사람들이 가까이에 와도 얼굴을 분별할 수 없고, 또 넓은 사장에는 이미 돌아갔는지 사람의 그림자도 눈에 띄지 않는다. 한참 동안이 지났다. 사방은 칠빛이다.

"늦지 않을까요?"

"아직 멀었소."

그는 라이터를 켜가지고 시계를 들여다본다.

"늦으면 자고 가지."

아까 매점에서 위스키를 사 와가지고 마신 때문인지 그의 목소리에는 술기가 어려 있고 압력적이다.

"어마나, 어디서 자요?"

"모래사장에서 자죠."

나직이 웃는다. 웃음소리가 귓가에서 사라지기 전에 그는 나를 껴안더니 모래 위에 쓰러뜨린다. 몸 위에 그의 심장이 뛰고 있었다. 두 심장이 함께 겹쳐서 징처럼 소리를 지르고 있었다. 그의 심장을 떠밀었다. 몸을 뒤틀고 일어났다. 별에 대하여 부끄러웠다. 넓은 공간이 불안했다.

"미안합니다. 이런 짓 하려고 당신을 이곳에 데리고 온 것은 아니었소."

그의 가슴에 얼굴을 묻고 가파로운 숨결이 늦추어지기를 기다렸다. 뛰고 있는 그의 심장 위에서 얼굴이 들먹거렸다. 그는 제지된 정열의 배설을 위한 듯 내 입술을 오래오래 빨았다.

우리는 정류장까지 걸어 나와서 자동차를 탔다. 피곤함이 일시에 몰려온다. 엷은 비애가 파아란 라이트 아래 떠돌고 있었다. 마지막의 행위를 감행하지 못한 우리들의 지성은 대단한 것이 아니었다. 조금도 대단한 것은 아니었다. 무거운 침묵 속에서 우리들은 각각 다른 생각을 하고 있는 것이다. 우리는 각각 다른 곳으로 돌아가야 한다.

시내로 들어간 우리는 중국집에 마주 앉아 저녁을 주문했다. 음식을 눈앞에 보고도 우리는 서로 구미를 잃고 있었다. 맥이 풀려 있었다.

무엇이 우리들의 행동을 막았는가. 별빛이었던가. 넓은 공간이었던가. 아니었을 것이다. 우리들 속에 모래알만큼 남아 있었던 윤리의식이 그 순간 확대되었을 것이다. 괴로운 패배였다. 그렇다면 사랑과 포옹과 이렇게 서로 쳐다보고 앉았는 것은 윤리의식의 작용을 받지 않는단 말인가.

음식을 그대로 남겨두고 일어섰다. 거리에 나왔다. 최종회의 영화가 끝난 모양이다. 국도극장에서 관객들이 우우 몰려나온다. 가로수에 기대어 서서 자동차가 오기를 기다렸다.

"이 선생! 이 선생 아니세요?"

부르는 목소리에 우리는 동시에 뒤를 돌아다보았다.

자줏빛 드레스에 흰 하프코트를 입은 계영이가 서 있었다. 계영이 혼자가 아니었다. 또 다른 여자가 한 사람 서 있었다. 푸른 옷의 그 여자다. 모멸적인 표정을 지은 계영의 얼굴은 이미 일개의 엑스트라에 지나지 못한다. 상현 씨의 부인의 눈과 내 눈이 순간 불을 뿜었다. 밝은 그레이의 투피스를 점잖게 입고 있는 그 여자는 계영이처럼 나의 아래위를 훑어보는 그런 천한 짓은 하지 않았다.

"안 가실래요?"

잔잔한 목소리로 남편한테 물어본다.

"같이 가십시다, 이 선생. 우린 지금 구경하고 나오는 길이 에요."

계영이의 말참견이다.

"먼저 가시오."

상현 씨의 까칠한 목소리가 귀에 잉잉거린다.

"그래요?"

부인의 눈이 빛났다고 느낀 순간 나에게로 시선이 옮겨진다. 나는 말뚝처럼 곧은 자세로 그들을 지켜보고 서 있었다.

부인은 빙글 돌아서면서 대기하고 있는 자동차에 오른다.

"그럼 먼저 가겠어요."

태연하게 손을 들어 보인다. 도리어 계영이, 분에 못 이기겠 다는 듯 나를 노려보았다.

자동차는 내 앞을 지나가 버렸다. 나도 모르게 나는 달음박 질을 쳐서 상현 씨의 옆을 떠났다. 그리고 막 미끄러지려는 합 승에 허둥지둥 올라갔다. 뒤를 따라오던 상현 씨는 합승이 떠 나는 것을 보자 발을 멈추었다. 안경만이 가등을 받고 번뜩이고 있었다.

이상한 선율이 흐른다. 흐느낌 같은 것이다. 그러나 그것은
내 마음속에서 울려 나오는 것은 아니었고 자동차 안에 설치된
라디오에서 흘러나오는 음악이었다.

19

살아야 한다는 것보다 더 절박한 일은 없다. 어떠한 절박한
골목길에서도 부정하지 못할 것은 자신의 생명이다. 상현 씨에
대한 사랑은 무한히 뻗어가는 고독의 성벽이며, 그것은 생명이
아니다. 사랑을 생명으로 안다는 것은 위선이 아니면 무의식중
에 이는 미화美化의 본능일 뿐이다. 그렇게 주장하고 싶었다.

뚝섬에 갔다 온 이래 상현 씨는 마돈나에 발걸음을 뚝 끊고
말았다. 그것은 당연한 귀결이었는지도 모른다. 그러나 믿을
수 없는 일이기도 했다. 바람을 피운다거나 한때의 흥미로서 나
를 상대했다고 믿어지지 않았던 것이다. 그러나 그는 나타나지
않았다. 나타나지 않는 이상 무슨 곡절이 있을 것이다. 부인과
의 트러블? 분명히 이유는 그곳에 있을 것이다. 그는 어쩔 수
없이 부인한테 굴복함으로써 마돈나하고 인연을 끊은 것이다.
그렇게밖에 달리 해석할 도리가 없다.

그것은 당연한 귀결이었을 것이다. 어떤 형식이든 이별은 반드시 온다. 다만 너무나 빠르게 온 것뿐이다. 그러나 처음 그 여자한테 느낀 패배감에서 나를 다스리고 일으켜 세우지 못한 것은 잘못이었다. 잊어버리자. 내 인생에 있어서 사랑은 전부가 아니다. 환상 속에서 철없이 헤매지 말고 똑바로 헤치며 걸어가자. 이런 슬픔이 백만 번 와도 나는 의연히 살아갈 것이 아니겠는가. 돌아갈 곳을 잃은 탕아에게 일러주듯이 나를 어루만져 본다.

어느 날 김 선생이 내가 사는 점심을 먹겠느냐고 물었다. 나는 선뜻 초대를 고맙게 받겠노라 했더니 그럼 당장 나가자고 했다.

국회 식당에서 치킨라이스를 주문한 뒤 김 선생은 담뱃진이 묻어서 거무죽죽한 이빨에 담배를 물었다. 여전히 빗질도 하지 않은 곱슬머리에 인디언처럼 검은 살빛, 모가 난 광대뼈가 단단하게 생겨먹었다.

"현회 씨는 요즘 연애를 하는 모양이던데⋯⋯."

얼마 전만 해도 나는 김 선생 말에 놀라지 않았을 것이다. 발끝을 눌러 짚으면서 그를 지켜보았다. 약하디약한 웃음이 나올 뻔했다.

"찬수를 잊을 만합니까?"

"죽었다는 사실이 남아 있을 뿐예요. 사람은 잊어버렸어요."

빤히 쳐다보며 대답하였다.

"영 연애 못 할 사람으로 알았는데……. 왜 웃으시죠? 주제 넘은 말을 한다고 생각하십니까?"

"아니에요, 서글퍼서 그러지요."

김 선생은 의아하게 쳐다본다.

"죽은 사람을 잊어버리는 것과 마찬가지로 산 사람도 잊어버려야겠기에 말입니다. 사람들의 인연이 서글퍼서 그래요."

"자신을 속박하는군요."

김 선생은 담배 연기를 우두커니 바라본다.

"어떻게 제가 연애를 하고 있는 것을 아셨어요?"

"비밀로 하실려고 했습니까?"

되묻는다.

"비밀로 할 필요도 없고, 남한테 공개할 필요도 없어요. 저 자신에 대한 문제니까요."

"쓸데없는 간섭일랑 그만두라는 말씀이군요."

입을 다물어버렸다. 정말이다. 간섭은 그만두는 것이 좋겠다.

"사실은 요전번에 뚝섬에서 봤죠. 낚시질하러 갔다가……."

별안간 슬픔이 치밀었다. 아픈 자국에다 인두질을 한 느낌이다.

"현회 씨를 그곳에서 발견한 것도 놀라운 일이었지만 상대도 의외의 인물이더군요."

그는 내 눈을 강하게 쳐다본다.

"비난할 생각에서 하는 말은 아닙니다. 그야 섭섭했죠. 누이가 시집을 가도 오빠는 서운타 하지 않습니까. 자아, 점심이나 드십시다."

웃으며 포크를 든다.

"찬수도 내 친구, 상현이도 내 친구, 그리고 현회 씨도 친구죠. 이거 만년 가야 구경꾼밖에 못 되니 싱겁고 섭섭합니다. 하하핫……."

느닷없이 솟는 웃음이다.

"상현이는 괜찮은 인간입니다. 질투를 약간 느끼지만…… 일제시대에 어설픈 학생들의 저항운동인가 뭔가 하던 때의 동지였고 서로 학병에 안 끌려갈려고 숨어 다니던 역사가 있죠. 그는 괜찮은 인간입니다."

닭고기를 우적우적 씹으며 도무지 감상感傷이 없는 얼굴이다.

김 선생은 마돈나의 오후의 손님이다. 상현 씨는 오전의 손님이다. 그들이 서로 잘 알고 있는 사이라는 것은 나로서 금시초문인 것이다.

"찬수가 살아 있었으면 좋았을 것입니다. 현회 씨를 위하여. 그 자식은 너무 자아가 강해서 탈이었지요. 나만큼이나 교활했다면 확실한 일꾼인데, 아깝지."

김 선생은 점심을 끝낸 뒤 이쑤시개로 이빨을 쑤시다가 보이가 가지고 온 물수건으로 얼굴을 문지른다.

"상현이는 논객이기보다 학자가 됐어야 할 사람입니다. 그는 자신을 오해하고 있어요. 상현이는 지금 전연 생리에 맞지 않는 일을 하고 있습니다. 기교가 없어요. 열성뿐이지요. 정치는…… 역시 정치겠죠. 그것은 감상이나 낭만이 아니거든. 어디 인간에 대한 애정만으로 되어지는 일입니까?"

나는 굳이 침묵을 지켰다. 김 선생은 지극히 타당한 말을 한다.

"그는 부인하고 이혼해서라도 현회 씨하고 결혼할 그럴 위인입니다. 그는 자신의 감정을 과시하고 있어요. 그것은 위험한 일입니다."

결국 김 선생은 우리들의 연애를 축복하고 있는 것이 아니다. 김 선생은 위태로운 요소를 분석하고 있는 것이다.

"상현이는 자기로부터 탈피하고 싶은 것입니다. 그의 부인은 유명한 집안의 따님이죠. 상현이는 그러한 모든 유명한 것에 구토를 느끼고 있을 것입니다. 그러나 구토를 느끼고 혐오하는 그 요소는 바로 자기 자신이 지니고 있는 그것이 아닙니까? 상현이는 과거 항일운동에 앞장선 일도 있고, 현재도 붓을 휘두르며 민중을 이해하려고 노력하고 있죠. 그러한 열성과 현회 씨에 대한 애정, 그것은 다만 꿈의 표현일 뿐입니다. 결코 자기를 완전히 벗어던질 수는 없을 거예요. 어떤 뜻으론 현회 씨하고 극단과 극단의 결합이 될 것입니다. 뭐 그렇다고 해서 저하고 결혼해달라는 얘기는 아닙니다."

김 선생은 또다시 껄껄 웃었다.

"잘 알고 있어요. 그런데 누가 이상현 씨하고 결혼한답디까?"

"오해는 마십시오. 친구의 입장에서 말한 것뿐입니다. 너무 잘 알고 있는 처지래서……."

"저도 잘 알아요."

일어섰다.

그분은 자기로부터 탈피 못 합니다. 저 역시 마찬가지죠. 극단과 극단의 결합은 없을 거예요. 그것은 우리들의 운명의 의지라기보다 역사의 의사거든요. 오랜 세월 속에 어쩔 수 없이 만들어진 인간들의 편견이죠, 그렇게 말하고 싶었다. 그러나 그런 말은 아무 소용도 없는 말이다. 독즙처럼 배어 있는 그와 나와의 사랑의 이야기를 침묵과 세월 속에서 잊어버리면 되는 것이다.

김 선생하고 헤어져 마돈나로 돌아왔다. 광희가 전표를 정리하고 있었다. 손님도 별로 없고 한가했다.

"지난달보다 영 수입이 줄어든 것 같지 않아?"

지나는 말로 걸어보았던 것이다. 광희는 가만히 나를 쳐다본다. 봄철이라 해도 일요일 이외는 별로 손님의 변동이 없었건만 내가 앓아누웠을 때보다 현저히 수입이 줄어버린 것이 사실이다.

"김 선생은 훈아 아버지하고 친구 간이라 하더군요."

광희는 엉뚱스러운 말을 하면서 고개를 갸웃거리며 나의 눈치를 살핀다.

"훈아 아주머니는 아주 현명하고 훌륭한 분이라죠? 너무 훌륭해서 아주머니가 재혼을 못 하신다구요."

나는 김 선생이 공연히 쓸데없는 말을 한 것 같아서 불쾌했다.

"비밀로 하라고 했지만……."

"뭘 비밀로 해? 김 선생도 수다스러워. 너희들보고 무슨 지나간 얘기를 한담."

짜증이 났다.

"아니에요, 아니에요. 비밀로 하라고 했지만 그렇게 하면 안 될 것 같아요, 말하겠어요, 아주머니."

광희는 내가 화를 내는 바람에 심히 당황한다.

"아주머니가 앓고 계실 때 김 선생님이 아주머니를 돕지 않으면 안 된다고 하셨어요. 그렇지만 참나무처럼 곧은 사람이라 원조를 거절할 것이 뻔하다는 거예요. 그러니 비밀로 하자는 것이었죠. 훈아 아버지하고 친한 사이니까 그냥 있을 수 없다는 거예요. 그래서……."

이번에는 내가 당황하고 말았다.

"마돈나의 수입이 많아진 이유니?"

"네. 10만 환을 주셨어요. 그리고 매일 조금씩 수입금에 보태서 들여보내라는 거예요."

나는 할 말이 없었다.

"전에 번역도 싸게 많이 해주시고, 결코 그저 가는 돈이 아니
라고 하시더군요."

"……."

"그냥 말 안 할려고 했는데, 그렇지만 말을 안 할 수 없었
어요."

"저기 손님이 부르셔, 가봐."

광희를 보내놓고 손을 내려다보았다. 고마웠다. 고마우면서
도 싫었다.

밤에 집으로 돌아오니 상현 씨로부터 편지가 와 있었다. 눈
익은 필적을 내려다보며 오히려 나는 멍청해져 버렸다. 기쁜 감
정이 아주 무디게 천천히 왔던 것이다.

　궁금했을 거요…….

얼굴에 확 피가 모인다. 궁금했을 정도가 아니다. 밤마다 살
을 깎고 피를 말리고 있었다. 궁금했을 정도가 아니다.

　나는 지금 자리에 누워서 이 편지를 쓰고 있소. 그날 밤 현회 씨
가 타고 간 합승 뒤를 쫓으려다가 그만두었소. 그 대신 명동에 나
와서 바에 들어갔죠. 그곳에서 술을 진탕 마셨소. 거리에 나왔어
요. 아무것도 의식할 수 없었소. 거리에서 몇 시간을 헤매었는지
모르겠소. 분명히 하숙집의 여자는 인식했죠. 노오란 드레스를

입고 있습다. 그 여자하고 같이 쓰러진 기억이 나요. 열이 몹시 납다다. 새벽녘에 집으로 돌아와서 쉬어보려고 했죠. 열이 더욱더 심하게 나더군요. 폐렴이었어요. 이제 일어날 만합니다. 현회 씨를 생각해보려구 눈을 감아봅니다. 영 얼굴이 떠오르지 않아 안타깝소. 퍽 오랜 세월이 지나버린 것 같은 생각이오. 영영 이대로 멀리 떨어져 버린다면 정말 우리는 서로의 얼굴을 잊어버릴까? 그러나 지금은 아무튼 기쁩니다. 마치 어린아이처럼 기뻐요. 완쾌되어 나가게 되면 어디 여행이나 떠납시다. 좀 더 우리는 우리들의 일을 생각해보아야 할 것 같습니다.

20

"보고 싶은 사람이 앓고 있는 것도 모르고 있었어요. 알고 있어도 찾아가 뵐 수도 없지 않아요. 우리들의 처지가 미워서 견딜 수 없었어요. 그렇지만 어떡허겠어요. 그만 아니겠어요? 그래요, 그만이에요."

차가운 대지 위에는 5월이 깃들어 있고, 밤은 어둡다. 눈 아래 내려다보이는 시가지에 불빛들이 흐르고 있었다. 집에서 가까운 산등성이다. 우리는 뚝섬에서 헤어진 이래 처음 만난 것이다.

"말하지 말어. 말하지 말어. 아무 말도 하지 말아요."

그는 나를 껴안고 흔들면서 입술만 찾았다.

"얼마나, 얼마나 생각했는지, 하늘과 산과, 불빛, 모든 것이 기막히게 먼 곳에 있었어요. 길이 한없이 넓기만 했어요. 걸어갈 수가 없었어요. 그래도 참았어요. 다시 만나지 못해도 좋다고 생각했어요."

눈물이 그의 어깨 위에 투덕투덕 떨어진다.

"죽고 싶었어요. 그렇지만 더 오래 살리라 생각했어요. 오래오래 견디며 살리라고요……. 있었던 일 같지 않았어요. 아무리 잡아보려고 해도 마음이, 이 팔이 잡혀지지 않았어요. 흘러가 버린 강물 같았어요. 영영 돌아오지 않고 만져볼 수도 없고……."

그의 팔을 쓸어보면서 실컷 울었다. 그는 눈물을 닦아주며 나를 달랬다.

"내 마음은 언제나 현회 옆에 있었어. 이렇게 언제나 안고 있었어."

"아니에요, 아니에요. 잡히지가 않았어요. 저는 열등해요. 그것을 언제나 느끼고 있었어요. 무서웠어요. 선생님한테 불쌍하게 매달릴까 봐…… 참았어요. 견딜려고 했어요. 오래 살리라고, 참고 살리라 생각했죠."

"나는 억지로라도 현회의 애정을 빼앗을 거야. 현회는 왜 못해, 응?"

"죽어도 아니하겠어요. 세상이 무너져도 그것만은 아니하겠어요."

"자존심 때문에?"

"열등감 때문에……. 선생님 마음속에 미운 여자로 남겨두지는 않을래요."

"마찬가지야."

팔에 힘을 더 주며 쫑알거리는 내 입을 거센 숨결로써 막는다. 그리고 이렇게 사랑하면 그만이 아니냐고 되풀이 말하는 것이었다.

이 순간만은 영원일 수 있다. 아니, 결코 영원하고 바꾸지 않을 것이다. 그러나 그것은 이내 물거품처럼 꺼져버리는 순간에 지나지 못한다. 그의 목을 감았던 손으로 하얀 와이셔츠의 칼라를 쓸어본다. 왜 이 실존을 믿지 못하는가. 환상의 나라의 나비가 푸득! 하고 달아날 것이 무섭다. 곧 닥쳐올 이별이 있다. 그와 등을 지고 돌아서는 순간부터 다시 만나는 순간까지 이별은 어쩔 수도 없는 결정적인 것이라 생각해두어야 한다.

"현회, 우리 어디로 가요. 여행을 하잔 말이오."

"……."

"하루만, 하룻밤만 묵고 올 수 있는 곳으로 가보지 않겠어?"

"무서워요."

"앓고 누워 있을 때 현회하고의 여러 가지 생활을 공상했었소. 그러나 우선 병이 나으면 여행을 하리라 생각했어. 아무도 없는 곳에 아무도 모르는 곳에 현회하고만 있고 싶었다."

별이 흐른다. 무수한 별이 흐른다. 지금은 잘 보이지 않지만 은하수가 흐르고 있을 밤하늘 7월 칠석날에는 견우와 직녀가 은하수에 걸린 오작교를 건너서 만난다는 곳.

"정말이지 모든 것 잊어버리고 싶어. 부모, 자식, 사회, 가정, 이러한 것에 대한 우리들의 의무나 봉사는 자발적인 것이라야 지 누구도 강요해서는 안 될 것이오. 우리는 소처럼 평생 달구지를 끌고 갈 수는 없어."

어느 때보다도 상현 씨의 목소리는 흐려져 있었다. 마음의 정리가 못 되어 있는 증거다. 뚝섬에서 돌아오던 날 밤 부인하고 대면하게 됨으로써 일어났을 가정 풍파가 아직껏 정리되지 못한, 그 고민의 발설인 것이다. 그가 가정에 대한 괴로움을 말한 것은 이것으로써 두 번이다. 언제인가 밤에 거리를 거닐면서 애정하고 생활이 결합되지 못한 결혼처럼 불행한 것은 없다고 했었다.

"가정에 관한 얘기는 저의 앞에서 하심 안 돼요. 그러면 전 그만 가버릴래요."

그의 팔을 풀고 어둠 속의 낭떠러지를 넘어다보면서 낮게 소리쳤다. 태연하게 자동차에 오르던 그의 부인의 모습이 크게 다가온다. 땅에다 발을 붙이고 확고하게 서 있는 그의 가정, 그의 가족, 중량 있는 권위다. 순간이 크게 흔들리며 무너진다. 환상의 나라의 흰나비가 눈부시게 나래를 터들거리며 가루를 뿜더니 사방은 어두운 침묵 속에 묻힌다.

우리는 서로를 느끼지 못하고 앉아 있었다. 아스름히 들려오는 클랙슨 소리, 우리는 어디도 갈 수 없다. 발목에 감겨진 끈 질긴 칡넝쿨, 발을 옮길 때마다 무참하게 넘어지고 말 것이다. 우리는 아무 데도 갈 곳이 없다. 우리는 이 점을 지켜야 하는가. 왜? 자동차가 가고 전차가 가고 저기 교회당의 첨탑이 보인다. 인간이 쌓아 올린 역사다. 우리들이 이 지점에서 움직이지 못하는 것은 역사의 의지다. 풍속의 의지다. 인간이 만든 포도 위에 인간이 심은 가로수 밑으로 우리는 각기 다른 일을 위하여 다른 곳을 향하여 걸어가야 하는 것이다.

시간을 염려하면서 산등성이를 내려왔다. 전주電柱에 기대어서 자동차에 오르는 그를 묵묵히 바라본다.

그는 돌아가 버렸다. 그의 가정으로. 다시 만나는 그 순간까지 이별은 영원하며 결정적인 것이라고 체념을 해야 하는 것이다. 발길을 돌렸다. 집으로 돌아와서 대문을 흔들었으나 누구도 나와서 문을 열어주지 않는다. 다시 한 번 힘주어 흔들었다. 그랬더니 문이 저절로 열렸다. 잠그지 않았던 모양이다. 방으로 들어가니 웬일인지 어머니는 아직 자지 않고 앉아 있었다.

"왜 여태 안 주무셨어요?"

얼굴을 피하면서 물었다.

"아주 나가버렸단다."

"……?"

"현기 녀석 말이다."

머리를 들었다. 혼자서 울었는지 어머니의 눈이 새빨갛다.

"설마…… 오겠죠."

"편지를 써놓고 간걸, 다시는 안 오겠다고."

말하면서 편지 한 장을 내놓았다.

누님께 드립니다. 집을 나갑니다. 다시는 돌아오지 않을 결심
을 하고 나갑니다. 누님, 배은망덕한 저를 용서하여주십시오. 그
러나 이제는 좀 짐이 가벼워질 것입니다. 누님이 애쓰시고 사시
는데…….

"망할 자식 같으니……."

편지의 사연은 상당히 길었다. 저 같은 놈이 공부를 하면 무
슨 별수가 있겠느냐, 자기를 낳아준 아버지 어머니가 저주스럽
다는 식으로 씌어 있었다.

"아이가 바람이 많아."

혼자 중얼거렸다. 할 수 없는 아버지의 길을 걷는 현기, 어쩔
수 없는 방랑벽이다.

"고생이 되면 제 발로 걸어 들어오겠죠. 그냥 내버려두세요."

"그놈이 대적이 될려고 나갔나, 에미 공도 모르고, 아무리 남
의 속에서 빠진 거라고…… 내가 어떻게 저를 길렀다고……."

어머니는 방바닥을 친다. 나는 덤덤히 남의 일처럼 바라보고
있었다. 끈을 잡아 끊고 나가버린 현기에 대한 야릇한 선망까

지도 느낀다. 이러한 차가운 마음 앞에서 마음 붙일 곳을 잃은 어머니는 무릇 불효에 대한 바늘방석을 펴기 시작한다.

"남편 덕 못 본 내가 무슨 자식 덕을 보겠다고 지지리 못난 세상을 살았던고. 남들이 복 탈 적에 남산에 가서 잠만 자고 있었단 말인가. 강씨네 가문하고 나하고 무슨 전생에 원수가 졌다고……."

'고독을 혼자 처리하세요. 혼자서 처리하시란 말예요. 누구도, 아무도 나누어 가질 수는 없어요. 도망가면 가는 대로 내버려두세요. 잡았다고 어머니의 것이 될 수는 없잖아요. 어리석고 못났어요, 참말로.'

잔인한 말이다. 잔인하지만 어쩔 수도 없다. 그러나 그 말은 마음속의 독백이었을 뿐이다.

잠자코 자리에 들어버렸다. 새하얗게 바래진 마음의 광장에 현기의 실종 사건은 도무지 감동이 없이 자리 잡고 있다. 어머니의 슬픔도 역시 아무런 감동을 불러일으키지 못한다. 나는 지금 막 뼈저린 이별을 하고 왔다. 깊이 체념을 하고 돌아왔다. 순간순간의 절망을 이겨낼 도리밖에 없는 것이다. 어쩌면 현기의 행동은 당연한 것이었는지도 모른다.

나의 불효에 대한 바늘방석을 펴고 있던 어머니는 나보다도 먼저 잠이 들어버렸다. 변함없이 코를 골면서.

시계 소리와 더불어 하얀 마음의 광장 속에 차츰 현기의 모습이 투영된다. 지금쯤 어디서 무엇을 생각하고 있을까? 동무 집에 가서 자는지도 모르지. 아니면 남의 집의 처마 밑에 우두커니 서 있을까? 서울역의 대합실에 가서 쭈그리고 앉아 있는 것일까? 거기에서, 거리에서 인생을 보고 배운다. 무슨 인생? 쓰리꾼? 매춘부의 펨프? 구두닦이? 울적함이 태만한 속도로 뻗는다.

현기는 다음 날도 돌아오지 않았다. 일주일이 지나고 한 달이 지나도 돌아오지 않았다. 어머니는 현기를 기다리는지 나를 기다리는지 전에 없이 버스 정류장 앞에 우두커니 밤늦게까지 서 있는 일이 많았다. 노점에 켜놓은 가스등에 비친 어머니의 옆얼굴, 팔짱을 끼고 말없이 앞서가는 어머니의 마른 어깻죽지, 흰 무명 적삼이 자꾸만 눈앞에 아찔거린다. 얼른 다가가서 어머니의 등허리를 어루만져 보았다. 어머니는 울어버릴 것이다. 제발 울지 말아주었으면. 그러나 기어이 손을 눈에 가지고 간다. 내 손과 마음이 일시에 식어버린다. 나는 연신 눈물을 닦는 어머니를 내버려두고 혼자 빠른 걸음으로 집에 돌아오고 말았다. 어머니에 대한 경멸을 감출 수 없었던 것이다.

21

심원心園다방에서 계영이를 기다리고 있었다. 그믐날이기 때문에 이자가 들어간다. 3월치와 4월치의 이자는 광희한테 들려

보냈는데 이번에는 나를 만나잔다는 것이다. 뚝섬에서 돌아오던 날 밤의 괴로운 대면을 생각하면 그를 만나고 싶지 않다. 그렇다고 해서 구태여 그를 피해야 할 이유가 있다고 생각되지는 않았다. 만일 계영이가 상현 씨하고의 관계를 따진다면 나는 서슴지 않고 그를 면박하리라. 그렇게 마음먹고 나온 것이다.

연락을 받은 정각 시간에 와서 10분 동안이나 기다려도 계영이는 오지 않았다.

다방 안은 조용했다. 우리 마돈나에 비하면 퍽 호사스럽게 꾸며진 곳인데 손님은 그다지 많지 않았다. 바라다보이는 곳에 여자가 나처럼 오두머니 혼자 앉아 있었다. 무늬가 요란스러운 나일론 치마저고리에 역시 복잡한 디자인의 핸드백을 안고 있었다. 얼굴은 어딘지 모르게 소박한데 취미는 저속하다. 그리고 다방 같은 곳이 어설픈지 자세가 들떠 있는 것 같았다. 누군가를 몹시 안타깝게 기다리고 있는 눈치다. 문이 열릴 때마다 여자의 눈이 뜨였고, 실망의 빛이 얼굴 위에 역력히 나타난다. 공연히 가엾은 생각이 들었다. 어느 몹쓸 남자가 저렇게 여자의 가슴을 태우는가 싶어지기도 했다. 나는 계영이를 기다리는 것도 잊어버리고 문이 열릴 때마다 그 여자의 얼굴을 주시했다.

한참 만에 시계를 들여다보니 어느새 30분이나 지나 있었다. 일어나려고 했다. 30분이나 기다렸으면 만나지 않고 돌아가도 예의에 벗어난 짓은 아니다. 그러자 마침 계영이가 하이힐 소리를 또각또각 내면서 걸어 들어왔다.

"막 가려던 참인데……."

"가면 어떻게 해?"

"30분이나 기다리지 않았어?"

30분이 아니라 한 시간이면 어떠냐는 눈초리다. 그 눈초리로 부터 비켜서는 순간 매우 이채로운 사람이 들어온다. 최 강사였다. 동시에 아까 그 여자가 벌떡 자리에서 일어선다. 나는 직감적으로 그 여자가 기다린 남자는 바로 최 강사였다는 것을 느꼈다. 그러나 최 강사는 여자를 본체만체하고 도리어 계영한테 친밀한 웃음을 보낸다.

"장군 부인께서 웬일이세요?"

"최영철 씨는 무슨 일이에요?"

여자는 슬그머니 자리에 앉으면서 최 강사의 뒷모습을 아연하게 바라본다.

"마담은 또 웬일이세요?"

최 강사는 계영하고 나를 번갈아 본다. 하여간 능청스러운 사나이다.

"친구신가요?"

"왜 물으세요?"

계영은 불쾌하게 반문했다. 나를 그하고 같은 줄에다 세워본 것이 불쾌했던 모양이다. 최 강사는 계영한테 아첨하는 어조로 이 말 저 말 늘어놓더니 그를 기다리고 있는 여자 켠으로 부스스 걸어간다. 여자의 가슴을 태우던 몹쓸 사나이가 바로 최 강사였다고 생각하니 저절로 쓴웃음이 나왔다.

"최영철 씨도 너의 다방 단골손님이니?"

계영은 차갑게 물었다.

"아마 그런 모양이지."

일종의 야유까지 섞어가며 남의 일처럼 대답했다. 계영은 힐
끗 나를 건너다보더니,

"너도 조심해라. 아마 저 여자도 톡톡히 털리는 모양이야."

계영이는 야비한 굴곡을 지으면서 최 강사하고 마주 앉은 여
자의 의복을 주판 놔보듯 검색한다.

"어떻게 그리 잘 아는 사인고?"

조심하라는 말이 하 가소로워 역습을 했다.

"사돈의 팔촌쯤 되지. 소문난 수전노야. 도무지 여편네가 붙
어 있질 못하는걸. 쫓아내기 아니면 달아나기지. 그는 결코 계
산 없인 여자를 안 사귄단다."

"응? 그래도 좋아하는 여자가 있으니 천만다행이구나."

끝내 야유로써 말대꾸를 해주었다. 그리고 인생에 손해가 없
이 살아야 한다던 말이 생각나서 또 한 번 쓴웃음을 웃었다.

"그래도 간판이 좋거든. 경제학자에다 독신이니 과부나 술집
마담들이 쫓아다닐 만하지."

경제학자? 참 그랬지. 과연 인생의 손익을 논할 만도 하다.
나는 참을 수 없어 깔깔 웃어버렸다. 그 웃음은 계영에 대한 조
롱이기도 했다.

"그건 그거구, 자, 돈이나 받으시지."

웃음을 거두고 돈을 내밀었다. 계영은 아무렇게나 핸드백 속에 집어넣는다. 검고 뼈마디가 굵은 계영의 손, 널찍한 손톱에 칠한 진분홍의 매니큐어, 나는 또다시 몸을 뒤틀며 노래를 부르던 흑인 가수를 생각했다. 묘하게 관능적이며 추한 손톱이다. 결코 귀부인일 수 없는 분위기다.

용무는 끝이 났다. 그러나 나는 기다려주었다. 나를 만나자는 용무는 돈을 받는 일만이 아니었을 것이기 때문이다.

"요즘 신문을 보니 너의 아버님이 퍽 난처하게 되셨더군."

일부러 화제를 이어주었다.

"그까짓 것 암만 지껄이면 소용 있어? 돈푼이나 얻어먹으려고 하는 수작이지."

입을 비쭉한다.

"그렇지만 다음 선거에는 영향이 있을걸."

"민중이 우매해서 신문이라면 덮어놓고 믿어버리거든, 큰 탈이야."

변명 비슷한 말이지만 그 아주머니에 그 딸다운 배짱이다.

"민중이 우매해서 정치하기는 편하지."

비꼬아주니까 그는 심한 적개심을 표명하면서,

"까고 덤비는 그자들의 내면생활이야말로 더욱 추잡하더군. 정의파인 척하면서, 제법 교양이 높은 신사인 척하면서 가정을 모독하고 계집이나 끼고 다니고, 입으로만 바른말을 한다고?

흥!"

상현 씨한테 주는 모욕인 동시에 나한테 주는 모욕이기도 하다. D신문의 사설에서 민의원 윤국휘尹國輝 씨의 수회收賄 사건을 가장 치열하게 뚜들긴 것을 알고 있다. 하여튼 계영이의 입에서 상현 씨와 나의 관계가 끄집어내어질 것을 미리 알고 온나다. 그 밖에 나를 만나야 할 이유가 없는 것이다. 그러니 계영의 욕설에 놀랄 내가 아니다. 구체적인 말이 그의 입에서 나오기를 기다릴 뿐이다.

"친구로서 충고를 해야겠어."

드디어 이야기의 실마리는 풀어졌다.

"남의 가정을 파괴하는 일만은 삼가해. 너야 어떻게 살든 말이야. 그 애니까 가만히 있지. 다른 여자한테 걸렸으면 망신을 당해도 톡톡히 당했을 거야. 나라도 가만히 안 있을걸."

"내가 어떻게 살든 관여할 바 없다면서 충고는 또 무슨 충고야? 모순인데."

다리를 포개 얹으면서 계영을 건너다보며 웃었다. 태연한 내 태도에 계영은 약간 당황한다. 그러나 내 말에 해명은 하지 않고 고압적으로,

"그 애가 어떤 집안의 앤 줄 알아? 어림도 없는 소리지. 그 애의 점잖은 처사에 반성 못 한다면 너의 인격을 의심할 수밖에 없다."

"인격을 존중하고 하는 말이냐?"

"넌 그래도 배운 여자 아니냐. 무식할 순 없잖아?"

"고맙다. 내가 배운 것을 안다면, 더욱이 내 인격을 인정해준다면 쓸데없는 참견은 하지 말 일이다. 나는 충분히 내 판단에 의하여 행동할 것이니까."

"그럼 너 혼자의 판단이 윤리나 도덕을 무너뜨려도 좋단 말이군그래."

"언제부터 그렇게 윤리나 도덕을 신봉하게 되었니?"

픽 하고 웃어버렸다. 내 웃음이 계영을 한층 노하게 했다. 그가 윤리를 운운하는 것이 도시 내게는 어처구니가 없었던 것이다. 학생 시절의 방종한 그의 생활을 잊지 아니했다면 윤리를 운운할 입장이 못 된다.

"너는 나한테 퍽 건방진 소릴 하는구나. 그럴 처지가 되니?"

나는 너의 채권자다, 언제든지 나의 권리를 행사할 수 있다는 뜻이다.

"그 말을 그대로 돌려주고 싶다. 채권자와 채무자의 관계 이외 우리들에게는 아무런 의무도 권리도 없다. 나는 어김없이 이자를 너에게 주었고, 또 이자를 지불하는 이상 나는 너한테 고객일 뿐이야. 그럼 나도 바쁘니 이만 일어나겠다."

파아랗게 질린 계영의 얼굴을 내려다보았다. 어디 두고 보라는 듯, 눈이 증오에 타고 있었다.

그 일이 있은 후 나는 계영으로부터 빚을 반환하라는 통고가 있을 것을 각오하고 있었다. 마돈나를 팔든지 최악의 경우에는 김 선생한테 부탁을 해보는 도리밖에 없다고 생각했던 것이다. 그러나 계영으로부터 아무런 기별도 없이 날이 지나갔다.

광희는 요즘 화장이 자꾸 짙어간다. 화장을 하지 않아도 고운 얼굴인데 화장을 하기 때문에 도리어 나이만 들어 보인다. 그럭저럭 초여름에 접어든 어느 날 밤 광희는 많이 울었다. 민우 씨가 미국으로 떠났다는 것이다. 그의 약혼자가 기다리고 있는 미국으로 가버렸다고 하면서 울었다. 나는 광희가 실컷 울어버리게 내버려두었다. 그리고 민우 씨를 잊어버릴 것을 기다려주었다.

아이스케이크가 한창 시세를 보는 무더운 날 부채질을 하고 앉았는데 상주댁이 헐레벌떡 마돈나에 쫓아 들어왔다.

"아이구, 저, 저, 현기가 가누만요."

나는 그 소리에 눈이 번쩍 띄어서 일어섰다. 밖으로 나갔다. 과연 현기가 걸어가고 있었다. 그의 어깨를 덥석 잡았다. 고개를 비틀어 들고 나를 쳐다본다. 햇볕에 익은 얼굴, 땟물이 조르르 흐르는 셔츠, 가는 모가지 위에 커다란 눈이 빛을 발하고 있었다.

"어디 가니, 현기야?"

눈물이 돌더니 고개를 푹 수그리고 길가에 떨어져 있는 나뭇잎을 밟는다.

"가자."

팔을 끌었다.

"여기까지 와서 왜 나를 안 찾는 거야?"

뒤따라 나온 상주댁이 현기의 등을 민다.

"볼일이 있어서 여기에 오는데…… 글쎄 현기를 만났구만요."

성씨도 이런 광경을 바라보며 눈을 끔벅거린다.

현기를 데리고 주방으로 들어갔다. 거기에서 현기의 등허리를 서너 번 뚜들겨주고 손수건을 꺼내어 눈물을 닦았다.

"이 바보야, 나가기는 왜 나가!"

현기는 때 묻은 주먹으로 연신 눈물을 닦고, 얼굴에다 얼룩이를 만들면서 하는 말이 몇 번이나 다방 둘레를 서성거리고 다녔으나 들어올 용기가 없었더라는 것이다. 나는 쿡인 박씨한테 우유를 얻어서 현기한테 주었다. 현기는 눈물을 닦으면서 배가 몹시 고팠던지 우유를 꿀떡꿀떡 마셔버린다. 상주댁한테 빵을 사 오게 하여 현기한테 주었다. 역시 그것도 게 눈 감추듯이 먹어치운다.

"글쎄, 어디에 갔었댔어?"

고개를 푹 숙이고 말문을 닫아버린다. 좋지 못한 곳에 가 있었던 눈치다. 그래서 그 이상 추궁하지 않기로 하고 카운터에 나가서 돈을 꺼내어 왔다.

"우선 목욕이나 하고 셔츠라도 하나 사 입고 와. 저녁에 나하고 같이 집에 가자. 어머니가 너 땜에 밤마다 정류장에 나와 계신다."

현기는 주방에서 수건과 비누를 얻어가지고 밖으로 나갔다. 나가는 현기의 뒷모습을 보며 나는 무거운 짐을 부린 듯 마음이 개운했다.

짙푸른 가로수를 바라본다. 마돈나의 유리창을 덮어주는 가로수, 문득 어디로 떠나버리고 싶은 생각이 들었다. 하룻밤만 묵고 올 수 있는 여행을 하지 않겠느냐고 하던 상현 씨의 말은 아직 숙제인 채 남아 있다. 숙제를 풀어줄 시기가 온 것을 느낀다. 인간에 대한 향수가 지금 내 마음에 짙게 깃들고 있는 것이다. 나는 그의 체온을 그리워하고 있다. 우리들의 사랑의 향연을 거부할 아무런 이유도 존재하지 않는다. 계영의 독설, 푸른 옷의 여인의 눈빛, 그것은 내게 있어서 아무런 뜻도 될 수 없는 것이다.

22

여행을 결행했다. 기차가 서울역을 출발하자 우리는 불안과 초조를 잊고 푹신한 의자에 기대어 차창 밖을 바라보았다. 참 떠나기를 잘했다고 생각했다. 하룻밤을 기약하고 떠나온 여행이다. 그러나 이 여행이 우리들의 숨이 지는 그날까지 연장되기를 바라는 욕망은 서글픈 집착이 아닐 수 없다. 가는 곳도 Y마을이 아닌 더 깊은 산속이기를, 그보다 숫제 인간들이 서식하지 않는 밀림이나 동굴 속 같은, 흔히 표류기漂流記에 씌어진 고절孤絶된 곳이기를 바라는 것은 참으로 허황한 집착이다. 사랑하면 할수록, 자주 만나면 만날수록, 육신이 가까워지면 가까워질수록, 욕망과 집착은 무한정하게 커갈 뿐이다.

싱싱한 초여름의 신록이 철로 연변의 마을마다 우거져 있다. 소를 치는 목동들, 농가의 뜰 안에서 개한테 쫓겨 가는 암탉, 고무신짝을 든 개구쟁이 아가의 사정없이 드러난 배꼽, 그러한 연변 풍경이 평화스럽게 전개된다. 서울의 복잡한 거리, 번거로운 일들, 눈에 익은 얼굴들이 아득한 옛날에 있었던 꿈처럼 멀리에 사라진다. 상현 씨는 윗저고리를 벗어 걸고 가벼운 부채 바람을 나에게 보내면서 지극히 만족한 표정으로 바깥 풍경과 내 얼굴을 번갈아 본다. 말이 없어도 즐겁고, 그리고 슬프다. 서로의 가슴마다에 벅찬 애정이 눈으로 오간다. 헤어볼 수 없는 수없이 많은 사람들 중에서 우리 두 사람만이 무릎을 서로 맞대고 기차에 흔들리며 간다.

인연이 신비하다. 눈물겹다. 이러한 눈물겨운 가슴과 가슴이 허공에 떠 있었던 과거, 또 허공에 떠 있어야 할 미래, 그 누구의 잘못이며, 어느 누가 마련한 일인가. 운명이라면 신의 의지가 있을 것이다. 그렇다면 내 마음은 신을 설득시킬 수 있을 것이다. 인간의 힘에 의하여 마련된 것이라면 나는 나의 힘으로 헤쳐나갈 수 있을 것이다. 당연히 맺어졌어야 할 우리들이다. 집착인가? 집착이 아니다. 생명인가? 생명도 아니다.

어느 간이역 앞에 기차가 머물렀을 때 상현 씨는 삶은 계란을 사가지고 껍질을 벗겨서 나에게 주었다. 둥우리 속의 새 새끼처럼 목을 뽑아 그것을 받아먹는다.

Y마을에 도착한 것은 점심때가 지날 무렵이었다. 하늘은 태양이 반사되어 희뿌옇고 햇볕은 따끔했다. 한가로운 어느 여숙旅宿에 짐을 풀고 기차에서 묻은 먼지를 씻은 후, 우리는 마을의 거리로 나섰다. 조용했다. 하얀 길이 뻗어 있었다. 사시나무가 군데군데 서 있어 옆을 지나칠 때마다 시원한 바람을 보내주곤 한다.

"이런 곳으로 왜 찾아왔는지 모르시죠?"

나는 고개를 끄덕였다.

"옛날에 학병에 나가기를 피하여 이 고장에 있는 절간에 와서 묵은 일이 있었어요."

"……."

"그 시절은 우리 청년들에게 절망적인 시기였어요. 나는 그때 매일 절간에서 내려와가지고 할 일 없이 강물만 내려다보고 있었죠. 생각하는 것은 전쟁이니, 우리 민족이니, 혹은 언제 잡혀갈지도 모른다는 불안, 그러한 것이 아니었어요. 지금 어느 하늘 밑에서 반드시 내가 만나야 할 사람, 그 한 사람이 있을 것이란 일이었었소. 그 한 사람을 만나면 나는 이런 곳에 데리고 와서 살리라 생각했죠. 감상 같은 얘기지만."

그는 가다 말고 사방을 둘러본다.

"참 세월이란 무서워. 벌써 10여 년, 길도 어설프군. 강가로 나가는 길이 어디더라?"

지나가던 촌부들이 손을 꼭 잡고 선 우리들을 보더니 매우 놀란 듯 지척지척 물러선다. 그래도 따가운 태양 아래서 우리의 마음은 조금도 위축되지 않았다. 참 떠나오기를 잘했다고 생각했다.

"여기를 돌아가면 아마 언덕 밑에 강이 흐르고 있을 게요."

나지막한 산마루를 돌아서니 과연 강물이 보였다. 건너편의 하얀 사장 너머 파아란 대숲이 하늘가에 선을 긋고 있었다.

"그때는 이 강에도 물이 짙푸르게 흐르고 있었는데, 산에 나무가 없어지니 물도 마르고 모래밭만 넓어졌구먼."

풀밭에 다리를 뻗고 앉는다. 불그스름한 뱀딸기가 군데군데 열려 있다. 건너편 대숲에서 바람 소리가 나는 듯했다. 머리카락이 날리면서 이마 위의 땀이 싸늘하게 식는다.

"여학교를 다니던 고장하고 인상이 퍽 같아요. 저 대숲은 더욱……."

"서정적인 곳이죠?"

나도 낭만적인 곳이라 말하려고 했었다.

"학교 시절의 일이 생각나요. 유치하지만 아주 심각한 애정도 있었고……."

상현 씨는 양미간을 모으며 나를 쳐다본다. 안면 근육이 미묘하게 움직인다. 복잡한 그의 심리를 나타낸 표정이다. 그는 질투하고 있는 것이다. 나는 장난꾸러기처럼 그 표정을 보며 웃었다.

"여학교에는 소위 그 S라는 것이 있잖아요. 사랑형제 말이죠."

상현 씨는 나를 쳐다보다가 크게 웃어버린다. 나도 같이 따라서 높은 목소리로 웃었다. 그의 질투하는 마음이 유쾌했던 것이다.

"하급생에 참 예쁜 아이가 있었어요. 일본 아이였죠. 그 애가 강 건너의 일본인 마을에서 다리를 건너 학교에 다니는 거예요. 저렇게 대숲이 있는 곳이었어요. 어느 날 편지를 썼어요. 그 결과 저는 교무실에 꿇어앉아 벌을 받고 말았어요. 그러나 벌 받는 것이 무섭거나 부끄럽지는 않았어요. 다만 그 애가 선생님한테 편지를 갖다 바친 일을 생각하며 울었어요. 정말 하늘이 꺼져버리는 것 같고, 죽어버릴까 싶었어요. 나중에 안 일이지만 편지를 전하는 아이가 그 애한테 못 주고 다른 아이한테 주었는데, 그 애가 심술이 나서 선생님한테 바친 거래요. 우습죠, 이런 얘기?"

상현 씨는 웃으며 아니라고 고개를 저었다.

"그 애는 얼마 후 일본으로 가버렸지만, 멀리에서나마 그를 바라볼 수 있다는 것이 얼마나 큰 즐거움이었는지……."

나는 뱀딸기를 따서 손바닥 위에 얹어보면서 미소했다.

"우습죠? 유치하죠?"

상현 씨는 역시 웃는 얼굴로 고개를 저었다.

"그럼 이번에는 내가 얘기를 하나 할까요?"

상현 씨는 발밑의 돌을 주워 강을 향하여 던진다.

"어느 마을에 아들과 아버지가 살고 있었대요. 아버지는 마을의 처녀를 후처로 맞아들였는데, 그 처녀는 아버지 아닌 아들하고 연애를 하게 되었더랍니다. 아들은 자기의 연인을 범하는 아버지를 깊이 저주한 나머지 결국 아버지를 죽이고 말았어요. 아들은 아버지를 죽인 죄로 오랜 감옥살이를 하다가 수십 년이 지난 후 출옥하여 그 여자를 데리고 다른 마을에 가서 숨어 살았다는 것이었어요. 이것은 누군가가 쓴 소설의 이야긴데, 거기서는 아비를 죽인 천하에 드문 패륜아를 그렸는데도 불구하고 윤리를 뛰어넘은 숨겨질 수 없는 인간의 모습, 모든 형벌을 짊어지고서도 어쩔 수 없었던 남녀 간의 애정이 오히려 아름답게 그려져 있었어요."

대숲에서 바람 소리가 들려오는 듯하다.

"어째서 그런 얘기를 하세요?"

"아비를 죽인 것을 잘한 일이라고 생각하지는 않습니다. 그러나 두 남녀가 다시 만나 살지 않으면 안 되었다는 것을 생각해보세요. 죄의식과 세상 밖에 밀려 나온 고독 속에서도 어쩔 수 없었던 그들의 애정, 무섭지요? 기가 막히게 지독하죠?"

"하필 왜 그런 얘기를……."

그는 뚫어지게 나를 쳐다보았다.

"우리들은 그렇게 절박한 처지가 아니라는 것을 말하고 싶었소."

그는 양복을 털면서 일어섰다. 나도 따라 일어섰다. 그렇게 절박하지 않다? 나에게 용기를 주기 위하여 말한 것일까?

"이 언덕에서 한참 올라가면 그때 묵었던 절이 있을 거요. 가보실래요?"

"가보고 싶어요."

비탈진 오솔길을 올라간다. 그는 내 손목을 끌고 올라가다가 내가 가파롭게 숨을 쉬는 것을 보고,

"안고 갈까요?"

"아이, 싫어요."

그는 잡은 손을 흔들면서,

"얼마 안 가서 절이 보일 게요."

나무숲이 짙어진다. 새들이 우짖는다.

'무섭지요? 기가 막히지요? 우리들은 그렇게 절박한 처지가 아니라는 것을 말하고 싶었소.'

그의 목소리가 귀에 쟁쟁 울리고 있다.

"여기만은 나무가 남아 있군. 아마 그대로 절이 있는 모양인데……."

얼마 후 우리는 퇴락한 절에 당도했다. 주지 한 사람과 상좌한 사람이 절을 지키고 있었다. 상현 씨는 퇴락하였을망정 절이

남아 있고, 중이 지키고 있는 것이 반가웠던 모양이다. 우리는 그곳에서 얼마간의 시간을 보내다가 상좌가 지어주는 절밥을 얻어먹었다. 그리고 불전에 돈을 놓고 그곳을 하직하였다. 어두운 비탈길을 서로 의지하며 내려왔다.

　여관으로 돌아오니 밤은 이미 저물고 유리창에 파아란 달이 걸려 있었다. 우리는 서로 마주 보고 앉았다. 순간 이상한 두려움이 스친다. 그의 얼굴도 약간 창백해진 것 같았다. 우리는 이 하룻밤을 위하여 서울로부터 빠져나왔다. 우리는 서로의 애정에 유감이 없기를 바라고 이 낯선 구석지기로 찾아왔다. 왜 무서웠을까? 숨이 막히는 침묵이 흘러갔다. 서로 강한 눈초리로 노려보고 앉아 있었다. 전등불이 불그스름한 비말飛沫이 되어 튀긴다. 사방은 고요하다. 이따금 개 짖는 소리가 컹! 컹! 들려온다. 자동차 소리도 전차 소리도 없다. 그는 벌떡 일어서면서 윗저고리를 벗어 걸었다. 그리고 거친 솜씨로 넥타이를 끌렀다. 목덜미가 빨갛게 타고 있는 듯했다.

　여관의 식모가 들어와서 자리를 깔 거냐고 물었다. 그는 돌아선 채 그러라고 대답했다. 나는 이부자리를 까는 식모의 손을 가만히 지켜보고 있었다. 내 핏속에 끓고 있는 것은 폭풍이 아니었다. 욕망이 아니었다. 가보지 못한 곳, 그 밀림에 대한 무서움이 꽉 차 있었다. 돌아선 채 담배에다 불을 댕기고 있던 그는 사뿐히 일어서서 나가려는 식모를 부른다.

　"술을 가지고 오시오."

"술은 없는데요? 사 올까요?"

"그럼 사 오시오."

나를 피한 채 몸을 돌리며 식모한테 돈을 넘겨준다.

"무슨 술을 사 올까요?"

"아무거나……."

술이 온 뒤 그는 말없이 안주도 먹지 않고 연거푸 술만 마신다. 나의 존재가 거의 안중에 없는 것처럼 골똘히 술잔만 내려다본다.

"그만하세요. 괴로우세요?"

대답이 없었다. 술병이 절반이나 빈 뒤 그는 담배를 던지고 일어섰다. 나는 전신에 흐르고 있는 감각을 조금도 의식할 수 없었다. 나를 느낄 수가 없었다.

전등불이 꺼졌다. 달빛이 안개처럼 스며드는데 소상처럼 그의 장신長身이 서 있었다. 장지문이 닫혀졌다. 어둠에 허우적거리며 그는 나에게로 달려왔다.

"현회! 얼마나 당신을 생각했는지 모르겠소. 내 것을 만들고 싶었다."

그는 부들부들 떨면서 내 머리를 움켜쥐었다. 통곡에 가까운 환희, 격렬한 파도 소리…….

죽음이고 눈물이며 시詩였다.

창문을 열었다. 달빛을 받으며 쭈그리고 앉았다. 하얀 광장이 눈앞에 무한히 넓게 펼쳐진다. 이렇게 적막할 수가 있을까?

팔을 뻗어 베개 옆에 굴러 있는 담뱃갑을 잡았다. 담배를 입에
물고,

"라이터를 좀 켜주세요."

그는 잠자코 담배에다 불을 댕겨주었다. 연기를 뿜었다. 달
빛을 받고 창 앞에 쭈그리고 앉은 나는 영원한 고독의 좌상이
아닐 수 없었다. 이렇게 적막할 수가 있을까.

개가 짖는다. 나뭇가지가 흔들리고 있다.

23

피곤하다. 그리고 형편이 복잡하게 되었다. 그런대로 권태로
운 날이 지나간다. 나와 어머니의 말없는 투쟁도 피곤한 일이었
다. 어머니의 압력은 어느 때보다 크고 무거운 것이었다.

Y마을에서 돌아오던 날 밤의 일이다.

"어디 갔었댔어? 망칙스럽게. 체신을 좀 차리려무나."

정면으로 물을 뒤집어씌우는 말이 날아왔던 것이다. 무지하
고 부끄러운 욕설이었다. 그때 나는 당신의 정절貞節보다 나의
배덕背德이 훨씬 위대하다고 말대꾸를 하려다가 그 말을 삼켜버
리고 어머니의 얼굴만 쏘아보았다. 내 자신도 눈에 무서운 광채
가 번득였다고 느꼈다. 어머니는 입을 다물고 말았다.

참으로 추악한 싸움이었다. 가장 정다워야 할 모녀가 마치

원수들처럼 마주 보고 앉았던 것이다. 어머니는 혈육이라는 권리로써, 불륜이라는 이름으로써 가차 없는 매질을 하려고 했던 것이다. 어머니로 말하면 그것은 너무나 당연한 의무였을 것이다. 다만 나의 생각이 비정상이었을 뿐이다. 언제인가 전에 어머니는, 애비도 없는 훈아를 낳았다 하여 나에게 심한 모욕을 가한 일이 있었다. 그때도 나는 아무 대답을 하지 않았다. 그 대신 입고 있었던 외출복 치마를 앉아서 발기발기 찢었던 것이다. 어머니는 내가 미친 줄 알았던지 벌벌 떨면서 손목을 잡았다. 그리고 새파랗게 질린 얼굴로 내 눈을 들여다보았던 것이다. 이번에도 고목나무처럼 말이 없는 나한테서 어머니는 지난 날의 일과 얼마 전에 일어났던 병의 발작을 예감한 모양이다. 그리고 어떠한 말도 어떠한 질문도 용납하지 않으려 드는 기세에 눌려서 말문을 닫은 것이다. 그러나 틈바구니를 샅샅이 뒤지는 듯한 눈초리, 감시하는 듯한 눈초리, 애통하고 멸시하는 듯한 눈초리는 쉴 새 없이 나를 덮쳐 준다. 그리고 말없는 어머니 한테서 이상한 어휘들이 마치 송신기에서처럼 날아온다. 자리에 누워서 눈만 감으면 온통 무엇이 무너지고 부서지는 소리 속에 싸인다. 그것은 꿈도 아니요, 생시도 아닌 몽롱한 상태이다. 그 온통 무너지는 음향은 차츰 어머니의 고함 소리로 변한다. 나는 그 고함 소리로부터 귀를 막고 도망을 치려고 날뛰다가 눈을 떠보면 사방에는 고요한 밤이 있을 뿐이다. 어떤 때는 몽둥이를 든 어머니의 무서운 얼굴을 피하여 달아나려고 절벽에서 뒹굴고 냇물을 휘젓다가 꿈을 깨는 수도 있다. 잠재의식 속에 어머니는 이처럼 깊이 자리 잡고 있는 것이다. 나는 어머니가 밉기보다 내 자신에 대하여 울분을 느낀다. 어머니와 나 사이의 끈질긴 유대를 끊지 못하는 것은 애정 때문이 아니다. 연민과 동정의 감정에서다. 그 유대를 잡아 끊지 못하는 것은 경건한 의무 관념에서가 아니다. 사회의 감시에 대한 교활하고 소심한 두려움 때문이다. 『이방인』의 뫼르소처럼 나는 정직한 인간이 아니다. 양로원에 사는 늙은이들을 생각만 하여도 가슴이 저리는 나의 내면 속에는 거짓말쟁이와 겁쟁이가 도사리고 있는 것이다. 나는 악마일까? 죄를 범하지 않는……. 그러나 나는 죄를 범하는 천사도 된다. 상현 씨하고의 사랑이 그렇다.

여행에서 돌아온 후 우리들은 자주 만났다. 상현 씨는 지극히 안정된 감정으로 나를 대하여주었다. 자연스럽고 당연하다는 듯. 한 여자를 완전히 정복한 데서 오는 안심과 만족과 참월僭越이다. 그러나 나는 그처럼 안정될 수도 없고, 자연스러울 수도 없었다. 도리어 그러한 상현 씨한테 일종의 반감까지 느꼈다. 어떤 때는 그에 대한 그리움 속에 뻑적지근한 적대의식이 숨어 있는 것을 본다. 육체의 교류라는 것이 여자한테는 굴종을 의미한다. 그것은 나에게 있어서 무서운 일이었다. 나만은 그렇지 않으리라 믿었던 것이나 결국 남과 다를 바 없이 사나이한테 굴복하고 말았다는 것을 생각하기는 싫다. 그렇다고 해서 그 행위 자체에 대하여 후회를 한다는 얘기는 아니다. 그 행위는 강물이 흘러간 곳에 이루어진 삼각주 같은 것이다. 그 습지인 삼각주에서 일어나는 것은 홍수일 수도 있고, 풍요한 수전水田일 수도 있다. 우리의 행위는 범람하는 홍수의 미래를 갖고 있다. 그러나 미래에 있을 어떠한 폭풍의 예측도 우리의 행위를 막지는 못한다.

어느 날 상현 씨를 만났을 때 그는 여러 번 하였던 말을 다시 되풀이했다. 다방을 그만두는 것이 좋겠다는 말이었다. 나는 간섭을 하지 말아달라고 거절했다.

"왜 내가 간섭을 하지 못할까?"

"우린 생활이 같지 않아요."

"우리는 서로 사랑하고 있어."

"애정하고 생활은 별개예요. 더욱이 우리한테 있어서는."

"결혼을 하면 되지 않아요?"

"어리석은 말씀이죠. 감상이라니까요."

"감상이라고? 그럼 우리들의 연애는 감상인가?"

"때론 그렇게 느끼죠."

"그럼 유희였단 말이오?"

"심각한 유희죠."

"환상이라 하더니 이젠 유희라고? 한술 더 뜨는군."

말씨는 온당했지만 그는 나를 노려보았다.

"지나놓고 보면 모두 환상이고 유희라 생각돼요. 우린 서로 발이 땅에 붙어 있지 않아요. 우린 현실을 저버리고 꿈을 꿀려고 해요. 어디로 자꾸 도망칠려고 해요. 가만히 쳐다보면 역시 꿈이에요. Y마을은 꿈속에 있었던 곳이에요."

"그럼 후회를 한단 말이오?"

"아니, 천만에. 지금이 꿈일 수 없는 것이 한스러울 뿐이죠. 시끄러운 소리, 달리고 있는 자동차, 전차 소리, 다 듣기가 싫어요. 그 한복판에 서 있는 제 꼴이 보기가 싫어요. 그렇지만 선생님하고 저하고는 참말로 거리가 있는 거예요. 똑바로 보면은……."

"그건 약삭빠른 현회의 이기심 때문이야."

그는 화난 듯 소리를 바락 질렀다.

"알아요."

"마음이 비틀어지고 까닭 없는 고집을 부리고, 음성이야. 고생을 해서 비꼬여진 마음이야."

"맞았어요. 바로 그 차이점이죠."

나는 냉랭하게 대답하였다. 그는 순간 움찔하면서 후회하는 빛을 보였다.

"선생님은 현재 애정하고 생활이 결합되지 못한 가정을 가졌다고 하셨지만, 저하고 결혼해도 마찬가지예요. 애정이 없으면 생활이 허물리어 버리듯이 생활이, 생활감정이 다르면 애정도 허물려 버려요."

"……."

"결국 누구도 완전히 전부를 소유하진 못할 거예요."

발끝을 내려다보며 중얼거렸다.

"때가 오면, 이별의 계기가 마련되면 우린 헤어져야 합니다."

"그만둡시다, 그런 병적인 얘기는. 대관절 무엇 땜에 트집을 부리는지 모르겠소."

상현 씨는 불쾌하게 말을 내뱉었다.

그와 헤어져 돌아오는 길에 나는 생각했다. Y마을에 가는 기차 속에서 운명이라면 신의 의지가 있을 것이니 내 마음은 신을 설득시킬 수 있을 것이라 했다. 인간의 의지라면 나는 나의 힘으로 헤치고 나갈 것이라 했다. 그러나 그것은 그지없이 어리석은 독선에 지나지 못했다.

하루의 일이 끝났다. 마돈나의 문을 밀고 나섰다. 여름 한나절의 뙤약볕에 익은 공기가 얼마간 식기는 했어도 후덥지근한 바람이 불어왔다.

포도를 밟는 급한 발소리가 뒤에서 난다.

"아주머니, 같이 갈래요."

광희가 옆에 다가선다.

"넌 남대문 쪽으로 가야잖니?"

광희는 대답을 하지 않고 그냥 따라 걷는다. 민우 씨가 미국으로 떠난 뒤 이 구석 저 구석에서 청승맞게도 울던 광희다. 자살이라도 하지 않을까 싶어지는 때도 있었다.

"왜? 무슨 할 얘기라도 있니?"

그 대답은 하지 않고,

"아주머니 댁에 하룻밤만 재워주세요."

무슨 중대한 얘기를 할 모양이다. 그래서 따라오는 것을 내버려두었다.

"괜찮죠, 아주머니?"

"집에서 기다리지 않겠니?"

"기다리긴요? 저 혼자 사는데……."

"아니, 올케 언니하고 같이 있다면서?"

"새언닌 시집가 버렸어요. 벌써 오래된걸요."

광희하고 같이 집에 돌아왔을 때, 언제나 다름없이 모두 잠이 들어 있었다. 연이가 부스스 일어나서 저녁을 차려주었으나 식욕이 없었다. 광희 역시 그랬던지 이내 숟갈을 놓아버린다.

손발을 씻고 광희한테 자리에 들 것을 권하였다. 광희는 얌전하게 쪼그리고 앉아서 잠자는 훈아의 얼굴을 멍하니 내려다보고 있었다. 반반하게 옥같이 다듬어진 흰 이마 위에 흘러내린 머리칼이 그늘을 이루고 있다. 어머니는 잠이 깬 눈치였으나 일어나지 않고 그냥 돌아누워 버린다.

"피곤할 텐데 이제 그만 자지."

우두커니 앉았는 광희한테 다시 말을 건넸다. 광희는 확실히 무슨 의논이 있어서 나를 따라온 것이다. 그러나 그의 입에서 말이 자연스럽게 나오기까지 기다려주기로 하고 일절 묻지 아니했다. 광희는 원피스를 벗고 슈미즈 위에 둥그스름한 어깨를 노출한 채 무겁게 몸을 눕는다. 엷은 슈미즈 안에 불룩 솟은 유방이 터져버린 무화과처럼 완숙한 감을 준다.

나는 어젯밤에 읽다 둔 책을 집었다. 베개를 가슴에 받치고 접어둔 곳을 펼쳤다. 피곤하지 않은 밤이면 대개 책을 읽다가 자는 버릇이 있지만 오늘 밤은 광희를 위하여 일부러 책을 들었다. 서로를 의식한 침묵이 괴로우리라 생각한 때문이다.

찬수가 살아 있을 때 우리는 굶주린 사자처럼 틈만 있으면 책에 달라붙어 긴 밤도 밝히곤 했다. 그러한 정열의 목적이 어디에 있었던지 지금은 모르겠다. 그리고 찬수의 생각이나 행동이 옳았는지 의문이다. 철저했던 그의 에고이즘의 가치, 그 자신을 위하여서도 다른 사람을 위하여서도 그의 고집은 어떠한 가치가 있었을까? 역시 의문이다. 지금 나는 여기저기에 흩어져 있는 내 마음의 형체를 느낀다. 무엇이 이 마음의 부스러기를 거두어 묶어줄 것인가. 희미하다. 내 앞을 뚜렷이 비춰주는 것이 없다. 잔잔하게 내리박힌 활자를 좇으면서 그런 생각을 했다. 도무지 머리가 책에 집중되지 않는 것이다. 연이어 이는 여러 가지 잡념과 거친 광희 숨소리가 글자의 연관을 토막토막 잘라버리는 것이다. 나는 오언의 공상적 사회주의의 장(章)까지 이르러 책을 덮어버리고 말았다.

광희의 숨소리가 갑자기 낮아진다. 숨을 죽이고 있는 듯했다.

"아주머니?"

속삭인다. 메마른 목소리다. 나는 광희를 보고 돌아누웠다.

"죽는 것이 옳아요? 사는 것이 옳아요?"

숨을 죽이는 광희의 얼굴에서 눈이 번쩍번쩍 빛나고 있었다. 싫었다. 신파 연극 같았다. 엄청난 문제가 아닌가.

"너 자신이 처리해야지."

짤막하게 대답하였다.

"낭떠러지에 서 있는 가엾은 사람을 도와주실 마음이 없으시다는 말씀이군요."

광희는 심한 적의를 뿜으며 나를 노려보았다.

"낭떠러지 위에 서서 가만히 생각해볼 일이다. 낭떠러지는 너 마음속에 있는 곳이니까. 그리고 대부분의 사람들은 너처럼 가엾은 존재란다."

차갑게 말해주었다.

"아주 초월하신 듯 말씀하시는군요. 번뇌가 가득 차 있으면서……. 아주머니 자신의 경우라도 그렇게 하시겠어요?"

광희는 아까보다 더 강한 적개심을 표시하면서 비웃는다.

"너 말이 맞다. 번뇌는 무궁무진하다. 그러나 누구도 어쩔 수 없지. 내 자신의 경우라도 하는 수 없어. 내가 처리해야지. 달리 도리가 있겠니?"

아주 초월한 듯 말한다는 광희의 말은 나에게 반성의 기회를 주었다. 그래서 내 말은 부드러워진 것이다.

"그럼 아주머니는 누구도 사랑할 수 없겠군요."

"사랑하지만 그 사람이 되어질 수는 없잖니?"

"그러시지 말고 저의 힘이 되어주세요. 저를 도와주세요."

광희의 목소리가 누그러지면서 애원이 된다. 눈을 감았다. 불쌍하다. 나는 너무 냉정했다.

"낭떠러지에 선 사람은 흔히 살아라 하고 외치면 반발하여 뛰어드는 수가 있고, 죽어라 하면 반대로 왜 내가 죽어, 하는 심사로 고개를 쳐드는 수가 있다. 그 사람들은 자신들도 모르게 연극을 놀고 있는 거야. 그들이 현실에 대하여 너무나 많은 미련을 두는 때문이지. 정말로 아무런 미련도 없는 사람이면 남한테 조언을 구하지 않아. 오히려 어떠한 충고도 조언도 거절하고 자결할 거야. 넌 아직 이 세상에 대한 희망과 미련이 있어. 그래서 나한테 물어보는 거야. 미련이 있는 이상 죽는다 산다 수선을 떨 필요가 없어. 그야말로 연극에 지나지 못해. 대관절 죽어야 할 이유는 뭐니?"

대답이 없었다. 내 말이 과했는지 모르겠다. 연황색으로 변한 얼굴이 죽은 사람처럼 움직이지 않는다. 한참 후에,

"애를 뱄어요, 아주머니."

굵은 목소리가 울려 나왔다. 나는 놀라서 벌떡 일어나 앉았다. 민우 씨가 그립고 잊을 수가 없어서 죽는다 산다 하며 못난 수작을 한다고 추측한 내 생각은 완전히 뒤집어진 것이다. 나는 퍽 잘난 체 지껄였다.

"떼어버려. 그리고 사는 거야."

광희의 어깨를 눌러 짚으면서 귀에다 대고 떨리는 목소리로

소곤거렸다.

24

광희를 데리고 산부인과를 찾아갔다. 병원에 들어섰을 때의 기분은 과히 좋지 못했다. 광희는 달아날 듯이 몸을 사렸다. 나는 그의 팔을 꼭 잡고 진찰실로 들어갔다. 우리가 생각하였던 것보다 병원에서의 수속은 지극히 간단하였다. 돈을 치르는 것으로 합의를 본 것이다.

옆에 선 광희의 핏기 잃은 입술이 실룩실룩 움직이고 있었다. 할딱할딱 뛰고 있는 그의 심장의 소리도 들려오는 듯했다. 나도 전신이 으스스 떨렸다. 만일 수술 중에 광희가 죽으면 어떻게 할까 싶었던 것이다. 단려했던 민우 씨의 얼굴이 떠올랐다. 미웠던 것이다. 민우 씨의 얼굴에 겹쳐 상현 씨의 모습이 보인다. 내 자신이 광희의 경우와 같은 것이 되지 않으리라는 보장은 없다.

광희는 어린것처럼 눈을 크게 뜨고 나를 쳐다보다가 수술실로 들어간다. 수술기구의 부딪는 소리가 빈 머릿속에 쟁그랑쟁그랑 울려온다. 나는 탁자 위에 놓인 시뻘건 장미꽃을 쳐다보았다. 조화造花였다. 그것을 바라보고 있노라니까 현기증이 일어났다. 피를 쏟고 엎드러진 광희의 모습이 연상되었던 것이다.

"어머니!"

광희의 고함 소리가 들려왔다.

"왜 그러세요. 공연히 무서워할 것 없어요."

사무적인 의사의 말이 나지막하게 울려온다. 나는 진찰실의 소파에서 일어나 복도로 나왔다. 유리창 밖에는 나무 한 그루 없는 뜰이 있었다. 짐짝을 덮어놓은 쇠양철 위에, 부서진 유리 조각처럼 태양이 내리쏟아지고 있었다. 무슨 짐짝인지 몰라도 영문자가 씌어진 나무 상자가 높게 쌓여 있었다. 땅바닥은 아까 뿌린 소나기로 하여 축축이 젖어 있었다. 그곳에선 열기를 띠고 있었지만 아무렇게나 굴러 있는 삶의 표상들은 오히려 차갑게 느껴진다. 별것이 아니었다. 인간은 그다지 가치 있는 물건이 아니었다. 수치를 안다는 것이 인간이다. 그러나 지금 저 수술실 속에서는 동물적인 광희의 무서움만 가득 차 있을 것이니 말이다. 그리고 의사는 사람을 짐짝처럼 마구 다루고 있을 것이니 말이다.

얼마 동안이 지난 것 같았다. 멍청히 서 있는 내 옆을 간호원이 스치고 가면서,

"이제 끝났어요."

나는 말뜻을 몰라 우두커니 간호원을 바라보고 섰는데 그는 거듭 말할 흥미가 없었던지 맞은편에 있는 화장실로 들어가 버린다. 그때서야 비로소 광희의 수술이 끝났다는 얘긴 줄 깨닫고 황망히 진찰실로 들어갔다. 광희는 소파에 죽은 듯이 쓰러져

있었다. 그를 안아 일으켰다.

"이대로 데리고 가도 좋을까요?"

"상관없습니다."

의사는 손을 닦으며 돌아보지도 않고 대답하였다.

"주의할 점은?"

의사는 천천히 고개를 돌려 나를 빤히 쳐다본다. 눈알이 유리알 같았다.

"별로 없습니다."

역시 감동이 없는 대답을 한다.

병원을 나와서 자동차를 잡아가지고 광희를 태웠다. 광희는 얼굴을 싸고 무릎 위에 엎드리고 있다가 이빨을 뽀드득 갈았다. 그 이빨을 가는 소리에 몸이 으스스 떨린다. 마치 고양이같이 느껴진 것이다. 암탉 같기도 했다. 피비린내 같은 것이 푹 풍겨 오는 것 같기도 했다.

자동차에서 내려가지고 광희가 세 든 방으로 들어갔다. 광희는 방에 들어서자마자 책상 위에 놓인 것을 획 낚아챘다. 사진이었다. 광희는 눈에 불을 켜고 그 사진을 짝짝 찢어버린다. 민우 씨의 사진이었던 모양이다.

광희는 찢긴 사진을 방바닥에 뿌리고 엎드려져 짐승과 같은 괴상한 소리를 내며 운다. 엷은 나일론 적삼 속의 하얀 살덩어리가 눈에 어지러울 만큼 흔들리고 있었다. 광희는 몸을 일으키더니 양손으로 머리칼을 움켜쥔다.

"엄마! 어머니!"

아까 수술실에서 울부짖던 것과 꼭 같은 고함을 친다. 그리고 방바닥에 이마방아를 찧는 것이었다. 비참한 모습이다. 차마 그러고 있는 광희를 혼자 내버려두고 갈 수는 없다. 그렇다고 해서 그한테 어떠한 위안의 말도 있을 수 없었다.

"광희야, 이제 그만해. 잊어버리는 거야. 별수 있니?"

그를 요 위에 밀어뜨리며 흩어진 머리를 쓸어주었다. 다소 진정이 되었는지 광희는 울음을 거두고 방심한 사람처럼 멀거니 천장을 바라본다. 역시 그냥 떠날 수가 없다.

"어머니가 계셨더라면, 얼마나 저를 불쌍하게⋯⋯."

그는 고개를 나한테 돌리면서 미소할 듯했으나 창백한 얼굴은 옥양목처럼 구겨지고 만다.

"아마 어머니가 계셨더라면 넌 어머니를 두려워하고 더 괴로워했을 거야."

"그랬을까요⋯⋯. 그랬을까요?"

"그럼. 이제 시원하게 끝이 났다. 세상은 네가 생각하는 것처럼 좁지 않다. 경험으로 돌려라."

"시원하게 끝이 났다고요?"

그 대답은 하지 않고 일어섰다. 그러자 광희는 내 치맛자락을 꼭 잡았다.

"아주머니, 무서워요. 절 혼자 두어두지 마세요."

하는 수 없이 도로 자리에 주질러 앉았다. 그리고 처음으로 눈여겨 방을 둘러보았다. 방 안은 괴로운 광희의 마음처럼 어지럽게 흩어져 있고, 아무렇게나 내던져진 시집이랑 소설책이 눈에 띈다.

"어머니는 아마 돌아가셨을 거예요. 제가 막내둥이거든요."

거의 혼잣말처럼 중얼거린다.

"어릴 적에 이북에 있었던 우리 집에서는 과수원을 했어요."

광희는 어린 시절의 기억을 더듬고 있는 듯했다.

"어릴 적의 저의 별명은 까불이였어요. 사내아이처럼 사과밭을 마구 쏘다니며 장난을 심하게 했어요. 봄이 되면 사과나무에 기어 올라가서 살구만큼 커진 사과를 막대기로 뚜들겨 망가뜨리곤 했죠. 오빠가 화가 나서 막 저를 잡으러 다녔죠."

광희의 얘기를 듣고 있지만 마음은 초조하다. 마돈나의 일이 걱정되었던 것이다.

"그만하고 이제 쉬어, 응?"

"아니에요, 아주머니. 제 얘기를 들어주세요. 잊어버리고 싶어요. 지껄여야만 하겠어요."

나는 말없이 그의 얼굴을 다시 바라보았다. 머리가 흩어져서 그런지 광희의 얼굴은 몹시 작았다.

"저한테는 오빠가 셋 있었어요. 계집애라고는 막내둥이 저 혼자였죠. 그 넓은 사과밭 천지에서는 그야말로 제가 왕이었죠. 해방이 되던 날의 광경이 어슴푸레 떠오르는군요. 소련병 장교가 끼익끼익 구두 소리를 내며 걸어오던 일, 전 그 구두 소리가 참 신기했어요. 육이오가 일어났을 때, 저는 열두 살이었어요. 큰오빠하고 셋째 오빠는 당원이었죠. 저를 제일 귀여워한 둘째 기철이 오빠는 공산당이 싫다고 육이오 전에 새언니를 두고 혼자 월남해버렸어요. 그리고 셋째 오빠는 인민군에 들어가구요. 유엔군이 밀고 올라왔을 때 큰오빠하고 새언니들은 모두 만주로 달아났어요. 저는 기철 오빠의 색시하고 엄마하고 남게 되었어요. 그러나 또다시 국군이 밀려간다고 온통 소동이었어요. 그래서 새언니하고 저는 잠시 동안 피난을 한다고 점심을 싸가지고 나섰어요. 그러나 어느 사이인지도 모르게 저희들은 배를 타게 되었어요. 저는 발을 구르고 엄마를 부르며 울었어요. 이 큰 배를 타고 가면 영영 엄마를 보지 못하는 곳으로 가버리는 것이라 생각했죠. 새언니는 저를 달래면서 이 배를 타고 가면 기철 오빠를 만날 수 있으니 울지 말라고 했어요. 기철 오빠를 만난다고 생각하니 마음이 풀렸어요. 그래서 전 울음을 그치고 시꺼먼 구름이 뒤덮여 있는 망망한 바다를 바라보았지요."

광희는 손수건을 찾아서 땀을 닦고 난 뒤 다시 말을 잇는다.

"우린 여러 날 동안 바다 위에 있었어요. 그런 다음 저 끄트머리에 있는 거제도로 내려갔죠. 우린 그곳에서 포로수용소의 철조망 안에 서 있는 셋째 오빠를 보지 않았겠어요? 말 한마디도 못 했어요. 그 후 다시는 오빠를 만나볼 수 없었어요. 아마 오빠는 포로 교환 때 이북으로 가버렸나 봐요. 우린 거제도에

서 부산으로 나왔어요. 새언니는 자유시장에서 양키 물건을 팔
았죠. 그러는 중에도 기철 오빠를 찾을려고 무척 애를 썼어요.
그러나 오빠의 소식은 까마득했어요. 그러던 참에 우린 우연히
기철 오빠의 친구를 만났어요. 그 친구는 기철 오빠하고 같이
월남해 온 분이거든요. 그런데 그분의 말이 기철 오빠는 그동안
밀무역을 했었는데 지금은 일본에 가서 산다고 하지 않겠어요.
새언니의 실망은 차마 볼 수 없을 지경이었죠. 언니는 그분한테
주소를 얻어가지고 여러 번 오빠한테 편지를 했지만 한 번도 답
장을 받아볼 수 없었어요. 언닌 다시 그 오빠의 친구를 찾아갔
는데 그분의 말이 오빠를 단념하라는 거예요. 말하기가 안됐지
만 기철이는 일본 여자하고 결혼을 해서 아이까지 낳았다는 거
예요. 언닌 몹시 울었어요. 그렇지만 언니는 결코 오빠를 단념
하지 않았어요. 오빠를 찾아가려고 세 번이나 밀선을 탔었죠.
그러나 그때마다 들키거나 협잡꾼한테 돈만 떼이는 거예요. 그
러다가 휴전이 된 후, 우린 할 수 없이 서울로 왔어요. 동대문
시장에다 자리를 하나 얻어서 언닌 아동복의 제품을 시작했어
요. 그리고 언닌 저를 중학교에 넣어주더군요.”

　　나는 시계를 들여다보았다. 광희의 이야기는 언제 그칠 줄 모
르겠다.

　　“새언닌 마음씨가 착하고 곱게 생긴 분이었어요. 그러니 자
연히 언니를 마음에 두는 남자도 생기는 거죠. 그중에서도 한
고향에서 온 백 소령은 열심이었어요. 언니도 오빠를 단념 안

하려야 안 할 수 없게 되었죠. 언닌 마지막으로 오빠한테 편지를 썼어요. 답장에 따라 태도를 결정하겠다는 거죠. 오빠한테서는 처음으로 회답이 왔었어요. 자기 생각은 아예 하지 말고 결혼을 하는 것이 옳겠다는 답장이었어요. 언닌 많이 울었어요. 그리고 백 소령하고 결혼을 했어요. 처음에 우린 같이 있었어요. 우린 의리의 형제이지만 그동안 정이 들어 친형제 못지않은 사이였었죠. 언닌 항상 저를 가엾게 생각했어요. 그러나 백 소령이 저를 싫어하는 거예요. 그도 그럴 것이 전남편의 누이를 좋아할 턱이 있겠어요. 그래서 1년만 다니면 졸업하게 되는 학교를 그만두고 전 다방에 취직을 한 거예요. 언닌 지난가을에 강원도로 남편을 따라갔어요. 애기를 낳았다는 소식이 있었지만…… 전 아주머니를 보면 언제나 그 새언니 생각을 해요."

광희는 쓸쓸하게 웃었다. 그는 그렇게 지껄임으로써 얼마 전에 있은 일을 잊으려는 듯했다.

"퍽 긴 얘기를 했죠? 잊어버리고 싶었어요."

"그래, 잊어버려."

"잊어질까요?"

"잊어버리기에 사람은 산단다."

"아주머니?"

"……."

"경멸하죠? 저를 경멸하죠?"

광희의 싸늘한 손을 잡았다.

"눈들이 무서워요. 아주머니는 저의 천한 꼴을 보셨어요."

나는 광희의 손목을 꼭 쥐어주고 일어섰다.

25

여름방학이 되면서부터 마돈나의 손님은 줄어들었다. 손님들은 각기 플랜을 짜가지고 산으로 간다, 바다로 간다, 하고는 나타나지 않는다. 상현 씨도 시원한 바다로 가지 않겠느냐고 말했지만 나는 응하지 않았다. 그러던 참에 D신문에 쓴 상현 씨의 사설의 논지가 과격하다 하여 말썽이 일어나고 그 일 때문에 상현 씨는 한동안 우울해했다. 김 선생은 김 선생대로 발간한 번역 서적에 불온한 구절이 있다 하여 판매 중지가 된 때문에 백여만 환의 손해를 보았다고 투덜거리는 것이었다. 그 밖의 피서 갈 능력이 없는 불평분자들이 갈 곳이 없어 답답했던지 마돈나에 꼬박꼬박 나타난다. 최 강사는 충분히 피서 갈 실력이 있음에도 불구하고 피서객들에게 어울리지 않고 마돈나에 나타난다. 언제나 산뜻한 모시 셔츠를 입고 머리에는 값진 파나마 모자를 쓰고서. 그러한 최 강사의 모습은 피서 못 간 불평분자들의 화제의 대상이 된다. 박 강사의 말인즉,

"자아식, 치사스럽단 말이야. 여편네들이 모으는 계에도 들고 고리대금도 한다는군. 그래, 뭐 어디다가 집을 지을려구 땅

을 사놓았다나? 돈을 모은 모양이야. 여편네도 자식도 없는 놈이 집은 지어서 뭘 하누."

"흥, 그치 말이 걸작이야. 여편네나 자식새끼가 있음 돈이 들어 안 된다는 거야. 여편네 그까짓 것 없어도 세상엔 온통 계집 투성인데 뭐가 아쉬울 것 있느냐는 거야. 정조뿐만 아니라 손가락에 낀 반지도 뽑아주는 알뜰한 여자가 얼마든지 있는데 조금도 답답하고 불편할 것 없다고. 공연히 출세의 방해물이라는 거지. 허허허, 참 그 자식은 복도 많지."

화가 윤씨가 맞장구를 친다.

"돈과 명예만 있으면 이 세상은 얼마든지 즐겁고 살기 좋은 곳이라, 하긴 그렇지. 그런데 그놈의 수단이 있어야 여자를 녹여보지."

"수단이 없는 것이 아닐세. 얼굴이 안 팔리는 거야. 자넨 그치처럼 말쑥하게 빠졌어야 말이지. 사냥꾼처럼 억센 데다가 도무지 그 온, 매력이 있어야지."

화가 윤씨는 박 강사한테 익살을 부린다.

"흥! 계집처럼 희여멀쑥하고 손발이 콩나물처럼 비비 꼬이고……. 에라 아서라, 구역이 난다. 여자가 안 따도 좋아. 그 꼴은 되기 싫다."

주거니 받거니 하는 말을 들으면서 나는 광희의 태도에 눈살을 찌푸렸다.

구석지에 앉아 있는 시청의 무슨 계장인가 과장인가 되는 사람하고 수작을 하고 있는 것이 눈에 거슬렸던 것이다. 광희는 그 일이 있은 다음 영 사람이 변해버렸다. 상대가 남자면 누구나를 막론하고 교태를 부린다. 방약무인의, 오히려 동물적인 도전을 삼가지 않는 것이다. 처음에는 광희의 그러한 변화에 대하여 손님들은 의아하게 쳐다보고 고개를 갸웃거렸으나 차차 흥미의 대상으로 바라보게 되었다. 광희의 행동은 확실히 의식적인 것이며 고의적이다. 광희는 사나이들이라면 누구라 할 것 없이 미운 것이다. 조롱하고 싶은 것이다. 그것은 참말로 그릇된 복수의 수단이다.

점심을 먹으려고 밖에 나갔다. 눅눅하게 늘어진 아스팔트 길을 밟는 발바닥이 후끈 달아오른다. 지나가는 여자들의 흰 샌들에 먼지가 뽀오얗게 앉아 있었고 가로수도 걸레처럼 축 늘어져 있었다. 막 길모퉁이를 돌아서는 순간 눈에 띄는 사람이 있었다. 순재였다. 처음에는 얼핏 분별이 되지 않았다. 그만치 순재의 옷차림은 전에 비하여 말이 아니었고, 초라한 신색에서 전일의 순재를 찾기 어려웠던 것이다.

"순재, 순재 아니니?"

하염없이 길만 내려다보고 걷고 있던 순재는 움찔하고 놀라며 고개를 들었다. 새까맣게 기미를 들어부은 얼굴이 그나마도 햇볕에 타서 정말 볼 꼴이 아니다. 양산도 없이 그는 걷고 있었다.

"아이, 난 또 누구라고……. 깜짝 놀랐지."

순재는 너무 지나치게 당황했던 것이 민망한 듯 비시시 웃는다.

"놀라기는……. 그렇게 맥없이 걷고 있다간 교통사고라도 나겠다."

친밀한 웃음을 웃었다.

"교통사고라도 나서 죽기라도 했으면 얼마나 다행이겠니?"

"아이두, 무슨 그런 소릴 하니?"

그 말을 들었을 때 마음이 언짢았다. 순재의 남편이 아주 파산해버렸다는 말은 들었다. 그러나 이처럼 순재가 영락했으리라고는 차마 믿어지지 않았다.

"바쁘니?"

"뭐…… 바쁘기는……."

"그럼 우리 점심이나 같이할까?"

"글쎄……."

순재는 시선을 피하면서 애매한 대답을 했다.

"가자."

사양을 하는 순재를 끌고 식당으로 들어갔다.

"항상 바빠서 널 한번 찾아보지도 못하구…… 미안하다."

입에 발린 말이다. 그동안 나는 순재를 생각해본 일이 없다. 그러나 지금의 순재한테는 그만한 말이라도 해서 위안해줄 필요가 있을 것 같았다.

"성북동 집도 빚에 넘어가 버렸어. 와도 허탕이지."

순재의 눈에 처음으로 눈물 같은 것이 핑 돈다. 우둔하게 생긴 얼굴에 일순간 부드러운 선이 얽힌다. 일찍이 그한테서 느껴본 일이 없는 여성다운 섬세한 표정이었던 것이다. 눈물을 참는 순간의 여자는 다 아름답다. 진실하기 때문이다. 나는 어느 때보다도 순재한테 친밀감을 느꼈다.

"그럼 지금은 어디 있니?"

"셋방살이지. 그래도 빚이 태산만 같단다."

어디에 산다는 말도 없이 서글프게 웃는다. 날라다 놓은 냉면을 들 것을 그한테 권하면서,

"왜 그렇게 놀랬지? 내가 불렀을 때 말이야. 자살이라도 할 궁리를 했었나?"

그의 기분을 가볍게 해주려고 웃음엣소리를 했다.

"아아, 아까 말이지? 난 또 빚쟁인 줄 알았지."

쓰디쓴 웃음을 머금고 젓갈을 든다.

언짢았다. 무슨 말을 해서 좋을지 몰랐다.

"요즘 난 노이로제에 걸렸나 봐. 만나는 사람마다 빚쟁이로 보이니 말이야. 하도 시달려서 그런가 부지?"

냉면을 젓가락에 감으며 그는 말했다.

한참 후에 다시,

"참, 세상 인심도 야박하더라."

"이제 알았니?"

약간 비꼬아주었다.

"동무고 뭐고 이리되니 다 소용없더군."

"물론이지, 어디 동무뿐이니, 그보다 더 가까운 사람도 이해에 따라 등져버리는 일이 얼마든지 있는 세상인데. 내 아닌 이외는 모두 구경꾼일 수밖에 없지."

그 말을 했을 때 광희 생각이 났다. 기어이 낭떠러지에서 굴러떨어져야 할 운명이라면 혼자 떨어지는 수밖에 달리 도리가 없다.

"그래도…… 글쎄, 아무리 그래도 너무하더군. 계영이 말이야."

계영이 말이 나왔을 때 파아랗게 질린 그의 얼굴이 생각났다. 무슨 보복 수단이 있을 줄 알았는데 아무런 일도 없었고 광희한테 들려 보낸 6월 치 7월 치의 이자도 말없이 받아 간 것이다. 아무 반응이 없는 것이 도리어 기분 나쁘다.

"70만 환을 글쎄 한 푼도……."

"뭐가 잘못되기라도 했니?"

계영의 생각을 하다가 분주하게 순재한테 관심을 옮긴다.

"글쎄, 계영한테 내가 돈을 꾼 것이 좀 있었지. 그렇지만 난 너한테서 받을 70만 환하고는 별도로 계산되어야 한다고 생각했거든. 사실 그땐 퍽 어려운 고비였으니까. 그랬더니 계영 하는 짓이 기가 막히지. 꾸어 쓴 30만 환과 앞으로 부어야 할 곗돈까지 전부 미리 받아두자는 심사 아니니? 글쎄, 한 푼도 내어줄 돈이 없다는 거야. 오죽하면 내가 너한테 돈을 재촉했겠니?

여러 번 부탁도 하고 애원도 했지만 소용없더군. 참 지독한 년이지."

"그럼 한 푼도 못 받았구나."

계영이가 순순히 나하고 거래할 것을 응낙한 이유를 비로소 알 만하다.

"어차피 망하긴 망할 처지니까. 이리되고 보니 도리어 그 하고나마 걸린 것이 없어 시원하다만, 그 당시에는 참 괘씸하더군."

나는 나지막하게 소리를 내어 웃었다. 욕심만 많았지 어리석고 눈치가 없는 순재를 생각하니 저절로 웃음이 나왔던 것이다.

"이 바보야, 받을 돈이 있는데 계영이 네게 돈을 내줄 상싶어? 섣부른 짓을 했구나. 나한테 그냥 두었더라면 차라리 나았을 걸, 한 달에 7만 환이라도 그게 어디야?"

"글쎄 말이지. 도둑년 소리 듣긴 마찬가진데……. 동무들이 뭐라고들 나팔을 불고 다니는지 알어? 죽일 년이니 사기꾼이니 별의별 말을 다 하고 다닌대. 이삼십만 환 걸린 것도 이삼백만 환이라고 후라이를 까고 다닌다는 거야."

찡찡한 코를 풀면서 하소연을 하던 순재하고 헤어져 돌아오는 길에 잠시 발을 멈추고 새로 건축되고 있는 건물을 바라보았다. 수다스러운 손님들이 물고 온 말에 의하면 이곳에 다방이 생긴다는 것이다. 나는 소쇄한 신식 건물이 만들어지고 있는 광경을 한동안 쳐다보고 섰다가 마돈나로 돌아왔다.

저녁에는 상현 씨를 잠깐 만났다가 그는 조간의 사설 때문에 신문사로 들어가고 나는 집으로 향하였다. 오늘 밤에도 우리는 의견이 충돌되었다. 상현 씨는 아무래도 내 직업이 싫다는 것이다. 나는 애정 이외의 나에 관한 일에는 간섭을 말아달라고 언제나와 같은 대답을 하였더니 못된 돌감처럼 입안이 뻑뻑해서 씹어볼 수 없는 여자라고 했다.

"돌감요? 차라리 고슴도치라고 하세요. 적이 가까이 오면 바늘 같은 털을 바짝 세우는 그 고슴도치 말예요."

했더니,

"그럼 내가 적인가?"

"가장 무서운 적일 수도 있죠."

"현회, 그러지 말아. 세상이 삭막하지 않아요?"

"삭막해요."

"우린 결혼해야 해. 현회는 내가 지닌 현재의 조건 때문에 나를 경계하고 담을 쌓으려고 하는 거요."

"그런 생각, 하지 않는 것이 좋아요. 우린 사랑하다가 때가 오면 헤어지는 거예요."

무어라고 말을 하려는 그의 입을 막았다. 그리고 발돋움하여 그의 어깨 위에 머리를 얹었다. 상현 씨는 내 손가락을 깨물며 무서운 여자라고 중얼거리고 있었던 것이다.

마지막의 그 말을 생각하며 어두운 골목으로 접어들었다.

"내가 뭐 그랬나? 거기서 그랬지."

귀에 익은 목소리가 들렸다. 어둠을 살펴보니 바로 앞에 현기가 어떤 소녀하고 같이 걷고 있는 것이 아닌가. 당황하며 발소리를 죽인다.

"그럼 어떻게 해?"

소녀의 목소리다.

"그래도 난 싫어. 견딜 수 없어."

"나두 싫단다, 죽고 싶도록······."

"그럼 왜 그 짓을 하는 거야?"

"그렇지만 안경잽이 아저씨는 무서워."

"흥! 안경잽이 그 자식이 구경시켜 주고 바나나 사주니까 그러는 거지 뭐야."

"아니야, 아니야. 우리 아버지가 안경잽이한테 빚을 많이 졌대. 그리고 넌 모르지만 안경잽이는 말이야, 사람도 죽일 수 있다는 거야. 우리 아버지가 그랬어. 안경잽이는 우리 아버지의 두목이거든. 정말 난 그 사람 무서워."

"그럼 그 자식한테 가지 왜 나한테 오누."

계집애는 현기 허리에 팔을 감는다.

"너 내가 싫어졌니? 난 너가 좋아."

"거짓말 마아. 나도 생각이 다 있어. 돈을 벌어서 복수해줄 걸······."

그들의 대화를 들은 나는 기가 막혔다. 이제 현기의 나이 겨우 열일곱, 숙성해서 키는 홀쩍 컸지만 사춘기는 아직 멀었다고 생각한 것은 나의 잘못이었다.

집 앞에까지 왔을 때 현기는,

"이제 가아. 다음부터는 찾아오면 안 돼. 누님한테 혼난다."

"그럼 너가 와, 응?"

"그 자식 안경잽이 보기 싫어 안 간다."

"정말로 안 올래? 그럼 나 안경잽이 색시 돼도 넌 괜찮겠니?"

"그까짓 쓰리대장⋯⋯. 마음대로 하라 마."

현기의 목소리는 약했다.

"그러지 마아. 난 얼마나 너가 보고 싶었다고. 담엔 너가 와, 응?"

계집애는 현기의 목을 안더니 아주 서툰 몸짓으로 현기한테 키스를 하는 것이었다. 눈앞이 아찔했다. 다음 순간 계집애가 돌아서는 눈치였으므로 나는 담벽 뒤로 비켜섰다. 계집애는 구두 소리를 또박또박 내면서 걸어 나왔다. 내 옆을 스쳐 가는 계집애의 옆얼굴은 제법 화려한 편이었다. 그러나 적어도 현기보다는 한두 살 위인 듯 보였다. 멀어져 가는 계집애의 뒷모습을 한동안 바라본다. 하얀 블라우스가 보이지 않게 되었다. 분명히 그는 스트립 걸이다. 집을 나가 있는 동안 현기는 날치기와 매음부의 소굴로 헤매어 다녔던 것에 틀림이 없다.

살며시 고개를 내밀어 보았다. 여지껏 현기는 문 앞에 우두커니 혼자 서 있었다. 가등에 비쳐진 얼굴이 푸른 기가 돌도록 아름다웠다. 아버지를 꼭 닮은 얼굴이다. 현기의 이른 사춘은 아버지의 피 때문이겠지만, 그는 애정에 굶주리고 있는 것이다.

현기가 집에 들어간 뒤 나는 눈치를 채지 않게 한참 있다가 문을 두들겼다.

26

상현 씨하고 만났다가 헤어지는 것에 대한 고통이 차츰 심하여갔다. 그가 그의 가정으로 돌아간다고 생각될 때 나는 견딜 수 없어졌다. 그러나 다방을 경영하고 있는 나에게 불만을 표시하고 있는 상현 씨하고는 반대로 나는 나의 고통에 대하여 한마디도 말을 해본 일은 없었다. 거기에 대한 고통이 심하면 심할수록 그와 헤어져야 한다는 것을 생각한다. 그러나 그를 잃어버린다는 것은 얼마나 무서운 일인가. 이러한 자신 속의 분열은 그한테 과격한 언사로써 표현되고, 그리고 돌아서면은 깊은 고독 속에 빠져버린다.

일면 마돈나의 실정도 어지러웠다. 여름이라 손님도 적었고, 새로 생긴 다방에 손님을 빼앗길 우려도 적잖게 있었다. 거기다가 광희의 망동으로 다방의 분위기는 문란했다. 그러나 광희를 좀 더 두고 보는 수밖에 없다. 그는 밤이면 밤마다 상대를 가리지 않고 사나이를 따라 나간다. 광희는 나에 대하여 조금도 주저하는 빛이 없었고 오히려 당당하게 자신의 행위를 과시

하기조차 했다. 아주머니가 나가라면 나는 언제든지 나갈 용의가 있다는 그런 눈으로 나를 보는 것이었다. 그의 자포자기한 심정을 이해 못 하는 바 아니지만 그러나 광희의 변화는 너무나 극단적이며 급격한 것이었다. 광희에 덩달아서 명자까지 깝죽거리고 다녔다. 어떻게 수를 내기는 내야겠다. 과묵한 상주댁의 남편도 광희를 두고 하는 말이, 얌전한 처녀였는데 못쓰게 되었다는 것이다.

비가 몹시 쏟아지는 날이었다. 마돈나 안은 어두웠고 손님도 별로 없었다.

"아주머니, 동생은 학교를 그만두었어요?"

광희가 물었다. 앞가슴을 깊게 판 드레스가 일기 탓인지 좀 추워 보인다.

"그만두기는 왜 그만두어?"

광희의 화려해진 몸치장을 바라보며 말하였다. 사실은 현기가 학교에 나가는 데는 말썽이 많았다. 불량소년으로 낙인이 찍힌 때문이다. 그리고 집을 나간 한 달 동안의 이상한 생활 때문인지 현기 자신도 영 학교에는 재미를 못 붙이는 눈치였었다.

"음악 살롱에 누나뻘이나 되는 계집애하고 같이 오는 걸 두 번이나 제가 봤는데요."

지난 밤의 일도 있고 하여 나는 잠자코 있었다.

"말이 음악 살롱이지 이상한 곳이에요. 으슥한 구석지는 어린애들의 연애 장소랍니다. 불량한 십 대들이 거래하는 장소죠.

호호홋……."

광희는 이상하게 웃었다.

"거래 장소?"

"그 애들은 우리들보다 훨씬 생각이 진보적이고 영리해요. 재미나게 자유롭게 지내자는 거죠. 손가락 몇 개만 펴면 오케이, 서늘하고 어두운 숲속이 그들의 삶의 향연이 벌어지는 장소죠. 때론 여자 켠에서 프러포즈하는 경우도 있어요. 아주머니의 동생은 주로 여성으로부터 신청을 받는 편이에요. 핸섬하거든요. 호호홋……."

광희는 또 한 번 이상한 웃음을 웃었다. 불쾌하기 짝이 없는 광희의 연설이다. 몸짓과 웃음도 그러했다.

"그들은 그룹을 짜서 놀기도 해요. 양가의 자식들도 있다는 거예요. 그들은 주로 자금을 대주고 또 여자는 좋아하는 치에게는 용돈도 제공하는데 다른 소년하고 거래를 해서 얻어진 돈이라는 거예요. 그들한테는 사랑이니 책임이니 하는 그런 거추장스러운 것이 없어요. 다만 엔조이 하는 거죠. 자유롭게 순간은 낙원이 되는 거예요. 그 음악 살롱에 가면 저 같은 나이는 저절로 밀려 나오게 돼요. 늙어서 어울리지 않는 거예요."

열심히 지껄이고 있는 광희를 내버려두고 화장실로 들어갔다. 십 대들의 풍기문란은 전후 각국에서 일어나고 있는 현상이다. 사변 전에 찬수하고 학생의 신분으로 동거 생활을 했을 때 우린 나쁜 표본으로 규탄을 받았다. 그러나 현기가 그렇게 휩쓸려 다닌다는 것은 결코 기분 좋은 일은 아니었다.

비가 멎고 밤이 되었을 때 광희는 무슨 브로커인지 정체가 분명치 않은 미스터 정이란 사나이의 뒤를 따라 나가려고 했다. 현기의 일도 있고 하여 내 머리는 어수선했다. 무엇이든 한 가지라도 정리를 해야겠다는 기분이었다. 그래서 막 나가려는 광희를 불러 세웠던 것이다. 광희는 비스듬히 몸을 기울이면서 나를 쳐다보더니 뚜벅뚜벅 걸어왔다. 조금도 꿀린 데가 없는 태도였다.

"아주머니, 제가 못마땅해서 그러시죠?"

"그렇다. 못마땅하다."

"그럼 나가면 되죠?"

당당한 역습이었다.

"그렇게 대답할 줄 알았어. 저리로 좀 가자."

나는 광희를 데리고 의자 있는 곳으로 가서 앉았다. 명자가 전표를 정리하다가 힐끗힐끗 쳐다보곤 한다.

"광희, 너 진심으로 너를 속이지 않고 취하는 행동이니?"

"……."

"누구에 대한 반발이야?"

"누구에 대한 반발도 아니에요. 이렇게 사는 것이 재미있거든요. 뭐 세상이 별것인 줄 아세요?"

광희는 고개를 독사처럼 꼿꼿이 쳐들고 말했다.

"광희, 넌 또다시 그 괴로움을, 부끄러움을 당할 작정이냐?"

"하하핫…… 핫……."

광희는 별안간 미친 듯이 웃어젖힌다. 그리고 흐느끼는 듯한 웃음을 거둔 뒤,

"뭐가 부끄러워요? 부끄럽다는 것은 쓸데없는 감정의 사치예요. 위선이에요. 우리들의 몸뚱어리가 그리 대단한 것인 줄 아세요?"

몸을 뒤틀며 연극을 하고 있는 광희의 모습을 나는 움직이지 않고 지켜보았다.

"그렇지만 아주머니, 이젠 두 번 다시 병원엔 안 가요. 다 안 가는 방법이 있거든요. 저도 이젠 제법 영리해졌어요."

광희는 목소리를 낮추고 나한테 얼굴을 바싹 당기며 말하는 것이었다. 나는 반사적으로 의자를 밀어내며 물러앉았다. 거의 본능적으로 불결한 기분이 들었던 것이다.

"그래, 어떡헐 작정이냐?"

두 손으로 이마를 쓸며 그의 시선을 피한다.

"어떡허긴요? 아주머니가 나가라면 나가구요. 그리고 고민하지 않고 사는 거죠."

"거짓말 말아. 고민을 숨기는 수단치고는 지나치게 악취미야."

"맞았어요, 아주머니 말씀은. 취미죠, 악취미건 뭐건 취미예요. 전 재미나게 살아보겠어요. 그동안 무엇 땜에 혼자서 울고 짜고 했는지 모르겠어요. 민우 같은 녀석 백 명이 와도 이젠 꼼

224

짝도 안 할 걸. 거지 같은 새끼! 사내라는 건 말이에요. 코가 짜부러졌건, 눈이 찌그러졌건 다 그게 그거예요. 더러운 자식들, 침을 뱉어주고, 놀려주고……. 아아, 신난다아.”

광희는 미친년처럼 떠들었다. 때마침 라디오에서 「밤의 음악」이 흘러나오고 있었다. 미친년처럼 떠드는 소리와 고요한 음악 소리, 그 두 가지 음향의 중립지대에서 나는 침묵을 지킨다. 광희는 한참 혼자서 떠들고 있다가 갑자기 푹푹 울기 시작한다. 나는 여전히 울음소리와 음악 소리의 중간지대에서 침묵하고 있는 것이다.

광희는 벌떡 일어섰다.

“이젠 다시 안 울래요. 죽기는 왜 죽어요. 하고 싶은 대로 하고 사는 거죠. 그까짓, 몇천 년이나 살겠다고. 흥!”

“하고 싶은 대로 하고 살아?”

반문했다. 그것은 어쩌면 내 자신한테 물어보는 말이었는지도 모른다.

“그럼요.”

광희는 나를 내려다보면서 조소했다.

“그런데 왜 많은 사람들은 다 제 마음대로 하지 못할까? 거지는 왜 백만장자가 못 되고……. 그렇게 마음대로 사는 것이 쉬워?”

“어쨌든 아주머니는 저한테 설교를 하시면 안 돼요. 누구도 두려워하지 않을 테예요. 마음대로 뒹굴어보는 거예요. 그럼 전 가겠어요, 아주머니."

광희는 적어도 겉으로 보기엔 활달하게 걸어 나갔다.

'마음대로 뒹굴어본다? 몇천 년이나 살겠다고?'

자리를 뜨지 않고 앉은 채 혼자 중얼거렸다. 음악도 멎고 광
희의 목소리도 없다. 물기를 머금은 가로수와 포도와 고층 건
물이 한 폭의 정물화처럼 창밖에서 내 머릿속에 스며든다. 어두
운, 어두운 밤이다. 알맹이를 빼어버린 허울처럼 지금 나는 창
가에 자리하고 있는 것이다. 현기의 사춘, 광희의 방종, 나의
연애, 이 세 가닥의 헷갈림, 이것들은 모두 황량한 지역에서 일
어나는 가장극假裝劇이 아니겠는가. 어쩌면 그것은 사람이 아닌
물체가 뙤약볕 아래 뒹굴고 있는 그러한 형국인지도 모른다. 금
속적인 음향, 잿빛의 벽, 싱싱했던 풀포기가 바삭바삭 말라서
바스라지는 지역. 일어섰다. 어디를 간다는 목적도 없이 걸어간
다. 담배 가게의 전화통이 눈에 띄었다. 들어가서 다이얼을 돌
렸다. 상현 씨는 신문사에 있었다. 그는 무슨 일이라도 생겼느
냐고 놀라는 것이었다.

"아무것도 아니에요. 그만 미쳐버릴 것만 같아요. 뾰족뾰족
한 잿빛 돌들이 머릿속에 가득히 쌓여 있어요. 머리가 데굴데
굴 어디로 굴러가는 것만 같아요. 누굴 사랑했다는 것조차, 그
러한 사실조차 분별할 수 없어요. 전 음악을 듣고 있었던가
봐요."

"뭐? 무슨 그런 말을 해?"

상현 씨의 목소리는 높았다.

"모르실 거예요. 저도 모르겠어요. 제가 무슨 말을 했는지 모르겠어요."

"나 지금 곧 갈 테니 기다려요."

"아니, 오시면 안 돼요. 사방에서 무서운 기계들이 소리를 내고 있어요. 어지러워요. 머리가 터질 것만 같아요. 오시지 마세요. 전 지금 길거리에 서 있는걸요. 선생님은 돌아가셔서 편히 주무세요."

전화를 끊고 이마에 솟은 땀을 닦았다. 그는 자기의 집으로 돌아가서 편히 쉬어야 한다. 그렇다, 편히 쉬어야 한다. 머리를 꼭 짚어보았다.

조선호텔을 지나 소공동으로 빠져나왔다. 명동으로 갔다. 좁은 골목을 이리저리 헤매어 다녔다. 십 대들이 모여 거래를 결정한다는 그 음악 살롱이 어딘지 모르겠다. 나는 스탠드바에 들어갔다. 아무거나 술을 달라고 했다. 한눈도 팔지 않고 술을 마셨다. 바의 하늘색 천장에서 웃음소리가 들려왔다. 빨간 액체가 흔들렸다. 광희의 웃음소리였던 그 음향은 계영의 웃음소리가 되고, 나중에는 상현 씨 부인의 웃음소리가 되어 천장 위를 마구 굴러가는 것이다. 천장은 노오랗게 변한다. 뙤약볕 아래의 사막이 된다. 쇼팽의 장송곡, 찬수의 목쉰 소리, 상현 씨의 눈, 발밑에 지근지근 밟히는 유리의 파편들.

바에서 나와 합승을 탔다.

'아아, 그리운 내 사람, 저승에서나 같이 삽시다.'

노래처럼 몇 번이나 마음속에서 불렀다. 술에 취한 것은 아니다. 내 마음은 멀쩡했다. 술을 빙자하여 감정을 터뜨려보고 싶었을 뿐이다.

자동차에서 내렸을 때 누군가가 내 팔을 아프도록 잡았다.

"미친 사람처럼 이게 뭐요?"

상현 씨였다. 그는 나를 끌고 어두운 골목으로 들어갔다. 교회당 뒤의 돌층계에다 나를 쓰러뜨린다.

"저승에나 가서 같이 삽시다."

나는 일어서면서 그의 목을 안았다. 그는 가볍게 나를 밀어내면서,

"골탕을 먹여도 유만부동이지 왜 그런 미친 소릴 해서 걱정을 시키는 거요. 난 어디 가서 죽어버렸는 줄 알았지."

화가 나서 못 견디겠다는 듯 악을 썼다.

"나 죽으면 울어주실래요?"

"얼빠진 소리 그만하고 자신을 좀 사랑해보아요."

"어여쁜 공주가 되었더라면…… 그럼 저를 사랑했겠는데, 어엿하게……. 나 그만 김 선생한테 시집갈까 봐……."

"김 선생?"

"당신의 친구 김환규 씨 말예요."

"뭐? 환규!"

"지쳐버렸어요."

양손으로 턱을 감쌌다. 사이렌이 기분 나쁘게 분다.

27

광희는 아무 연락도 없이 마돈나에 나오지 않았다. 그날 밤 설교할 필요 없다는 마지막의 말을 남겨놓고 활발하게 걸어 나 갔을 때 이젠 광희는 돌아오지 않으리라는 예감이 들기는 했었 다. 그러나 혹시 하고 기다려지는 마음이 없지도 않았다. 앓고 있는지도 모른다는 생각도 들었다. 그래서 거진 보름이 다 지난 후 틈을 마련하여 후암동으로 갔다. 그가 세 들었던 집을 찾아 광희를 불렀더니 그 집 주인인 듯한 안노인이 얼굴을 내밀고 하 는 말이 며칠 전에 다른 곳으로 옮겨 가버렸다는 것이다. 그리 고 간 곳이 어딘지 전혀 모른다는 얘기도 했다. 안노인은 우두 커니 서 있는 나를 잠시 바라보다가 덧붙이기를,

"댁이 누구신지 잘 모르겠소만 그 색시 바람이 나서 이제 영 못쓰게 됐습디다. 전에는 아주 양순하고 참한 처녀로 알고 있 었는데 요즈막에는 밤마다 사내 녀석을 끌어들여 술을 마신다, 별별 추잡한 꼴을, 온 당최 보는 편이 창피할 지경이었소. 우리 도 내보낼려고 생각던 참인데 마침 지가 먼저 나갔으니 잘되었 구려."

안노인은 눈살을 잔뜩 찌푸리고 나의 행색을 살피며 말하는

것이었다. 나는 안노인한테 허리를 구부리고 미안한 뜻을 표한 뒤 돌아섰다. 문 닫는 소리와 빗장을 지르는 소리를 듣고 나서 다시 돌아섰다. 광희가 세 들어 있던 문간방의 창문을 우두커니 올려다보았다. 언젠가 한번 왔을 때 불그스름한 커튼이 있었는데 지금은 걷혀지고 없었다.

나는 광희가 다시는 마돈나에 나타나지 않으리라는 생각을 하며 돌아왔다. 우선 광희 대신 레지를 한 사람 고용하는 수밖에 없었다. 내보내려고 생각했었더라는 안노인의 심사와 같이 나 역시 광희를 내보내려고 마음먹었던 참이다. 나로서는 광희가 그의 처신을 변경하지 않는 이상 해고시키는 도리밖에 없다고 결심했던 것이다. 그러나 막상 스스로 행방을 감추고 보니 일종의 책임감과 감상적인 선의식善意識으로 하여 마음이 언짢아진다.

새로 온 혜순惠順이는 광희만치 아름답지 못했다. 그러나 수선스럽고 경망한 명자에 비하여 말이 없고 묵중한 태도가 마음에 들었다. 그러한 태도는 광희가 마구 휘저어놓고 간 마돈나의 분위기를 얼마만큼은 바로잡을 수 있을 것 같아서 우선 안심이 된다. 그러나 마돈나의 손님은 줄어들기만 했다. 여름방학이 끝나고 변두리에 있는 숲속이 제법 훤해질 무렵, 그러니까 처서가 지난 지도 오래다. 피서 간 손님들도 벌써 다 서울로 올라왔을 텐데 전에처럼 마돈나의 자리가 다 메워지지 않는 것이다. 그것은 광희의 잘못도 혜순의 잘못도 아니다. 신장개업한 가스등이란 다방으로 손님들이 차츰 옮겨 가게 된 때문이다. 어쩔 수 없는 추세다. 시설이 최신식이고 음악이 좋고 푹신한 의자가 놓여 있는 그곳으로 발길이 돌아가는 인심을 막아볼 도리는 없다. 이 장사도 앞으로 얼마 못 해먹겠다는 생각이 든다. 손님이 줄어드는 만큼 수입이 적어지는 것은 당연한 일이다. 수입이 적어지는 것은 직접 어머니의 신경질하고 연관이 있다. 어머니는 내 근심에다 부채질을 하고 불안해진 신경에다 난도질을 한다.

"이러다간 식구가 모두 쪽박 차기 알맞겠다. 빚만 소롯이 남고…… 어떻게 살아."

나는 베개를 안고 방바닥만 내려다보고 누워 있었다. 이대로 내가 만일 죽어버린다면 어머니는 양로원의 흰 벽을 쳐다보고 저렇게 신경질을 부릴 것인가? 그러나 나는 비참한 그 생각이 무서워서 눈을 감아버렸다. 눈을 감아도 어머니의 신경질은 사정없이 청각을 통하여 가슴에 꽂혀온다. 누더기를 걸치고 해골처럼 말라비틀어진 내 모습이, 일자리를 찾아 헤매 다니는 광경이 떠오른다. 그래도 어머니는 저렇게 신경질을 부리고 나를 들볶을 것인가? 왜 그런지 한번 그렇게 되어버리는 것이 통쾌할 것도 같다. 그렇게라도 자신을 학대하지 않고서는 도저히 어머니의 신경질을 당해낼 수 없었다. 그러나 어머니는 결코 내 꼴이 그렇게 되기를 바라는 사람도 아니요, 딸이 좀 더 현실과 타협을 해서 편하게 사는 꼴을 보고 싶은 초조감에서 하는 것임을 알고는 있다. 다만 그 방법이 나를 괴롭힌다는 것을 어머니는 모르고 있을 뿐이다. 더욱이 훈아를 생각한다면 그러한 자기 학대는 꿈에라도 하지 말아야지. 훈아는 내 마음의 샘터, 천사처럼 밝게 길러주어야 할 것 아닌가.

"흥! 어리석고 소갈머리 없는 짓이지."

부당한 내 연애에 대한 어머니의 불만이다. 어머니는 정당한 결혼을 해서 안정된 생활을 하든지, 그렇지 못하면 기왕 출발부터 잘못이었던 인생이니 물질적인 혜택이라도 충분히 받을 수 있는 상대하고 연애를 하든지, 이것도 저것도 아닌 어리석은 짓을 하고 있다는 비방인 것이다. 어머니의 생각으로는 상현 씨하고의 연애가 시작되면서부터 병도 나고 영업도 잘 안 되어 점점 쪼들리기만 하니, 그럴 뿐만 아니라 결혼도 하지 못할 상대고 보니 더욱 내가 못마땅했던 모양이다. 어머니의 생각은 옳았고 영리하다. 그러나 나는 상현 씨로부터 단돈 한 푼도 도움을 받고 싶지 않다. 그것은 결벽 때문이 아니다. 절대로 결벽 때문이 아니다. 그는 나의 남편이 아니다. 그는 나를 부양할 의무가 없다. 어떠한 밑바닥을 뒹구는 생활을 할지라도 그것은 상현 씨로부터 보조를 받아야 하는 생활보다는 덜 비참하다. 사랑하는 사람, 그러면서도 남편이 아닌 사람, 물질로 얽혀서 추잡하게 비굴한 내가 될 수는 없다.

"내가 왜 이러겠니? 내가 살면 천만년을 살겠니? 다 너를 위하고 훈아를 위해 하는 말이지."

어머니의 말은 역시 옳다. 그리고 거짓이 아니다. 나도 뱃가 죽에 기름이 오른 호색한에 매달린 기생충이라면 나를 위하여, 훈아를 위하여 또한 어머니를 편하게 하기 위하여 착취하는 것쯤 예사로 생각했을지도 모른다.

이러한 형편 속에서 나를 더욱 우울하게 하는 것은 현기다. 현기란 놈도 요즘은 옛날처럼 순진하지도, 염치 바르지도 못했다. 걸핏하면 어머니 몰래 마돈나에 나와 용돈을 달라고 손을 내민다. 감정이 강한 아이니만큼 설교는 역효과를 낸다. 그래서 최소한으로라도 그의 요구를 들어주지 않을 수 없다.

찬 바람이 불기 시작했을 때 상주댁 남편 성씨는 마돈나 앞에 벌여놓은 담배전을 걷어치웠다. 마돈나가 쓸쓸해진 대신 상주댁과 그의 남편은 얼마간의 돈을 장만한 모양으로 남대문시장에 장사 터를 한 군데 얻어가지고 옮겨 가게 되었다. 광희의 윤락이 나의 책임감에다 아픔을 준 대신 상주댁의 그 작은 성공은 얼마간의 자부와 위안을 나에게 갖게 하여주었다. 그러나 이 두 가지의 희비극은 이내 머릿속에서 사라지고 말았다.

일면 상현 씨하고의 감정의 갈등은 날이 갈수록 심하여갔다. 정상이라 할 수 없는 나의 반발적인 행위와 마치 철부지한 어린애와도 같은 고집은 상현 씨를 괴롭게 하였다. 그는 화도 내고 달래기도 했다. 그런 중에서도 어느 날 밤 술을 마시고 김 선생한테 그만 시집을 갈까 보다 한 말로 하여 그 김 선생이 다름 아닌 자기의 친구 김환규_{金煥奎}인 것을 안 상현 씨는 적잖게 충격을 받은 모양이었다. 그 후 그는 김 선생을 만나본 눈치였다. 그러나 나에게 그런 얘기는 하지 않았다. 그는 어떠한 해결책을 위하여 고민하고 서두르는 것이었으나 쉬운 일은 아니다. 그의 가정과 그가 지금까지 쌓아 올린 모든 것, 그것과 나에게 향하는 애정을 저울질해보지 않으면 안 된다는 일, 그에게는 견디기 어려운 일이었을 것이다. 서두르면 서두를수록 그것은 마음뿐이지 아무것도 해결이 되지 못하는 것이었다. 어떠한 계기가 오면 우리는 헤어진다. 그런 것을 미리부터 설정해두고 있는 나였지만 저울질을 하지 않으면 안 되는 상현 씨의 심정을 옆에서 바라보는 일은 역시 나에게 외로움을 주었다. 머리카락 한 오라기까지도 나 아닌 누구에게도 줄 수 없고 그의 순간적인 생각까지도 나로부터 비켜서는 것을 원치 않는 강한 독점욕, 그 정열은 깊고 완강한 것이다. 그러면서 그를 완전히 잃어버리는 순간을 태연히 기다리고 있는 것이다. 이 두 가지 극단적인 감정과 이성의 싸움은 비정상적인 반발로써 상현 씨를 괴롭히고 있는 것이다. 어쩌면 나의 인성이라는 것은 감정 이상으로 비극적인 것인지도 모른다. 차라리 아무것도 모르고 욕망을 위하여 덤볐으면 수월하게 행복을 잡고 인생에 유감이 없었을는지도 모른다. 외적인 장해물보다 우리들의 내면에서 상반된 환경과 관점과, 그리고 서로 흡사한 소심한 선의식으로 하여 차츰 애정이 파괴되고 말 것이라 예감하는 나의 총명은 불행한 것이다. 불행한 그 총명이 우리 생활에 질서를 주고 있다. 그것을 의지라고 하는가.

어느 날 밤이었다. 마돈나에는 별로 손님이 없었다. 김 선생은 자기 출판사에서 간행된 책을 두 권 들고 표연히 나타났다. 그는 나에게 책을 주기 위하여 왔다기보다 무슨 얘기가 있어 온 것 같은 눈치였다. 책은 러셀의 『사회 재건의 원리』와 『영국 외교사』였다. 김 선생은 전에도 가끔 책을 갖다준 일이 있었다.

"어떻습니까. 장사가 안 되죠? 직업 전환을 해볼 생각이 없습니까?"

김 선생은 풀쑥 그런 말을 했다. 그렇지 않아도 나는 현재의 곤경을 김 선생한테 말해서 어떻게 달리 방향을 잡아야겠다고 생각하던 참이다.

"글쎄, 다른 일자리를 생각해봐야겠어요. 다방은 이제 안 되겠군요."

"본격적으로 번역을 좀 해보시지."

"본격적이라니요?"

"아르바이트 정도 말고 전적으로 해보시란 말입니다. 요즘은 출판 사정이 좋아서 가이키리買切 말고 판권을 가질 수도 있고⋯⋯."

"그렇지만 역자 이름이 박혀야지요. 저는 자신이 없어요."

"고지식해서 그래요. 학벌이 좋고 왕년의 수재인데 뭘 그러세요?"

"책임질 만치 어학력이 있어야지."

"아따, 딴 사람들은 별것인 줄 아세요? 일본 책을 참고하여 중역하세요. 본시부터 현회 씨가 다방을 경영하는 일은 생활 수단이라지만 일종의 낭비예요. 지금도 책을 놓고 있지 않은 이상, 그리고 본격적으로 사학史學을 해보고 싶다는 야심을 현재도 버리지 않고 있잖소. 이런 기회에 전환하는 것이 좋을 것입니다. 그렇다고 해서 현회 씨를 위하여 밑지는 장사를 할 생각은 없어요. 역량을 알고 교섭하는 거니까."

"역량보다 핸디캡이 더 중요하지 않아요? 그저 옛날처럼 아르바이트로 하겠어요. 일거리나 많이 주세요. 그리고 고료나 후하게 주시고……."

나는 농담 삼아 말하고 웃었다.

"그렇지도 않아요. 이젠 필명을 가지고 독자를 속일 수 없어요. 우리 출판사의 권위와 충실한 내용이면 필명의 권위라는 것도 저절로 확보되는 거죠. 간명하고 예리한 현회 씨의 문장력, 자부해도 좋습니다. 아첨이 아닙니다, 허허허……."

일단 그 얘기는 끝났다. 차를 마시고 한참 있다가,

"상현이가 날 만난 얘기 합디까?"

"만났다는 얘기는 하지 않았지만, 만난 것을 짐작했어요."

김 선생은 담배를 피워 물고 연기를 뿜더니 다시 말을 이었다.

"상현이란 친구, 나를 만나자 대뜸 묻는 말이 자네 현회 씨를 사랑하느냐고 하지 않겠어요? 그래 좋아한다고 했지요. 그랬더니 그 친구 말이 그 여자를 사랑할 조건은 자네가 더 구비하고 있겠지만 나처럼 그 여자를 사랑할 순 없다고 하더군. 그래 그렇다고 했죠. 우린 친구니까 걱정 말라고 했어요. 고민이 심한 모양입디다."

상현 씨가 조건 구비를 운운한 것은 김 선생이 현재 독신이라는 것을 두고 한 말이다.

"이런 말 하면 오해할지 모르지만 두 사람이 다 겁이 많아요. 사실이지 당신네들은 좋게 말해서 로맨티시스트, 나쁘게 말하면 극히 센티한 연애를 하고 있어요. 연애를 너무 신화화시키고 있단 말예요. 건전하지 못합니다. 위태로워요."

김 선생은 재떨이에 담뱃재를 떨면서,

"이런 말 하는 것이 불쾌하죠?"

유난히 빛나는 눈을 들어 나를 가만히 쳐다보는 것이다. 나는 그 눈을 피하면서,

"아니에요. 깊은 우정이라 생각해요."

김 선생은 이상한 웃음을 웃으며,

"끝내 우정이라고만 하실래요? 좋소. 현회 씨는 거절의 요량도 잘 알고 있군. 그러나 우리 장사하고는 별도니까, 그럼 일어나볼까?"

그는 시계를 들여다보며 빙긋이 웃고 일어서는 것이었다.

28

다음 날, 저녁 여광이 서쪽 창가에 비치고 있을 때 이상한 손님을 한 사람 데리고 최 강사가 들어왔다. 그는 연한 블루의 양복에다 크림색 바탕에 잿빛 무늬가 있는 넥타이를 매고 있었다. 계절을 썩 잘 고려한 옷차림새였다. 그를 따라 들어온 손님은 최 강사의 양복 빛깔처럼 푸른 눈동자의 이방인이었다. 밝은 회색의 머리털이 불그스름한 목덜미에 늘어져 있고, 키는 최 강사의 갑절이나 되어 보인다. 옷차림은 별것 아닌 중년 신사다. 묘하게 색채적인 이들 일행은 별로 넓지 않은 마돈나에 꽉 차는 느낌을 주었다. 주변의 자질구레한 손님들의 시선이 모두 그들한테 모인다. 그들은 창가에 가서 자리를 잡았다. 최 강사는 자기네들을 바라보는 뭇시선에 대하여 상당한 우월감을 가지는 모양이다. 그는 과히 서툴지 않은 영어를 지껄이고 있었다. 얼핏 듣기에 다방은 너절해도 차 맛이 좋고 마담이 뷰티풀하다는 것이다. 그러자 그 푸른 눈의 외국 신사는 고개를 돌려 카운터에 선 나를 쳐다보는 것이었다. 나는 고의로 상을 찡그리며 경멸의 뜻을 표했다.

해방 직후 미군들이 이 땅에 주둔했을 때 영어깨나 지껄일 줄 알던 영웅들이 본국에서는 농사나 짓고 글도 읽을 줄 모르는 외국 군인을 마치 신주나처럼 떠받들고 다니면서 여자를 소개해 주고 적산가옥이나 골라잡던 시절의 일이 생각난다. 외국인들한테는 비굴한 웃음을, 동족들한테는 존대한 웃음을 웃을 줄 알던 그들 무리, 그 어릿광대의 모습과 근성이 10여 년의 세월이 흘러가는 동안 많이 시정되고 제법 이쪽에서도 비웃을 줄 아는 민족적 긍지가 생겨난 줄 알았는데 아직 최 강사 따위가 있는 것은 서글프다. 그래도 자기 딴에는 지식인으로 자처하고 오만한 현대인으로 알고 있을 테지. 그러나 최 강사야말로 이 나라의 슬픈 역사를 만들어온 불행한 민족성의 가장 전형적인 후예다. 이러한 나의 흥분이나 비판은 쑥스러운 것이다. 일찍이 나한테는 애국심이나 애족심이 없었으니까.

최 강사가 외국 신사하고 얘기를 주고받고 있을 때 김 선생이 왔다. 그는 나한테 누가 와서 자기를 찾지 않더냐고 물었다. 문교부에 있는 윤씨가 기다리다가 갔노라 했더니,

"늦었나? 좀 더 기다리지 않고서. 성급한 친구군."

김 선생이 투덜거리며 자리에 가 앉자 최 강사가 재빨리 보고 김 선생 옆으로 자리를 옮긴다.

"저 친구 쓸모 있는 사람인데 인사하실려오?"

"쓸모 있는 사람이라니?"

김 선생은 외국 신사가 앉아 있는 곳으로 시선을 흘끗 던지며 반문했다.

"AS재단에 친한 친구가 있다는데 충분히 다리가 되어줄 게요. 김 선생도 AS재단에서 종이 배급이라도 받게 되면 사업이 용이해질 것 아니오."

"글쎄, 엽전한텐 친구도 이용이 될 테지만 그치들한테 그게 통할까?"

최 강사가 덤비는 반면 김 선생은 아주 냉담하다.

"그야 통할 조건이 있지. 스미스는 한국에 살고 싶어해요. 영어 선생 자리를 구하고 있다는 거요. 그건 내가 알선하기로 되어 있으니까."

"허, 그 친구, 그럼 실직자군그래. 허지만 나한테는 조건이 없지 않소. 내가 저 친구한테 덕을 보아야 하는 조건 말이오."

김 선생은 무관심할 뿐만 아니라 최 강사를 전연 신임하고 있지 않는 태도였다. 그래도 최 강사는 그런 태도에 신경을 쓰지 않고 늘어진다.

"그야 내 저서라도 출판해주면 되지 않소."

"AS에서 종이 배급만 탄다면야 어느 출판사고 최 선생의 책낼 것을 거절할 곳은 없을 게요. 수지 맞는 그 장사를 누가 마다하겠소."

"그러나 개인의 명의로는 원조를 잘 안 하는 모양입니다. 김 선생 출판사의 명의로 종이 배급을 타면 김 선생도 좋고 나도 좋지 않소."

"글쎄, AS재단에 있는 사람도 아니요, 그의 친구라니 아직 성과는 미지수군. 좋도록 노력해보시오."

"그럼 한번 인사라도 해보시지."

"나는 그만두겠소. 최 선생 혼자서 삶아 요리 잘해보시오."

끝내 거절의 태도였다. 그러나 씩 웃으며 최 강사의 노여움에서 비켜서려 든다. 참말 김 선생은 만만하지 않은 사람이다. 그러나 최 강사는 조금도 기분이 상한 얼굴이 아니었다. 밥주걱으로 뺨을 치면 뺨에 붙은 밥풀을 떼어 먹는 식으로 김 선생과 이해관계가 있는 이상 어디까지나 인내를 버리지 않는 최 강사. 그는 슬그머니 먼저 자리로 돌아간다. 나는 잔인하다고 생각했지만 김 선생의 거절이 퍽 유쾌하게 느껴졌다. 사실이지 실업자를 통한 원조받을 공작이란 황당한 얘기다. 아무튼 최 강사는 앞으로 실직자인 이방인을 미끼 삼아 다른 출판사하고 교섭을 가져볼 것만은 확실하다. 그러나 그 이방인은 한가한 표정으로 최 강사의 얼굴을 쳐다보고 있다.

나는 저런 저열한 인간이 대학의 강단에 설 수 있다는 현실에 대하여 갑자기 울분 비슷한 감정이 치솟았다. 벌써 오래전부터 무관심해온 감정이다. 그러나 학교가 지식의 매매 장소인 이상 개인의 인격이나 사생활이 논의될 수 없다. 따라서 사생아를 가졌던 나의 사회생활에도 그런 규범이 적용된다. 그러나 나는 몇 해 전에 학교라는 직장으로부터 축출당하지 않았던가. 불합리한 일이다. 그러나 그것은 조금도 신기한 일은 아니다. 세상에는 불합리한 일투성이니까. 다만 나는 방관할 수밖에 없고, 가능한 곳으로 파고들어 숨을 쉴 수밖에 없다. 내가 숨을 쉬고 가능한 곳을 파고들어 가는 이상 나의 존재에는 이유가 있고 또한 가치가 있는 것이다.

일요일 밤 상현 씨하고 영화를 보고 나오면서 나는 다방을 그만두겠노라는 말을 했다.

"잘 생각했어요. 늦은 감이 있지만 우리들이 결혼하는 데도 잡음이 덜 날 게고."

상현 씨는 나의 손가락을 가만히 비틀어 쥐면서 기분 좋게 말을 했다. 나는 그가 오해를 하고 있다는 생각이 들어서 급히 말을 하지 않으면 안 되었다.

"결혼이라뇨? 장사가 안 되어서 그만두는 거예요."

"장사가 안 되건 되건 어차피 잘되었어요."

"이제부터 전 번역이나 해볼까 싶어요."

"번역? 무슨?"

"김 선생하고 거래를 하는 거죠. 어학력이 부족하지만……전에도 했었어요. 최소한 생활만 되면 공부도 되고, 이런 기회에……."

상현 씨는 내 말이 끝나기도 전에,

"안 되오. 절대로 안 돼. 김환규한테 보조를 받을 필요는 없어."

그는 믿어지지 않을 정도로 화를 발칵 냈다.

"보조는 무슨 보조예요? 이 선생은 절 모욕하시는군요. 전 정당한 보수를 받는 거예요."

"당신에게 호감을 갖고 있는 남성한테 정당한 보수라는 구실이 서지 않소. 환규는 다른 사람한테 얼마든지 시킬 수 있는 일을 왜 하필 당신한테 시켜야 하는가 말이오."

상현 씨의 말은 전혀 억지였다. 그는 김 선생한테 질투를 느끼고 있는 것이다. 나는 그러한 상현 씨의 태도에서 위안을 느꼈다. 그의 질투는 나에 대한 사랑의 표적이기 때문이다. 그러나 그의 질투는 단순한 애정만이 아닌 것을 나는 알고 있다. 해결이 되지 않는 일에 대한 초조함이 그의 감정을 더 깊이 자극했을 것이다. 어쩌면 결혼할 수 있는 조건을 마련해보기란 불가능한 일인지도 모른다. 내가 군이 결혼을 하지 않겠노라고 우겨대는 일이 상현 씨한테 일종의 구원이 되는지도 모른다.

"선생님. 안 됩니다. 그렇게 말씀하시면 안 돼요."

나는 부드럽게 질투하는 그를 나무랐다. 그리고 그가 대답을 하기 전에 나는 오던 길로 되돌아섰다.

"참, 광희가 어디 백화라던가요? 명동에 있는 바라 하던데, 거기에 있는 것을 보았다는 사람이 있어요. 찾아가 봐야겠어요."

"그 애한테 볼일이라도 있어요?"

우울한 얼굴을 들고 짜증을 부린다.

"볼일은 없지만 사정이 딱해서……."

상현 씨는 시니컬하게 웃었다. 값싼 동정을 베푼다고 공격을 하더니 현회 당신도 그렇지 않소, 하는 뜻의 웃음이다.

"선생님은 그럼 가세요."

약간 화가 나서 돌아선 길로 발을 내디뎠다. 그는 아무 말도 없이 터벅터벅 내 뒤를 따라온다. 언제인가 밤에 와서 술을 마신 바가 있는 골목으로 발을 돌리니까 뒤에 따라오던 상현 씨는,

"아니오, 더 올라가야 백화가 있지."

퉁명스럽게 말을 던진다. 이리저리 간판을 쳐다보며 올라가는데 또 뒤에서,

"아니, 저쪽으로 돌아야지."

하도 우스워서 그만 돌아섰다.

"그럼 같이 오시지 않고 왜 뒤에서 그러세요?"

"다른 사람을 만나러 가는데 방해가 되니까."

그는 시무룩해가지고 일부러 성난 얼굴을 만들고 있다. 나는 소리를 내어 웃으며,

"꼭 소년 같군요. 못 오게 하는 누나 뒤를 따라오는 소년 말예요."

"이건 또 무슨 모욕이야?"

눈에는 웃음을 띠고 입은 다문다. 참말 소년 같은 상현 씨, 투지 만만하게 붓대를 휘두르는 그였건만 전혀 세상일을 모르는 소년 같은 상현 씨, 나는 얼마나 그 순수한 것을 사랑했는지 모른다. 질투할 때도 고민할 때도 도무지 어둡지 않고 밝다.

"자아, 여기요. 들어가 보시지."

"고마워요, 안내를 해주셔서."

나는 손을 내밀어 악수를 청했더니 그는 골이 난 것처럼 손을

감추고 외면을 한다.

스탠드바 백화의 문을 밀고 들어갔다. 눈으로 광희를 찾았다. 그러나 광희의 얼굴은 보이지 않았다. 그래서 다른 여급한테 광희란 여자가 있느냐고 물었더니,

"안 나와요."

거들떠보지도 않고 짤막하게 대답하고선 손님의 시중만 든다.

"그럼 언제쯤 나올까요?"

"인제 안 나온다니까 그러네."

여급의 말투가 거칠어 기분 나빴지만 거듭 물었다.

"영 안 나오나요? 혹시 그 애가 있는 주소라도."

"누가 주소를 알아요? 이런 곳에선 주소 등록은 안 한답니다. 어디 종삼에나 굴러떨어졌겠죠."

나오면서 광희의 생활이 이곳에서 더 험하게 된 것을 느꼈다. 상현 씨는 우두커니 기다리고 서 있었다.

"가십시다. 없다고 그러는군요."

"선심을 베풀 사람이 없어져서 섭섭하게 되었군."

공연히 비꼰다.

"선심을 베풀 만치 저는 우월하지 못해요. 같은 처지에 있는 여자니까."

발끝을 내려다보며 중얼거렸다. 정말로 종삼 같은 곳에 굴러떨어졌는지도 모른다. 불쌍한 광희.

29

어느새 늦가을이 찾아왔다. 가로수의 낙엽이 떨어지는 거리에는 바바리코트를 입은 사람들이 부쩍 눈에 띈다.

마돈나를 팔려고 내어놓은 지도 벌써 한 달이나 지났는데, 쉽게 사려 드는 사람이 없었다. 가끔 사려고 나서는 사람이 있었지만 값이 너무 억울해서 흥정이 되지 않았다. 참 장삿속처럼 재빠른 것은 없다. 가스등이 생기기 전만 해도 마돈나를 탐내는 사람이 더러 있었다. 팔 생각도 없는 나에게 소개꾼이 와서 좋은 값으로 팔아주겠노라고 더러 유혹도 했건만 지금에 와서는 고개를 옆으로 저으며 탐탁잖아 한다. 값이 형편없이 떨어지기를 기다리는 기색이다. 도시 장소비밖엔 가치가 없었는데 가스등이 생기고 보니 난감하다는 것이다. 만일 누가 헐하게 산다 치더라도 몇 곱절이나 돈이 더 들어야 다방 구실을 하겠고, 그래야만 가스등하고 경쟁이 된다는 것이다.

하긴 그렇다. 마돈나의 이 고물바가지 같은 비품과 장치로써는 누가 한대도 가스등하고는 경쟁이 안 될 것이다. 그것을 다 채산해본 소개꾼이나 사자는 사람은 고작 불러보는 값이 2백만 환이다. 애당초 마돈나는 내 것이 아니며 빌딩의 소유자한테 백만 환 보증금에 달세가 5만 환, 먼저 경영자로부터 물려받은 비품값 내지 권리금으로 백만 환, 결국 합하여 2백만 환으로 내가 산 폭이다. 그러나 그때의 화폐가치와 지금의 화폐가치가 다르니만큼 손해가 된다. 아무튼 계영한테 갚아야 할 부채와 그 밖의 자질구레한 빚을 생각하면 역시 우울해진다.

이러한 무렵 상현 씨는 미국에서 개최되는 언론자유에 관한 신문인들의 회합이 있어 거기 참석하기 위하여 한 달을 예정하고 떠나게 되었다. 매일같이 만나는 우리들한테 있어서 한 달이라는 이별 기간은 상당히 길고 고통스러운 것이라 하겠다. 그리고 왜 그런지 이번의 이별이 영구한 것이 되고 말는지도 모른다는 불길한 기분이 자꾸만 들어 내 마음은 불안했다. 그러나 상현 씨는 잠시 동안 이곳을 떠나 자기 자신의 신변 문제를 한번 정리해볼 기회를 가지는 것이 좋겠다고 했고 또 회합이 갖는 성질상 자기에게는 큰 관심이 있는 일이니 이번의 여행은 퍽 유익한 것이 될 것 같다는 말을 했다.

그가 떠나는 날의 전야前夜, 우리는 조용한 중국요릿집에서 저녁을 같이했다.

요릿집 문을 나서면서 내일 아침에 떠날 준비도 있고 하니 이제 집으로 들어가라고 그한테 권하였다. 그러나 그는 돌아갈 생각도 하지 않고 끄덕끄덕 나를 따라와서 합승에 같이 오르는 것이었다. 돌아가라고 권하면서도 나 역시 뭔지 미진한 것이 있었다.

우리는 통금 준비 사이렌이 불 때까지 언제나 가던 산등성이에서 불빛이 흐르고 있던 시가지를 내려다보고 앉아 있었다. 흑인들의 영가靈歌가 가슴 속속들이 파고들어 오는 것 같은, 엄숙해질 수 있는 어느 영혼이 고향을 갈망하는 것 같은 마음, 죽음이란 절망도 아니요 허무도 아닌 것 같은 생각, 그것은 무한한 우주 속에 있을 어느 곳으로 돌아가는 일인지도 모른다. 그곳을 가리켜 천당이라 하는가, 하늘이라 하는가. 이 맑은 정감과 슬픔이 하늘로 천당으로 비상하지 못한다면 그곳에서도 운명이 있고 불합리가 있을 것이니, 그래도 신은 존재한다는 것일까? 그렇다면 그 신은 제왕이고, 권력이고, 질서의 횡포일 뿐아닌가?

나는 깜짝 놀라며 돌을 움켜쥐고 일어섰다. 끔찍한 망상이다. 그의 출발을 앞두고 죽음을 생각하다니, 방정맞게. 나는 쥐었던 돌을 놓고,

"늦었어요. 가세요, 이제."

앉아 있는 그의 어깨 위에 손을 얹었다. 그리고 허리를 구부려 그의 목덜미에 볼을 붙이며,

"안녕히, 무사하게 다녀오세요."

기도하는 자세로 속삭였다. 그는 아무 말도 하지 않고 돌아앉으며 내 얼굴을 끌어당겨 한참 동안이나 들여다보고 있었다.

"환규하고 만나지 말아요."

나직이 말하였다. 나는 미소를 띠며 순하게 고개를 끄덕여주었다. 그는 훌쩍 일어나 섰다. 초조한 듯, 그러면서도 무안한 듯 한동안 망설이고 섰더니 내 팔을 왈칵 잡고 내려가자고 서둘렀다.

그가 떠나는 아침, 서울 거리에는 비가 패연沛然히 내리고 있었다. 조용조용히 소리 없이 내리는 비, 추위를 재촉하는 비다. 나는 카운터에 서서 가로를 바라보고 있었다. 잎이 떨어져 엉성해진 가로수가 비를 맞고 있었다. 빈 항아리 같다던 어느 시인의 시를 생각한다. 빈 항아리 같다던 시의 뜻이 절실히 왔던 것이다. 내 마음은 지금 빈 항아리와 같다. 어젯밤까지도 우리는 같이 있었다. 그러나 상현 씨는 지금 이 땅에 있지 않다. 그가 서울 어느 구석에 있겠거니 생각하는 것만으로도 지금까지 나는 행복했는지 모른다. 나는 너무나 이별을 소홀히 생각하고 있었던 것이다.

"왜 그리 정신을 잃고 서 있어요?"

싸아! 하고 줄기차지는 빗소리에 섞여서 들려오는 목소리, 김 선생이 빙그레 웃고 서 있었다.

"일기가 불순해서 여행하는 사람의 신상이 걱정되어 그러시오?"

얼굴이 붉어진다.

'환규하고 만나지 말아요.'

상현 씨의 목소리가 귀에 쟁쟁 울려온다. 그가 싫어하는 짓은 하지 않으리라는 생각이 피뜩 들었다. 수그렸던 고개를 들었다. 그때 벌써 김 선생은 뒷모습을 보이며 마돈나 밖으로 나가려고 하는 참이었다.

한때 그렇게 줄기차게 쏟아지던 비가 거짓말처럼 개고 하늘에는 별이 총총 뿌려져 있었다.

집에 돌아왔을 때다. 현기는 문 앞의 희미한 가등을 받고 어떤 계집아이와 같이 서서 열심히 얘기를 하고 있었다. 현기는 나를 보자 움찔하고 놀라며 계집아이 옆에서 물러선다. 순간 내 자신도 모르게 험한 눈초리로 계집아이를 노려보았다. 일전에 본 그 아이는 아닌 성싶었다. 계집아이는 까무스름한 얼굴을 쳐들고 나를 빤히 쳐다본다. 그는 나의 험한 눈초리에 이겨보려고 하는 것이다. 현기는 주먹을 쥐고 계집아이의 엉덩이를 쿡 찌른다. 빨리 가라는 신호인 모양이다. 계집아이는 돌아보며 잘 알아들을 수도 없는 말을 몇 마디 지껄이더니 나에게 대담한 일별을 던지고 가버린다. 나는 한참 동안 그의 뒷모습을 바라보다가 돌아섰다. 현기는 멍하니 서 있었다. 예쁘게 포장이 된 자그마한 상자를 한 손에 쥔 채.

"현기야?"

현기는 무안했던 기분을 성난 것처럼 꾸미며 눈을 치뜨더니 다시 눈을 내리깐다.

"그게 뭐니?"

현기는 내 말에 비로소 손에 든 물건을 의식한 듯 내려다보려다가 얼른 뒤로 감추어버린다.

"여자 친구한테 선물로 받은 거니?"

빨간 리본으로 여며져 있던 것을 생각하며 미소했다. 현기의 얼굴이 홍당무가 된다.

"사내 녀석이 여자한테 선물을 받아서는 못써. 비겁하고 못난 짓이야."

광희의 말을 생각했던 것이다. 현기는 주로 여자 켠에서 프러포즈를 받는 편이라 했다. 그러한 여자들은 용돈도 대어준다고 했다.

"여자 친구가 생긴 것을 보니 너도 이제 어른이 다 됐나 부다. 그러나 여자한테서 물건을 받는다는 것은 너의 위신 문제야."

말을 하면서 현기의 눈치를 살폈다. 현기는 외면을 하고 서 있었다. 다분히 반항하는 자세다. 설교는 별로 효력이 없을 것 같다.

"현기야, 나는 너 일에 간섭하고 싶지 않다. 너도 이제 지각이 생겼을 테니까. 그렇지만 충고는 필요할 거야. 그렇지? 여자한테서 말야, 물건을 얻거나 용돈을 받는다는 것은 남의 구두를 닦아주고 필요한 돈을 얻는 것보다 훨씬 천한 행위라는 것을 알아야 해. 사내 녀석이 할 짓은 아니야."

그 정도로 해두고 문턱을 넘어섰다. 문턱을 넘어서다가 다시 돌아보았다.

현기는 건너편 집의 담벽에다 들고 있던 상자를 휙 던진다. 반항이다. 화가 치밀었다. 그러나 애써 노여움을 누르고,

"현기, 넌 아직 여자 교제는 이르다. 나는 그렇게 생각한다. 관심을 다른 데로 돌려라."

방에 들어와서 한참 지난 뒤 현기가 자기 방으로 들어가는 기

척이 있었다.

불을 끄고 일찌감치 자리에 들었다. 그러나 잠이 오지 않았다. 빈 항아리 같았던 낮의 기분이 다시 내습해온다. 몸을 붙이고 누운 벽을 쓸어본다. 상현 씨의 체온을 느껴보고 싶었던 것이다.

"선생님, 빨리 돌아오세요, 아무 사고 없이. 저도 김 선생하고 만나지 않을래요."

벽에 볼을 붙이고 작은 목소리로 말하여보았다.

만일 내가 그를 뒤쫓아간다면 어느 공항에서 상현 씨는 나를 기다려줄 것인가. 바바리코트가 아주 멋있게 어울리는 장신의 그는 회색 소프트를 눌러쓰고 내가 탄 비행기를 바라보며 공항에 서 있을 것인가. 나는 연옥색 치마저고리를 고상하게 차려입고 흰 고무신에 흰 핸드백을 들고 어느 나라의 왕족들 못지않은 품위와 긍지를 지니고 낯선 인종들과 같이 하늘을 난다. 그리움과 환희를 호수처럼 잔잔하게 가슴속에 깔면서, 그곳의 거리, 그곳의 풍경, 하늘과 수목들, 조용한 호텔, 그런 가슴에 벅찬 공상을 하며 비행기를 내린다. 그는 나에게로 달려올 것이다. 그러면 내 눈에서는 눈물이 솟을 것이다. 그 눈물이 솟아나는 눈으로 그를 쳐다보고 또 쳐다보고, 누구에게도 거리낌 없이 우리는 포옹할 것이다.

끝없는 공상이었다. 공상일지라도 그것에서 위안과 평화를 느낀다. 나는 그러한 꿈을 청하다가 그만 잠이 들어버렸다.

30

하와이에서 보낸 상현 씨의 편지를 받고 며칠이 지난 뒤 또다시 보스턴에서 그의 편지가 부쳐져 왔다. 편지에는 별다른 말은 씌어 있지 않았고, 그곳 풍물에 대한 견문기가 상세히 씌어 있을 뿐이었다.

분주한 속에서 그의 감정이 얼마간 식어버린 것을 편지 속에서 느꼈다. 그렇게 느끼는 나 역시 차츰 마음이 가라앉고 식어가고 있었다. 나는 생활에 허덕이면서 그의 생각을 머리 밖으로 몰아내려고 노력하였다. 이별과 애정을 가볍게 처리하려고 노력하였다. 만나지 말라던 김 선생을 만나 앞으로 내가 할 일을 상의했고 망각이라는 두 문자를 내세워보았다. 인간은 의지의 힘을 빌리지 않더라도 시간이 흘러감에 따라 망각하는 편리한 동물이다. 나는 이 편리한 인간의 습성을 믿어도 좋을 것인가.

11월 중순에 들면서부터 날씨는 바싹 죄어들었다. 그래서 작년에 입었던 코트를 꺼내어 손질을 해가지고 입고 나간 어느 날이었다. D신문 석간을 사가지고 미국에서 보낸 상현 씨의 통신을 읽고 있을 때였다. 혜순이가 편지 한 장을 나한테 건네주었다. 우편으로 부쳐져 온 편지였다. 여태 내가 아는 사람이 마돈나로 편지를 부쳐온 일은 한 번도 없었을 뿐만 아니라 필적에도 기억이 없었다. 나는 순간 민우 씨로부터 보내온 편지가 아닌가 생각했으나 국내우편이었다. 봉투를 돌려 보았다. 양수정梁秀貞

이라 서명되어 있었다. 불안해서 얼른 봉투를 찢어 내용을 읽었다. 양수정이란 사람은 바로 상현 씨의 부인이었다.

사연은 간단했다. 크게 지장이 없다면 한번 만나뵙고 싶다는 것이다. 충분히 충격을 받을 만한 편지였다. 그러나 섬세한 글씨로 씌어진 문면은 어디까지나 예절을 지킨 정중한 것이었다. 나는 편지를 집어넣고 고개를 들었다. 아무것도 보이지 않았다. 궂은 날에 몰려가는 잿빛 구름 같은 것이 마음속에 가득히 묻어온다. 간혹 최 강사의 가느다란 손가락과 푸른 두 눈알이 어른거리기도 했으나 나는 그것이 무엇인지조차 분별할 수 없었다.

다시 편지를 펼쳐보았다. 어디서 언제 만나자는 것인지 알고 싶었던 것이다.

······만일 만나주실 수 있다면 20일 날 시청 앞의 낙일다방에 와주셨으면 합니다.

20일이라면 바로 내일이다. 만나고 싶지 않다. 어떻게 해서라도 만나지 말아야 한다. 숨막히는 대면은 생각만 해도 고통이다. 그뿐만 아니라 그 여자하고 겨루어 상현 씨를 완전히 빼앗겠다는 것도 아니요, 양보를 하고 물러서겠다는 것도 아닌 상태에서 사실 그 여자한테 할 말이 없는 것이다. 나의 태도를 결정치 못하고 그를 만날 수는 없다.

밤에 잠을 이루지 못했다. 아무리 생각을 해도 결론을 얻을 수 없었다. 상현 씨하고 결혼할 수 없다는 것은 명백한 일이다. 그리고 부자연스러운 애정 생활을 오래 지속할 수 없다는 것도 명백한 일이다. 그러면서도 의연히 그에 대한 애정만은 어떻게 처리되지 못한 채 있는 것이다. 결혼을 하지 않겠다는 생각과 상현 씨와의 관계를 지속하지 못할 것이라는 생각은 다 이성이 하는 짓이지만, 나의 애정만은 전혀 이성이 참여치 못한 생생한 감정이다.

아침에 자리에서 일어났을 때 머리가 터질 것만같이 아팠다. 거울을 대하였을 때 눈이 시뻘겋게 충혈이 되어 있고 눈 가장자리가 거무죽죽하게 타 있었다. 나는 거울을 들여다보면서 상현 씨의 부인을 만나지 않으면 안 된다고 생각했다. 어쩌면 그 여자를 만남으로써 상현 씨하고의 인연의 줄이 다시 굳게 맺어지든지 아니면 영영 끊어져 버리든지, 어느 쪽으로든 결정을 짓는 동기가 되는지도 모른다는 생각에서였다.

11시 정각에 낙일이라는 다방으로 갔을 때 상현 씨의 부인은 먼저 와서 기다리고 있었다. 그 여자는 나를 보자 알은체하며 잠시 몸을 일으켰다가 마주 보고 앉았다. 그 여자의 얼굴에는 감정의 움직임이 전혀 없었다.

"여긴 시끄럽군요. 어디 조용한 곳으로 가실까요."

침착하게 입을 떼면서 그 여자는 일어섰다. 나는 말없이 따라 일어섰다. 너무나 태연하고 자연스러운 태도에 불안과 위압을 느낀다.

시청 앞의 광장을 지나 반도호텔 앞으로 간다. 다갈색 코트에 장갑까지 다갈색으로 택하고 있는 그 여자의 모습은 몹시 차갑게 보였다. 하이힐을 신었는데도 나보다 키가 크질 못했다. 또박또박 포도를 차는 구두 소리가 머리에 어지럽다.

"여기 지하실에 바가 있어요. 낮에는 언제나 비어 있어 조용한 곳이에요."

그 여자는 반도호텔의 지하실로 내려가며 설명해주었다. 마치 오랫동안 잘 알고 사귀었던 사람처럼.

반도호텔의 지하실에 있는 바는 그 여자의 말대로 조용하게 비어 있었다. 다만 미군 고급 장교 두 명이 카운터에 기대어 서서 술을 마시고 있었고 깊숙한 홀 안의 의자들은 그대로 비어 있었다. 응접실처럼 벽에 붙여놓은 긴 소파에 우리는 나란히 걸터앉았다. 나는 마음속으로 이런 좌석을 택한 상현 씨의 부인은 아주 델리키트한 여자라고 생각했다. 서로 눈이 마주치지 않는 것만으로도 한결 불안이 가셔지는 것이었고, 나란히 앉음으로써 나에게 적개심을 갖고 있지 않다는 표시가 될 수 있기 때문이다.

보이가 주문을 받으러 왔다.

"비루 하시겠어요?"

그 여자는 나에게 고개를 돌리며 물었다. 잠자코 고개를 저었다.

"그럼 콜라?"

고개를 끄덕였다.

맞은편 벽에 걸어둔 그림이 무슨 뜻을 가진 것인지 도무지 알 수 없다. 그와 마찬가지로 지금 이 주변이, 이 대면이 나에게 무슨 이유를 갖게 해주는 것인지 모르겠다. 혼돈이 있을 뿐이다. 적으로 선언할 수 없고, 동지로서 손을 잡을 수 없는 야릇한 기분이다. 미안함도 없고 증오심도 없고 아무런 대화도 있을 수 없는 멍한 기분이다.

침묵이 흘렀다. 뻣뻣하게 굳어버린 어설픈 동작 속에 시간은 정지된 채 나를 고문하고 있는 것이다. 가끔 그 여자한테서 향수 냄새가 풍겨온다.

보이가 콜라하고 과자 한 접시를 들고 왔다. 나는 잠시 숨을 돌린 듯 보이가 테이블 위에 컵을 옮기는 손을 쳐다보았다. 보이가 가고 난 뒤 그 여자는 나한테 마실 것을 권하고 자기도 입가로 컵을 가져간다. 빈 홀 안에는 기침 소리 한 번 나지 않는다.

"남편은 퍽 순진한 사람이에요."

컵 안의 거품이 뜬 검은 액체를 내려다보면서 최초의 말을 그렇게 터뜨렸다.

"그래서 당신네들의 연애의 성질을 전 이해해요."

"……."

"이렇게 말하면 이상하게 생각하실 거예요. 남편이 다른 여성하고 연애하는 것을 이해한다는 것이. 또 그것을 좋은 뜻으로 이해한다는 여자는 아마도 없을 테니까 말예요. 그리고 나중에 제가 요청하는 말을 들으신다면 교활한 수단이라고 오해를 받을지도 모르지요. 그렇지만 저는 되도록 정직하게 말하고 싶어요. 정직하게 말하지 못한다면…… 아마도 저는 당신을 만나려 하지도 않았을 거예요."

컵을 테이블 위에 놓고 한참 동안 그 여자는 생각하는 자세를 취하였다.

"참말로 강한 자존심이란 자기 자신을 향한 속에 있을 것이니까…… 허식할 만치 저는 비참하지 않다는 말을 하겠어요."

그 여자는 벗어 든 장갑을 만지작거린다. 오만한 말이다. 세련된 화술이다.

"우리는 최초부터 서로 애정이 없는 부부였어요. 그렇다고 해서 미워하고 불화했던 것은 아니에요. 이번만 해도 저는 결혼 전에 열병을 한번 치렀지만 남편은 그렇지 못했기 때문에 그 열병을 늦게나마 겪는 것이라 생각했어요."

나는 잠시 어리둥절했다. 그러나 곧 열병이라는 말이 연애를 가리키고 있는 것을 깨달았다.

"저는 사람이나 여러 가지 일에 대하여 되도록 집착을 갖지 않으려고 노력하고 있어요. 저에게 필요한 것은, 또 남편이나 그 밖의 사람들에게도 저는 그렇다고 믿습니다만, 평온이 필요해요. 울고불고 떠들고 미워하고 또 죽도록 사랑하고, 너무 본능적이에요. 그리고 추악해요. 그것이 싫다는 거예요."

다음 말이 궁금했다. 어떤 뜻으로 그런 말을 하는지 짐작이
안 된다.

"이번에 그이한테서 편지가 왔습니다. 이혼을 고려해줄 수
없느냐는 거예요."

말을 끊고 그 여자는 고개를 돌려 내 얼굴에 나타난 표정을
주시하는 것 같았다.

"그렇지만 저는 이혼할 수 없다고 생각했어요. 저 자신을 위
해서는 물론이지만 주위의 사람, 그리고 남편 자신을 위해서도
이혼을 해서는 안 된다고 생각했어요. 그이는 보기보다 훨씬 약
한 사람이에요. 사회 도덕이나 순탄하지 못한 환경에 대하여 아
주 소심한 사람이에요. 우리는 깊이 사랑하고 있지는 않지만 이
해하고 별반 의견의 충돌이 없고 평온한 생활을 할 수 있으니
불행한 결혼이라 생각지는 않아요."

결국 이야기의 골자는 상식적이며 일반적인 것이었다. 나는
처음으로 입을 열었다. 상현 씨하고 결혼할 의사는 조금도 없
다는 말이었다.

"그럼 앞으로 어떻게 하시겠어요?"

"모르겠습니다. 이 상태가 계속되어서는 안 된다고 생각하고
있습니다. 감상적인 생각을 어떻게 머리 밖으로 뽑아버릴 수 있
는가를 궁리하고 있죠. 그런 동기가 오기를 바랍니다."

"별것도 아닌 세상인데 무난하게, 피로하지 않게 살아야잖겠
어요?"

그 여자는 나보다 인생을 더 많이 체험한 말투로 말하였다.

"조화를 잃지 않고 살아가야 할 것 같아요."

덧붙인다.

결국 그 여자하고의 대면은 무익한 것이었다. 나는 어느 것을 택하지 못한 채 일어서야 했기 때문이다. 나는 일어서면서 혼잣말처럼,

"열병을 치르느라고 세상을 밑지고 살 뻔했어요."

그 여자가 사용한 열병이라는 말을 사용한 것은 다분히 자조自嘲였다. 나는 일어섰다가 핸드백을 그냥 두고 나갈 뻔했기에 돌아서서 그것을 집어 들었다. 그리고 인사를 하려고 그 여자의 얼굴을 보았다. 아까 그 태연하던 표정은 간데없이 그는 험악한 얼굴로 나를 쏘아보고 있었다. 장갑을 쥔 손이 발발 떨리고 있었다. 나도 팔을 축 늘이고 돌변한 그 여자의 눈을 쏘아보았다.

"열병이라고요? 주제넘군요."

창백한 얼굴에 핏기가 모인다. 순간 그 여자는 상현 씨를 사랑하고 있다는 것을 느꼈다. 그는 거짓말을 했던 것이다.

"외람된 말이에요."

입술을 지그시 깨물고 있던 여자는 흥분된 말로 나를 책망하면서 앞서 나가다가 보이한테 티켓을 찢어주고 밖으로 나간다. 밖에서 그 여자는 나에게 손을 내밀었다. 그리고 하는 말이,

"태연하게 당신을 대할 수 있을 것이란 내 생각은 오산이었

어요. 열병이란 말이 나빴어요. 너무나 당신은 당당했어요. 그렇지만 남편에 대한 애정을 발견한 것 같아서 저 자신이 놀라고 있어요."

그의 말은 처음부터 정연하지 못했다. 아무튼 열병이라는 말이 그 여자한테 질투심을 불러일으킨 것만은 확실하다.

발길을 돌리면서 그 여자는 확고한 방향을 잡고 가는데 나만이 미결인 채 돌아간다고 생각했다. 그 여자도 나처럼 자기를 시험하고 어느 것이든 택해보려고 나를 만난 것이라 생각했다. 그 여자는 상현 씨하고 이혼을 하지 않을 뿐만 아니라 관심을 남편한테로 돌릴 것이니 그들 가정의 냉바람은 가셔질지도 모른다. 어쩌면 그들 가정의 냉바람은 상현 씨의 마음에 있었던 것이 아니라 부인의 과거에 치른 열병에 있었던 것이 아니었을까? 고상하고 품위 있고 아름다운 여인, 그 여자에게 정열이 있었다면 상현 씨는 나하고 연애를 하지 않았을지도 모른다.

나는 심한 패배와 고독 속에 여러 날을 보냈다.

상현 씨가 돌아올 무렵에 마돈나는 250만 환에 매매계약이 되었다. 상현 씨가 오기 전에 말끔히 내 주변을 해결하고 싶었는데 내 생각대로 될 것 같았다.

계약을 하는 날 소개꾼은 명동에도 150만 환짜리 다방이 있는데 잘 팔렸다고 은근히 은혜를 입혔다. 어쨌든 잘되었다. 여러 가지 정리할 일도 있고 하여 열흘 후에 비워주기로 하고 나는 계영한테 부채를 갚기 위하여 그의 집을 방문하기로 했다.

벌써 12월, 추운 날이었다. 간밤의 불길한 꿈이 생각나서 기분이 무겁다.

31

계영을 찾아가기 전에 전화를 걸었다. 전화로 계영이 설명해준 대로 기상대에 못 미쳐서 붉은 벽돌의 양옥이 보였다. 2층 건물로, 생각했던 것보다 큰 저택이었다.

아치형의 철문을 밀고 들어갔다. 정원은 퍽 넓었다. 아마 사오백 평은 될 성싶었다. 나는 새삼스럽게 계영의 호화스러운 생활에 놀랐다. 해방 후 급격하게 이룩한 이런 화려한 생활의 요지경에는 참말 경의를 표하지 않을 수 없다. 듣기에 이 저택에는 전에 모국某國 영사가 살았다는 것이며 그 후 어느 부호가 사가지고 살다가 사변통에 몰락하고, 그 뒤 계영의 손으로 넘어왔다는 것이다.

검푸른 상록수와 연륜을 쌓은 적당한 고색古色에 묻힌 건물은 고요한 조화를 이루고 있었다. 그러나 두 마리의 개가 이빨을 드러내고 몹시 사납게 짖어대는 바람에 기분이 상하였고, 일단 응접실에 발을 들여놓았을 때 계영에 대한 경멸감이 되살아왔다. 실내장치와 가구들을 늘어놓은 품이 계영의 생리를 잘 대변하여주었기 때문이다. 아까운 집을 망쳐놓았다는 생각이 들었다. 주름을 담뿍 잡은 옅은 녹색 커튼이나 서푼짜리 가치밖에 없어 보이는 이상한 초상화, 디자인이 복잡하기만 한 탁자며, 의자, 실내의 가구들이 울퉁불퉁 솟아 균형을 잡지 못하고 있다.

계영이로서는 무슨 외국의 밝은 문명이라도 끌어들인 셈 치고 있을는지 모르지만 세련된 호화로움에는 얼마만 한 지성이 필요한가를 알지 못하는 모양이다. 설익은 귀족 취미란 언제까지나 촌티를 벗지 못하는 것처럼 계영의 교양이나 지혜도 진실한 인생에의 자세가 아닌 이상 수박 겉 핥는 격으로 천박을 면할 길이 없다.

'참말 돼지에 진주로군.'

혼자 중얼거리며 방 안을 두루 살피고 있는데 서생인 듯한 청년 한 사람이 문을 열었다.

"2층으로 올라오시랍니다."

서생의 안내를 받아 2층으로 올라갔다. 서생의 말인즉 부인은 몸이 편찮아 침실에 계신다는 것이다. 침실의 문을 열었을 때 계영은 분홍색 침의를 걸치고 침대에 누운 채 손거울을 들여다보며 머리를 만지작거리고 있었다.

그는 나를 보자 머리맡에 놓인 탁자 위에 거울을 던지고 몸을 돌렸다. 그러고는 도어를 닫고 막 나가려는 서생한테,

"여봐, 순이더러 홍차를 가져오라고 해."

존대한 반말을 던졌다. 서생이 나가자마자 탁자 위의 전화가

요란스럽게 울렸다. 계영은 쓴 약을 머금은 듯 얼굴을 찌푸리더니 드러누운 채 팔을 뻗어 수화기를 잡는다. 나는 그가 미처 권하지도 않았지만 침대와 창문 사이에 놓인 의자에 가 앉았다.

"뭐라구요? 아, 그래서요, 네! 네!"

계영이 전화를 받고 있는 동안 나는 창밖으로 눈을 돌렸다. 창밖에는 잎이 떨어진 수목과 검푸른 상록수 사이에 아담한 현대식 양옥집이 한 채 보였다. 계영의 집은 언덕 위에 있었고, 그 붉은 기와의 양옥집은 언덕 밑에 있었다. 그다지 먼 거리가 아니었기 때문에 그곳 정원이 거침없이 보였다. 뿐만 아니라 유리창이 닫혀진 마루의 일부까지 환히 내려다보였다. 햇볕이 포근하게 내리쬐고 있었다. 내가 걸어온 뒷길의 냉한한 바람에 비하여 그곳은 마치 봄날처럼 따스한 햇살이 깔려 있는 것이다.

"뭐라구요? 그럼요, 물론이죠."

계영은 조급하게 지껄이고 있었다.

언덕 아래 집에서는 빨간 바지를 입은 아이가 개를 몰면서 뛰어간다. 하얀 온실의 창살과 붉은 기왓장과 잔디, 무척 행복하고 따스해 보이는 집이다.

"예비역? 기막힌 얘기군. 그렇지만 그렇게는 잘 안 될걸요. 아버지의 힘을 빌려서라도 한번 해보고 말 테예요."

계영의 흥분된 목소리에 시선을 돌린다. 아래로 찢어진 눈꼬리에 잔주름을 서너 개 모으면서 연방 말을 쏟아놓고 있었다. 나는 계영의 대화에서 요즘 신문지상에 시끄럽게 문제가 되고 있는 장성급將星級의 부정 사건을 생각해냈다. 그리고 징계 처분 대상의 리스트에서 계영의 남편 임철林繼 준장의 이름을 본 기억이 났다. 계영이 머리를 싸매고 앓아누운 이유를 알 만했다.

계영은 요란하게 수화기를 내려놓고 침대에서 몸을 일으킨다.

"거지발싸개 같은 녀석들! 같이 해 처먹고선……."

계영은 내가 안중에 없는 것처럼 거칠게 말했다. 나는 용건을 빨리 끝내야겠다고 생각하며 핸드백을 열었다. 50만 환짜리 수표와 나머지 현금 20만 환을 꺼내었다. 돈뭉치를 탁자 위로 옮겼을 때 전에 없이 아까운 생각이 들었다. 9개월 동안 7만 환이 모자라는 70만 환의 이자가 계영의 손에 이미 들어갔다는 것을 생각하니 내가 아쉬워 쓰기는 했지만 이치들의 착취 수단도 어지간하다고 느꼈다. 하긴 국가의 돈도 몇천만 환씩 훌렁 삼켜버리고, 사병들을 헐벗기고 배곯려가면서 수백만 환을 횡령하는 사실이 얼마든지 있는데 정당한 자본으로 고리高利를 받아먹는 것은 당연하고 상식적인 일이지만.

"왜 다방을 팔았어. 달리 살 도리가 생겼니?"

계영은 돈을 집어넣으면서 조금 전의 불쾌했던 전화 건을 밀쳐버리고 관심을 나한테 돌렸다.

"사람은 살게 마련이니까."

"파트롱이라도 생긴 모양이구나."

"파트롱이야 언제 어디에나 굴러 있지. 여자들한테는 말이야."

실없는 말로 응수해주었다.

"자신이 만만하구먼."

"자신이 없이 어떻게 살아?"

"흥 그래? 그 자신이 오래가면 좋겠다만. 그 말라깽이 이상
현 씨로는 불안한 얘기야."

실눈을 뜨고 웃음을 흘린다. 나는 움직이지 않고 그의 시선
을 받으면서 딴전을 피웠다.

"종삼에는 하룻밤의 파트롱이 있고, 거대한 양옥집에는 장기
간의 파트롱이 있으니 여자들은 다 자신 있게 살 수 있는 물건
이야. 공연히 골치 아프게 남의 걱정은 왜 하누."

창부와 계영을 동일시한 지독한 욕설을 계영은 얼핏 깨닫지
못한다. 그러나 내 말이 지닌 악의만은 안 모양이다. 이 이상
자리에 머물 이유가 없다.

"순재한테서 받은 문서 내주시지."

어떻게 마음을 찔러주는 대답을 할까 궁리 중인 계영을 앞질
러 사무적인 요구를 했다. 계영은 탁자 서랍 속을 뒤지더니 서
류를 내놓았다. 이미 마돈나는 팔렸으므로 그것은 공문空文이
다. 나는 문서를 짝짝 찢어서 휴지통에 버리고 일어섰다.

"차나 마시고 가렴?"

"그만 사양하겠어."

그렇게 말하며 돌아서려고 하는데,

"현회 너, 이상현 씨하고의 관계가 순탄할 줄 아니? 다방을 판 것은 오산 아냐?"

도시 싱거운 참견이다. 뭣 때문에 계영이는 이렇게 애를 태우는가.

"또 고마운 충고신가?"

그를 내려다보았다. 계영은 입을 비쭉거리며 코웃음을 친다.

"아마 이젠 어려울걸. 수정이의 생각이 달라졌으니까 말이야."

"그런 말은 그만두기로 하지. 난 너만큼의 흥미도 없으니까."

"흥미가 없다고? 어제저녁에 이상현 씨가 돌아왔는데두 흥미가 없어?"

그 말은 뛰놀고 있던 심장을 잠시 멎게 하였다.

"거 봐. 얼굴빛이 그렇게 변하면서도 흥미가 없어? 바로 너가 지금 서 있는 창가에서 보이는 집이 그들의 가정이야. 평화스럽고 안락한 가정이란 말이야."

내 시선은 분별할 겨를도 없이 그곳에 가 있었다. 아아, 상현 씨가 거기에 있다. 햇볕이 포근하게 내리쬐는 곳, 흰 창살의 유리문 안의 마루, 긴 소파가 있고 그곳에 앉아 있는 그의 뒷모습, 부인과 아이가 나란히 앉아 있다. 정답게 행복스럽게 오래간만에 만난 즐거움을 나누고 있다.

"수정이가 이제 남편을 방임하지는 않을 거야. 꽁꽁 묶어둘걸? 바람을 못 피우게 말이야. 그래도 나만큼의 흥미를 못 가지겠니? 일찌감치 다른 파트롱을 물색해보는 것이 어때?"

윙! 윙! 울려오는 목소리, 그러나 못 박힌 듯 시선을 움직일 수 없다. 여자가 기댄 소파 뒤에 팔을 얹고 여자의 얼굴을 쳐다보고 있는 상현 씨의 옆모습. 또 울려오는 계영의 목소리.

"남자라는 것은 너무 아내가 무관심해도 반발적으로 놀아먹는 수가 있지. 여편네 있는 사내들이 그렇게 허술한 줄 아니?"

나는 구름에 얹혀진 사람처럼 꼭 몰려오는 안개를 휘젓고 허둥지둥 도어 옆에까지 와서 차가운 손잡이를 잡았다. 도어를 밀었을 때 복도에도 안개가 자욱이 차 있었다. 차반을 들고 오던 하녀의 얼굴이 풀쑥 솟은 것 같았고 몸의 일부에 중량을 느꼈고, 컵이 깨어지는 소리가 아렴풋이 들렸을 뿐 나는 어느새 광화문 네거리에 서 있었다.

'잘되었어, 잘되었어. 그만이야.'

머리를 흔들면서 길을 횡단했을 때 전차 선로에 걸린 햇빛이 쨍! 하니 머릿속에 반사되어 왔다. 순간 머릿속에 철사와 같은 금이 쫙 그어지는 것을 느낀다. 속이 별안간 뒤집혀지더니 입을 통해 오물이 길바닥에 쏟아질 것 같았다. 입을 막고 차도에서 인도로 올라왔을 때 숱한 땀이 내의 속에 배고 이마에도 솟아났다.

'시간이 지나가면 그만이야. 잊어버리게 되는 거야.'

폭풍처럼 거센 질투, 생명이 새까맣게 지워져 버리는 순간, 절망, 무질서하고 균형을 잃은 신경, 발광의 상태다.

'그들이 침실에서 포옹을 하고 있었던들 어떻단 말이냐. 어떻단 말이냐! 당연한, 너무나 당연한 일이 아니냐.'

마돈나에 돌아와서 카운터에 선다.

가슴에서 무엇이 울컥 넘어올 것만 같은 메스꺼움과 얼굴에 금이 쫙! 쫙! 그어지는 듯한 날카로운 감각이 영 가라앉지 않는다. 주방 문을 열고 쿡인 박씨한테 담배를 한 대 달라고 했다. 박씨는 잠시 어리둥절해하다가 담배 한 개를 꺼내어 준다.

"얼굴빛이 나쁩니다."

"메스꺼워서 견딜 수 없어요."

담배를 깊숙이 빨았다. 예정했던 것보다 빨리 마돈나를 새 경영주한테 넘겨야겠다. 그러나 그 생각은 잠시 동안 내 머리를 스쳐 갔을 뿐이다. 어느 동산에 올라가서 울음을 뽑고 싶었다. 남은 평생에 두 번 다시 눈물을 흘리지 않도록 눈물이라는 눈물을 모조리 쏟아버리고 싶었다. 소나기에 쫓겨 가는 뭇 산짐승들 속에 어울려 기괴한 울음소리를 지르며 밀림 속을 달리고 싶었다. 그러면서도 나는 손님이 문을 밀고 들어올 적마다 마魔에 끄들린 것처럼 그곳으로 고개가 비틀어지는 것이었다. 상현 씨를 기다리는 것이다. 그러나 그는 종내 오지 않았다. 최 강사와 푸른 눈의 이방인이 나타났고 김 선생과 문교부의 직원이 나타났고, 그 밖의 나하고 하등의 인연도 없는 얼굴들이 마치 가면의 행렬처럼 눈앞에 어른거린다. 지칠 대로 지쳐버렸다. 기다림을 억제할 수도 없이 지쳐버린 것이다. 의자를 끌어당겨 우두커니 앉아본다. 카운터 가까이 앉아 있는 외국 손님은 체면도 없이 내 얼굴만 쳐다본다. 나는 마음대로 하라고 얼굴을 치켜든 채 내버려두었다.

"미스터 스미스, 그렇게 그 여자가 욕심이 나오?"

최 강사의 서툴지 않은 영어가 귀에 흘러들어 왔다. 이방인은 고개를 끄덕이며,

"참 아름답소. 눈이 신비하고 슬픔에 젖어 있소."

"스미스가 외로워서 그렇게 보이는 거요. 여자란 돈과 폭력이면 정복되는 동물이 아니오?"

"저 여자도 돈과 폭력이면 그만인가?"

"물론."

"나 같은 외국인한테도?"

"외국인을 더 환영하는 바이지. 당신네들은 한국 남성들보다 여자를 위해주니까."

"그럼 저 여자를 소개해주구려."

"돈과 힘이 있소, 스미스는?"

"힘이? 힘이 있지, 특별한 힘이. 그리고 돈도 있소."

"그럼 왜 이런 가난뱅이 나라에 와서 취직을 할려고 했소?"

"그것 다 취미지."

"흐음? 그렇다면 문제는 달라지겠는걸. 그럼 스미스는 날 도와주겠소?"

"아암, 돈 많이 주겠소."

"안 돼, 그건. 일전에 내가 부탁한 일 들어주어야 돼요. 스미스, 사실 저 여자는 말이야, 내 것인데 조건에 따라 양보할 수도 있어. 여자를 갖는 데는 낭비가 심해 골치야, 하하핫!"

눈에 불을 켜고 최 강사의 뒤통수를 뚫어져라 노려본다. 망치로 그 뒤통수를 바수어 죽이고 싶다. 어떠한 잔인한 방법을 써서라도 죽이고 싶다. 눈앞에는 사람도 땅도 하늘도 보이지 않았다. 광포한 피가 기름처럼 지글지글 끓고 있었고, 돌아앉은 최 강사의 뒤통수만이 새까만 점이 되어 눈 속에 밀려들어온다.

"이런 곳에 있는 여자는 레이디가 아니니까 손쉽고 또 뒤가 귀찮지 않거든……."

빈 청동 꽃병을 와락 잡아당겼다. 오직 최 강사의 뒤통수만이 흑점이 되어 뚜렷하게 나타난다.

순간 마돈나의 창문들이 모두 뒤틀리어 공중에서 교차했고, 막막한 속에 시뻘건 불덩어리가 출출 쏟아진다. 뒤통수, 까만 점이 흔들리며 앞으로 넘어진다. 보이지 않는다.

마돈나의 손님들이 일제히 자리에서 일어선다. 나는 얼굴을 싸고 카운터에 엎드러졌다. 고함 소리, 발소리, 음악 소리가 아득히 먼 곳에서 들려온다. 사라진다. 새파란 공간, 하얀 공간, 어두움 또 어두움, 나는 의식을 잃고 말았다.

32

내가 의식을 회복했을 때 맨 처음 눈에 뜨인 것은 김 선생의 얼굴이었다. 그리고 이미 나는 살인자가 된 것을 알았다.

마魔의 소행이었다. 인간의 힘으로 된 일이라 믿어지지 않았다. 최 강사의 뒤통수를 겨누어 내가 청동 꽃병을 던졌다기보다 내 손의 꽃병이 그 흑점으로 빨려 들어갔던 것이 아니었을까? 그러나 나는 최 강사를 죽이고 싶었다. 어떠한 잔인한 방법을 써서라도 그 순간 나는 그를 죽이고 싶었으니까. 흑점, 뒤통수, 온통 사방이 찌그러지고 비틀어지던 환각.

나는 그날 밤으로 경찰서의 유치장에 들어갔다.

이틀 밤이 지났다. 눈물도 나지 않았다. 두려움도 없었다. 공백이 있을 뿐이었다. 갈 곳까지 가버렸다는 마음, 이제는 아무리 발버둥 쳐도 소용이 없고 내 힘으로도 나를 어찌해볼 수 없는 확실한 현실이 움직이지 않는 물체로 놓여 있는 것이다.

몇몇 여자들 틈에 끼여 나는 잠시 눈을 붙였다. 극도로 쇠약해진 신경이 청승맞게도 잠을 청한 모양이었다. 눈을 떴을 때 감방 앞에서 무거운 구둣발 소리가 들려왔다. 구둣발 소리가 감방 앞에 머물렀을 때,

"나으리, 제발 담배 한 개만 줍쇼."

자고 있는 줄만 알았던 옆의 여자가 빨딱 일어나 앉더니 창살 사이로 손을 내밀며 목이 쉰 소리로 애원을 했다.

"누굴 보구 얼빠진 소릴 하는 거야?"

순시하던 순경은 표독스럽게 말을 뱉으며 감방 안에 전지를 들이댔다. 눈을 감아버렸다.

"그러지 말고 나으리, 한 개만 줍쇼. 잠이 와야죠."

여자는 선정적인 음音을 발산하며 손을 뻗어 순경의 옷자락을 고양이처럼 간지럽게 잡는다.

"이것이 왜 이래? 미친 것 같으니!"

순경은 전지로 여자의 손등을 때리면서 욕지거리를 하고 가버린다.

"흥, 개자식 같으니라구, 자손만대까지 순경질만 해 처먹으라지."

여자는 벌렁 나자빠지면서 연신 저주의 말을 늘어놓고 있었다.

"잠이 와야지, 잠이. 담배 한 알만 있으면 얼마나 행복할까."

여자는 팔베개를 한 채 담배 한 알만 생각하고 있는 것 같았다. 나도 어느새 그 여자의 욕망이 감염된 듯 담배가 몹시 피우고 싶었다.

유치장의 천장을 가만히 쳐다본다. 피비린내를 뿜는 무수한 범죄자가 이 방을 거쳐 붉은 벽돌담 너머로 갔을 생각을 해본다. 그곳에서 죽기가 싫어 발악을 하다가 사형대에 올라간 사람, 세상 구경을 영영 못 하고 형기刑脚를 짊어진 채 죽었을 사람, 그러한 인간들의 역사와 환영이 사방의 두꺼운 벽에 새겨져 있었다. 돌아누웠다.

곤하게 잠든 훈아의 얼굴이 떠오른다. 밤낮 내 마음에다 난도질을 하던 어머니의 찌푸린 얼굴이 떠오른다. 여드름이 서너 개 솟아난 현기의 얼굴이 떠오른다. 아아, 내 가족들, 내 가족들! 눈물이 나지 않는다. 왜 내가 최 강사를 죽였을까. 내가 영어를 안다는 사실을 그가 알았던들, 내가 영어를 알아들을 수 없었던들 살인 사건은 나지 않았을 것이 아닌가.

유치장에서 사흘 밤을 새운 다음 날 나는 취조실로 끌려나가 형사의 문초를 받았다. 형사가 쓰고 있는 검은 테 안경을 보았을 때 비망록 속의 한 페이지처럼 상현 씨의 눈길이 떠올랐다.

"이름은?"

"강현회."

"나이는 몇 살이야?"

"서른셋."

"직업은?"

"다방의 마담."

형사는 흥미스럽게 나를 훑어보더니,

"학력은? 학교는 어디 나왔어?"

"대학을 나왔습니다."

나는 골패짝처럼 또박또박 대답했다.

"어느 대학 무슨 과를 나왔소?"

"S대학 사학과를 나왔습니다."

형사는 더욱 흥미로운 표정을 나에게 던졌다. 그리고 아까보다 훨씬 누그러진 목소리로 출생지, 현주소, 그 밖의 여러 가지 나의 환경 사항을 물어 조서를 꾸며나갔다.

취조 시간은 오래 걸리지 않았다. 사건이 명백한 상해치사였고, 또 내 자신이 그것을 모두 시인했으므로 신문과 조서 작성에 복잡한 일은 없는 듯했다. 담당 형사는 일단 문초를 끝낸 후,

"김환규 씨를 잘 아세요?"

"네."

"어떤 관계죠?"

"죽은 아이 아버지의 친구입니다."

형사는 그 이상 묻지 않았다.

취조실 밖으로 나왔을 때 눈앞에 플래시가 몇 번 번득였다. 대기하고 있던 신문사의 카메라맨들이 카메라를 들이댄 것이다. 나는 고개를 꼿꼿이 세우고 그들한테 등을 보이며 복도를 걸어 나왔다. 도무지 창피스럽다는 생각이 들지 않았다. 이상한 일이다.

취조실에서 얼마간 걸어 나와 꺾어진 복도를 돌았을 때 멀리 서 있는 어머니와 김 선생의 모습이 눈에 띄었다. 김 선생은 손을 들어 보였고, 어머니는 당장 뛰어올 듯하다가 그만 손수건으로 눈을 가린다. 순간 내가 잠시 멈칫거리기라도 했는지 뒤따라오던 순경이 내 어깨를 떠미는 바람에 나는 유치장이 있는 곳

을 급히 걸어가지 않으면 안 되었다. 그들의 눈을 등허리에 느끼면서, 그러나 나는 한 번도 돌아보지는 않았다.

'불효한 자식이구나.'

그 말을 되씹었다. 일찍이 없었던 회한이 가슴에 몰려들었다.

뼈를 쑤시는 듯한 찬 바람이 옷깃에 스며든다. 사방은 고요했다. 아무 죄도 없노라, 억울하고 원통하노라, 하며 울며 불던 여자들도 어느새 한 덩어리가 되어 잠들어 있다. 추위 때문에 잠이 오지 않는다는 것은 지금의 나한테 있어서 지극히 치사스러운 생리적 요구이다.

나는 때때로 배고픈 것을 느끼고 잠을 자기도 한다. 미련스러운 목숨이 아닐 수 없다. 전과 이삼 범인 아편중독자, 매춘부, 절도범, 그러한 유치장의 생리를 잘 아는, 그래서 잠잘 수 있고 세끼의 밥이 적다고 투정하는 저 여인들을 나도 닮아가는 것이다. 참말 담배가 그리운 밤이다.

상현 씨, 상현 씨를 생각하면 무엇하랴. 치욕의 시궁창에 빠진 나에게 아름다운 지난날과 사랑의 밀어密語는 가슴 구석구석을 찔러주는 매서운 가시일 수밖에 없다. 최 강사, 최 강사는 죽었다. 그러나 그의 죽음에 대하여 아무런 감정도 없다. 미움도 연민도 없다. 그가 이 세상에서 없어졌다는 사실이 도무지 석연치 않다. 그러나 김 선생이 어머니하고 같이 와준 일은 나에게 안도감을 갖게 하였다. 우선 가족에 대하여 안심이 된다.

어느 날 또다시 취조실로 끌려가 문초를 받고 돌아오는데 작게 접은 종이 쪽지를 순경이 몰래 쥐여주었다. 순간 상현 씨의 편지라고 느꼈다. 그러나 감방에 돌아와서 펼쳐보았을 때 나의 직감은 그릇된 것이었다. 김 선생이 보낸 편지였다. 변호사는 윤길호尹吉浩 씨로 정하였다는 것, 형무소로 이감이 되는 대로 면회하러 가겠다는 얘기, 그리고 상현 씨와 상의하여 최선을 다하겠으니 마음을 편히 하여 몸을 돌보라는, 대강 그러한 내용의 편지였다. 나는 편지를 찢으면서 이 사건이 신문에 크게 보도되고 대문짝처럼 내 사진이 났을 것을 생각해본다. 상현 씨는 신문쟁이다. 그러나 이내 상현 씨를 생각하지 않는 것이 이런 경우에는 가장 현명한 일이라 다짐했다.

내가 L형무소로 이감되던 날에는 몹시 바람이 불었다. 형무소로 들어가는 언저리에 플라타너스가 즐비하게 서 있었는데 간밤에 내린 눈이 가지에 쌓여 있었다. 그 눈이 바람에 흩어져서 수갑을 찬 손등 위에 날아내렸다.

형무소에서 하룻밤을 지낸 다음 날이었다. 여자 형무관이 와서 이상현이란 사람이 누구냐고 물었다. 나는 고개를 번쩍 들어 주근깨가 많이 솟은 형무관을 쳐다보았다.

"접견하러 왔어."

접견이라는 말이 무슨 뜻인지 알 수 없어 멍하니 쳐다보는데,

"면회하러 왔단 말이야."

"만나지 않겠어요."

즉각적으로 거절을 했다. 형무관은 서류 같은 것을 들고 잠자코 가버렸다. 형무관의 발소리가 멀어지자 옆에 앉아 있던 비쩍 마른 여자가 내 소매를 슬쩍 잡아당겼다.

"왜 안 만나는 거야? 만나봐. 돈도, 필요한 것도 차입해달라고 부탁하는 거야. 식권도 사 넣어달라고 해. 여긴 모두 배고픈 사람이 있는 곳 아냐?"

여자는 말라서 꺼들꺼들한 입술을 혀로 빨면서 반말지거리를 했다. 그러나 나는 내 생각에 골몰하여 아무 대답도 하지 않았다.

"왜 대답을 안 하는 거야? 말이 말 같잖은가? 여기선 말이야, 얼굴이 반반하게 생겨먹었건, 옛날에 식모깨나 부리고 살던 어부인이건 다 소용없단 말이야. 그런 바깥세상의 이력 같은 거 소용없단 말이야. 공연히 건방지게 굴지 말어."

여자는 히스테리컬한 목소리로 따졌다. 나는 여전히 말대답을 하지 않았다.

"난 말야, 전과 3범이지만 너처럼 사람은 안 죽였다. 그리고 이곳은 형무소야. 너나 나나 똑같은 죄인이란 말이야. 같은 죄인 처지란 것을 똑똑히 알아두란 말이야."

여자는 괘씸한 듯 눈을 부라리며 내 팔을 홱 낚아챈다. 그 바람에 나는 뒤로 나자빠졌다. 나자빠진 내 얼굴 위에 여자는 조소를 뿌린다. 나는 슬그머니 몸을 일으켰다.

"잘 알고 있어요. 다 같은 죄인이라는 것……. 전 딴생각을

278

하고 있었어요."

"딴생각?"

"바깥세상하고 인연을 끊을 생각을 했었지요. 그래서 사람도 안 만나는 거 아니에요?"

여자의 노여움이 누그러진다.

"못난 소리. 이곳에서도 돈은 필수품이야. 인연을 아주 끊어 버리면 불편해. 종이 한 조각도 돈이 있어야지. 두고 봐. 이곳의 맛을 몰라 하는 소리지. 처음 들어오는 여자들은 모두들 곧잘 그런 소릴 하지만 말이야."

그 여자는 대답을 하지 않은 나의 태도가 결코 거만을 피우는 것이 아님을 알자 이내 친밀감을 표시했다. 그리고 감방 안의 사정과 감방에 같이 있는 수인들의 죄명과 과거 경력까지 설명해주었다.

"저 꼬마 가시내는 서방질을 해서 새끼를 내질렀는데 그만 모가지를 비틀어 죽여버리지 않았겠어? 이편의 단발쟁이는 아편쟁이, 저 귀부인은 밀수 여왕에다 사기꾼……."

낳은 아기의 모가지를 비틀었다는 계집애는 마룻바닥에 손가락으로 무엇을 그리고 있었고, 아편쟁이라는 단발 여인은 끼둑끼둑 웃고 있었으며, 귀부인이라는 여자는 독을 피우며 말하는 여자를 노려보았다.

"저 예쁜이는 사내하고 정사를 할려다가 사내가 동맥을 끊고 피를 흘리는 것을 보자 그만 겁이 나서 도망을 했고, 저기 시골

뜨기는 사내를 죽이려다가 철장 신세지. 난, 난 말이야. 실연을
했지. 그래서 이 꼴이란다. 처음엔 미군부대에서 코쟁이 녀석들
이 침을 질질 흘리고 덤비더니만 이제 내 꼴이 요 모양이 됐지."

여자는 말라빠진 자기의 얼굴을 쓸어본다. 단순한 여자다.
한참 동안 그는 자기의 신세타령을 늘어놓았다. 이 지경이 되어
도 잊을 수 없는 것은 첫사랑이라 하며 제법 애상에 잠기는 표
정까지 짓는다.

"이곳도 말이야, 돈만 있으면 천국이지. 배부르게 먹을 수 있
고 병감에 가서 편안히 누워 있을 수도 있고 음악도 들을 수 있
지. 너도 밖에 실직한 놈이 있으면 부탁해보아."

나는 그의 장광설에 겨워서 눈을 감아버렸다.

그 후 나는 여러 번 면회 호출을 받았지만 번번이 거절을 했
다. 그리고 진종일 눈을 감고 앉았는 것이 나의 일과였다. 이렇
게 하여 나는 차츰 생각을 잃어가고 있었다.

일주일이 지난 뒤 변호사 윤길호 씨를 만나게 되었다. 나는
그가 묻는 대로 사건의 전말을 얘기했다. 형사한테 대답했던 식
으로. 윤 변호사는 스미스라는 외국인에 대하여 자세히 물었
다. 스미스의 증언은 이 사건에 중대한 영향을 미치게 할 것이
라 했다. 그리고 일반 여론이 매우 동정적이며 최 강사의 행장
은 나에게 유리한 결과를 가져올 것이라 했다. 그리고 마지막
에 윤 변호사는 김 선생과 이상현 씨가 많은 힘을 쓰고 있노라
는 말을 잊지 않았다. 그러나 윤 변호사의 말은 나에게 기쁨이

나 희망을 주지 못했다.

33

누구를 막론하고 면회를 거절해온 나는 어느 날 내 스스로 김 선생을 만나야 할 필요를 느꼈다. 그것은 훈아 때문이다. 그러나 정작 기다리고 있노라니까 찾아오는 사람이 없다. 이틀인가 지난 후 윤 변호사가 찾아왔다. 그는 스미스를 만났다는 것이며 내가 말한 그들의 대화를 대체적으로 시인하더라는 것이며, 또 스미스의 정체가 미국의 정보원이었다는 것도 윤 변호사는 말해주었다. 공판에 관한 일을 간단히 얘기한 끝에 나는 김 선생을 한번 만나게 해달라고 윤 변호사한테 부탁하였다.

다음 날 아침에 나는 세수를 하고 머리를 단정히 빗었다. 남이 보아도 흉하지 않게 몸차림을 하고 김 선생을 기다렸다. 외부의 사람을 처음 만난다고 생각하니 마음이 다소 설레기도 한다. 예쁜이라던, 정사에 실패한 여자는 실연담을 늘어놓던 그 자칭 여두목이란 여자하고 무슨 말인지 수군거리고 있었다. 아마 오늘쯤 공판이 있을 것이란 말인 듯했다.

"아주머니, 나 어젯밤에 옷을 활활 벗고 강가에서 목욕을 했어요. 좋은 꿈일까요, 나쁜 꿈일까요?"

"그거 좋은 징조로구나. 어쩌면 오늘 공판에 무죄가 될지도 모르지."

그 말에 여자는 빙긋이 웃는다. 참 오래간만에 보는 웃음의 얼굴이다. 그 웃음의 얼굴을 나는 신기하게 쳐다보았다. 여자는 잃어버린 분신은 이제 잊은 듯, 마냥 하늘과 햇빛으로만, 마치 해바라기처럼, 얼굴이 향하는 것 같았다.

점심이 들어오기 전에 분신을 잃은 여자는 형무관을 따라 출정出廷을 위하여 나갔고, 나는 접견실로 형무관을 따라 나갔다. 김 선생이 앉아 있었다. 갈색 외투를 입고 있는 그의 어깨를 보았을 때 잠시 가슴이 벅차옴을 느꼈다. 그는 나를 보자 손에 들었던 모자를 책상 위에 놓았다. 한동안 우리는 시선을 피한 채 침묵을 지켰다. 우리의 말을 기록하기 위하여 펜을 들고 기다리는 형무관의 어깨를 거쳐 유리창으로 눈을 돌리면서,

"여러 가지, 너무 죄송합니다."

사무적인 말을 내가 먼저 꺼내었다.

"훈아를 다른 학교로 전학시켜 달라고 어머니한테 전해주셨음 좋겠어요. 그리고 되도록이면 집도 옮기고…… 저를 위하여 돈을 쓸 필요는 없고, 차입금도 그만두시라구요. 전 건강 상태도 좋습니다. 그리고 별로 필요한 것도 없으니까요."

"얼굴이 그렇게 창백하지 않소."

김 선생은 성난 것처럼 나의 말을 잘랐다.

"그야 밤낮 방 속에만 있으니까."

김 선생은 말없이 내 이마 위에 눈길을 보내고 있었다. 연민

의 빛이 그의 얼굴에 감돌고 있었다.

"저의 생각입니다만 일이 년쯤 고생하면 될 것 같아요. 그동안 마돈나를 판 돈으로 사시라구요. 제가 나가게 될 때까지. 자잔한 빚을 갚고 나면 백만 환쯤 남을 거예요."

여러 날 동안을 감방에서 내 딴에는 궁리하고 한 일이었다.

"현회 씨 자신의 걱정이나 하십시오. 1년이 뭡니까? 무거워도 집행유예, 과실이 아닙니까?"

"사람을 죽인걸요……."

그 말을 입 밖에 내었을 때 정말 내가 사람을 죽인 것일까? 죽였다면 얼마나 무서운 일인가? 마치 새로운 사실인 것처럼 인식된다. 김 선생도 그 사실을 부인할 수 없었던지 말을 하지 않고 눈을 돌렸다.

죄인들 속에서보다 김 선생과의 대면은 살인자라는 자각을 한층 강하게 나한테 일깨워주었다. 외부 사회는 나에게 창살이 없고 수의가 없는 감옥임에 틀림이 없다. 하얀 신작로, 풀 한 포기도 자라지 않는 하얀 신작로, 내 혼자서 걸어가야 하는 신작로. 굴러떨어져야 할 어쩔 수 없는 절벽이라면 혼자 굴러떨어지는 수밖에 없다. 사람들은 귀로, 코로, 눈으로 피를 쏟으며 혼자 죽어갔다. 천장을 바라보며 혼자서 죽어갔다. 역사, 역사다. 외로워할 필요는 없어.

"선생님. 저희 식구들을 돌보아주시겠죠? 염치없는 말입니다만……."

김 선생은 아무 대꾸도 없이 한동안 나를 바라보고 있는 듯했다.

"현회 씨의 침착한 모습에 안심은 됩니다만 정말 딴생각은 마십시오. 빨리 나올 수 있도록 스스로도 노력을 하셔야 합니다. 윤 변호사의 의견도 그렇습니다."

"울고불고 말도 제대로 못 할 줄 아셨어요? 그런들 어떡허겠어요."

나는 미소했다. 김 선생은 눈길을 돌려 나의 미소로부터 외면했다.

"어머니가 이곳으로 오시는 건 불찬입니다. 옷을 넣어주실 필요도 없어요."

"어머니께서는 몹시 만나고 싶어합니다. 날씨가 추우니까 현회 씨 생각을 하시고 방에서 못 주무시는 모양이에요. 마루에 앉아 계시더군요."

김 선생은 모자를 쓰면서 일어섰다.

"그럼 상현이한테 전할 말씀은?"

"아무 전할 말도 없습니다."

김 선생보다 먼저 접견실에서 나오다가 뒤를 돌아보았다. 김 선생은 손으로 바람을 막으며 담뱃불을 붙이고 있었다.

"책, 책을 좀 들여보내 주시겠어요?"

김 선생은 고개를 끄덕였다.

감방으로 돌아와 점심을 마치고 얼마 동안 앉아 있노라니까 재판소에 갔던 여자가 돌아왔다. 나갈 때의 희망적이던 얼굴과는 반대로 풀이 죽어 있었다. 그는 자칭 여두목이란 여자한테 손가락을 한 개 펴 보인다.

"1년이야?"

대답 없이 여자는 푹 주저앉는다.

"거 너무한데? 돈만 있어봐라. 그까짓 것 문제없는데, 무죄가 뻔한걸……."

여두목은 걸걸한 목소리로 지껄인다. 공연히 여자의 억울한 심정에다 울분만 돋우어준다.

'스스로도 노력을 하셔야 합니다. 윤 변호사의 의견도 그렇습니다.'

접견실에서 한 김 선생의 말이 생각난다. 최 강사에 대한 살의가 있었다는 나의 진술을 두고 하는 말인 모양이었다. 물론 그것은 내 자신을 위하여 극히 불리한 말이다.

그 후 1년을 언도받은 여자는 공소를 제기할 만치 뒤에 사람이 없었던 모양으로 기결수 감방으로 옮겨 가버렸다. 그 대신 다른 여수女囚 한 명이 105호실로 들어왔다. 나는 그 여수인의 얼굴을 보았을 때 하마터면 소리를 지를 뻔했다. 광희다. 도저히 광희라고 상상할 수 없을 만치 망가질 대로 망가진 광희였다. 그러나 나의 놀라움보다 광희의 놀라움이 더 한층 심하였다. 그는 바보처럼 입을 벌린 채 아직도 맑은 그 크다만 눈으로 나를 바라보는 것이었다. 뿌옇게 빛깔마저 바랜 머리칼이 푸르죽죽한 이마 위에 아무렇게나 흩어져 있었다.

"아, 아주머니가 이런 곳을?"

그는 믿을 수 없다는 듯 사방을 두리번거리더니 나직이 중얼거렸다. 나는 그의 팔을 잡아끌어 앉게 하였다. 광희는 나보다 먼저 이곳으로 온 모양이었다. 다른 감방에서 옮겨 왔다고 했다. 그러나 그에게는 아무 소지품도 없었고 다만 땟물이 쪼르르 흐르는 잿빛 양복바지에 남빛 재킷을 입고 있을 뿐이었다. 남빛 재킷이 더욱 그의 낯빛을 푸르게 한 듯했다. 우리는 서로 할 말을 잃었다. 멍하니 마주 보고 앉아 있었다. 그가 실종한 지 다섯 달, 그동안 어쩌면 광희는 이렇게 험하게 몸을 버렸을까. 더욱이 이런 곳에서 다시 만나게 된 우연을 풀이해볼 수도 없다.

밤이 되었을 때 광희는 나한테 이야기를 들려주었다. 처참한 얘기였다. 스탠드바의 여급이 말한 것처럼, 또 내가 걱정했던 것처럼 광희는 종삼에서 몸을 파는 여자가 되었더라는 것이다. 담배도 피우고 술도 마시고, 그 이상의 마취제가 눈앞에 있었던들 서슴지 않고 마셨을 것이라 했다. 순간 나는 그가 마약중독자가 아닌가 싶었다. 광희는 마약중독자는 아니라고, 그러나 그에 못지않은 악질의 성병을 몸에 지니게 되었다고 했다. 그 병은 급속도로 악화되었지만 내버려둘 수밖에 없었고 가을바람이 불어왔을 때는 끼니조차 거르게 되었고 방공호 천막 등을 찾아다니며 거지나 쓰리꾼들의 틈바구니에 끼여 몸을 제공

하고 한 끼와 하룻밤의 숙소를 얻은 일이 빈번히 있었다는 것이다. 파고다공원의 찬 서리가 내리는 벤치 위에서 밤을 고스란히 밝혀가며 수면제를 꺼내어 만져보았지만 미련스레 생명에 대한 집착만이 강해지더라는 것이다. 그는 어느 날 밤 손님을 하나 물고 하숙방으로 갔을 때 그 손님이 지니고 있는 시계와 지갑을 훔칠 생각을 했다는 것이다. 훔친 지갑 속에는 단돈 7백 환이 들어 있을 뿐 그것은 화대도 못 되는 돈이었지만 사내는 시계를 찾으려고 뒤쫓아와서 광희를 소매치기로 몰아 지서에 처넣었다는 것이다.

광희는 울지도 않고 잔잔한 목소리로 그런 얘기를 했다. 그리고 벌써 오랜 옛날에 눈물을 잊었다고 하면서 눈물이 마르지 않았던 그때는 그래도 행복했었다고 말하는 것이다.

"이렇게 누워 있으면 언제나 사내들의 손을 느껴요. 전신을 스물스물 기어다니는 뱀같이 징그러운 사내들의 손 말입니다."

"그래, 병이 심하니?"

"점점 썩어가겠죠. 여기서도 형식적이나마 치료를 해준다지만 아주 소용이 없어요. 약만 바르면 낫나요, 뭐?"

광희가 들어온 지 얼마 되지 않아 한방의 여수인들은 모두 광희 몸에서 냄새가 난다 하며 싫어했다. 광희는 그런 말을 들어도 도무지 슬픈 얼굴이 아니었다. 온종일 우두커니 앉아 있을 뿐이었다. 그러니까 광희가 우리 감방으로 옮겨 온 지 나흘째 되는 날이었다. 형무관은 김환규 씨가 접견하러 왔다는 것을 알려주고 접견실로 나가겠느냐고 물었다. 나는 만나고 싶지 않았지만 일전에 훈아와 어머니에 대한 일을 부탁했고, 그 결과도 알고 싶었기 때문에 일어섰다.

접견실 앞에까지 가서 나는 우뚝 서버렸다. 곤색 외투가 눈에 익은 뒷모습이다. 상현 씨다.

'무례한 사람이야!'

불의의 침입을 당한 사람처럼 울부짖었다. 얼굴에서 핏기가 싸아! 하고 가셔지는 것 같다. 형무관이 등을 밀었다. 나는 휘청거리며 접견실의 책상을 짚었다. 광택이 없는 상현 씨의 눈이 아슴푸레 지각된다.

"어떻게 오셨습니까?"

내 자신이 놀라우리만치 가라앉은 나의 목소리다. 책상을 짚은 팔에 힘을 주며 도전하듯 그를 쏘아본다. 수척해진 얼굴이다. 그도 고민을 했었다, 나를 위해.

"동정은 금물입니다. 돌아가 주세요."

대답이 없다. 미간에 깊이 새겨진 두 줄기의 살, 찌그러진 입매, 그도 고민을 했었다.

"선생님한테는 아무 책임도 없습니다."

이 숨막히는 대면을 빨리 끝내야 한다. 그러나 자석처럼 발이 떨어지지 않았다. 그로부터 나는 어떤 말을 기대하고 있는 것인가.

"그날 제가 나갔어도 그런 사고는 일어나지 않았을 것입니다."

그는 거의 내 말을 듣고 있지 않았던 것처럼 새삼스러운 말을 했다. 사실이다. 그가 그날 나를 만나러 나왔어도 그런 광적인 발작은 아마 일어나지 않았을 것이다.

"마침 미국에서 누이동생이 같이 나와 그 애하고 얘기를 좀 하느라고……."

팔다리가 저려온다. 심한 감동에 가슴이 죄어든다. 그럼 그날 같이 앉았던 여자는 부인이 아니고 누이동생이었더란 말인가. 그래서 어떻단 말인가. 그러나 서글픈 희망이 가슴을 뛰놀게 한다.

"지금에 와서 그런 말씀 하신들 무슨 소용이 있겠어요. 지나가 버린 일을 도로 찾을 수는 없을 거예요. 종지부를 찍는 계기로서는 너무 비참한 것이었지만 역시 그것으로써 계기를 삼을 수밖에 없죠."

형무관이 기록을 하고 있었기 때문에 이별을 종지부라고 표현했다.

"제발, 제발, 그렇게 자기를 학대하지 말아요."

상현 씨도 형무관한테 신경을 쓰느라고 말이 제대로 나오지 않는 모양으로 다만 그 얼굴이 고통에 뒤틀리고 있었다.

"아마도 찾아오시지 않는 것이, 저를 혼자 두어두시는 것이 자비심일 거예요. 이젠 오시지 마세요. 이런대로 저는 살아갈 거예요."

뭐라고 말을 하는 상현 씨를 뿌리치고 접견실 밖으로 나와버렸다. 이제부터 새로운 희망과 번뇌가 나를 괴롭힐 것이다.

34

'신이여, 저에게 희망을 주지 마옵소서. 저에게 희망을 주신다는 것은 무진한 고통이옵니다. 그이를 잊게 하여주시옵소서. 그이를 미워하게 하고, 그이와 더불어 가진 추억마저 저의 머릿속에서 지워주시옵소서.'

높은 곳에 하나 있는 작은 창문의 창살 너머에서 얼어붙은 듯한 달빛이 새어드는 밤이었다. 나는 혼자 일어나 앉아서 손을 깍지 짓고 고개를 수그려 기도하였다. 어릴 때 성당에 나를 데리고 가던 고모처럼 기도를 하였다. 왜 내가 이런 짓을 하는지 모르겠다. 잠이 오지 않았고 사방이 너무나 적막했다. 냉기가 골수에까지 저려오는 마룻바닥에 쭈그리고 앉은 무릎 위로 눈물이 떨어진다. 옛날에 내가 어렸을 적에 아버지라는 남성을 저주하고 어머니라는 여성을 못났다고 경멸했을 적에 내겐 혼자서 간직한 꿈의 나라가 있었다. 그 꿈의 나라에는 왕자가 있었다. 나는 이 세상에 그 한 사람의 왕자를 사랑하기 위하여 태어났다고 생각했다. 그 한 사람을 만나기 위하여 살아가는 것이라 생각했었다. 그러나 지금은 차가운 감방 안에서 죄 많은 여인들 속에 끼여 밤을 보내고 있는 것이다. 나를 사랑해주던 찬수는 피 묻은 환상을 남겨두고 가버렸다. 그리고 저 창 너머 아득한 곳에 내 사랑하는 상현 씨는 서 있는 것이다. 아무리 손을 뻗쳐도 잡히지 않는 곳에서 있는 것이다. 꿈나라의 왕자, 나는 사생아를 낳은 파렴치한 여자, 살인범이라는 낙인이 찍힌 저주스러운 죄수, 저 창은 너무나 높은 곳에 있고 햇빛은 나를 위하여 있지 않았다. 지금까지 휘어잡아 온 나의 생명과 이를 악물고 살아온 하찮은 나의 지혜, 어설픈 자존심, 방황하던 진리에의 욕구, 그것이 나에게 무엇이었더란 말인가.

돌덩어리처럼 굳어버린 무릎 밑으로 양손을 밀어 넣고 무릎을 안았다. 신이 있었더라면, 나에게 무거운 형벌의 짐을 지운 신이 만일 있었더라면, 나는 이 긴 겨울밤 그를 불러 애원도 하고 원망도 했으련만, 다만 끝없는 침묵이 있을 뿐이고, 나의 기도는 견디기 어려운 적막 속의 중얼거림에 지나지 못하였다.

고개를 들었다. 희미한 창밖의 달빛이 반사된 곳에 잠들어 있는 숙명의 여인들, 그들 속에 광희는 눈을 말끔히 뜨고 누워 있었다. 눈을 뜨고 있었지만 잠이 깨어 있는 사람 같지 않았다. 그는 내 기도 소리를 듣고 웃었을까?

그러나 커다란 동공은 너무나 넓고 잔잔했다. 넓고 깊은 눈동자, 그러나 그 눈 속에는 아무것도 있지 않았다. 기쁨도 슬픔도 비웃음도 절망도, 다만 몸뚱어리가 나무 막대기처럼 굴러 있을 뿐이다. 나는 광희의 손을 꼭 쥐어주면서 그의 옆에 허리를 구부리고 누웠다.

'내가 상현 씨를 생각한다는 것은 광희의 말대로 아마 감정의 사치였을 거야. 이제는 광희의 저 얼굴에서 내가 무엇을 배워야 할 것 같다. 망각의 저 눈동자에서.'

감방 안에서도 해는 저물고, 해는 또다시 솟는다. 그러나 대부분의 죄수들은 날짜를 모르고 있다. 그런대로 크리스마스는 지나가고 눈이 내리는 겨울철이라는 것을 알고 있다. 죄수들은 동상을 입어 검푸르게 부풀어오른 손을 종일토록 할 일 없이, 시간을 보내기 위하여 긁고 있다. 나는 김 선생이 책을 들여보내 주었기 때문에 낮의 시간이 주는 고통은 훨씬 가벼워졌다.

광희의 병세는 점점 더 나빠지는 모양이다. 그의 얼굴은 추하게 허물리어가고 입은 굳게 다물린 채 말이 없었다. 감방 죄수들의 천대나 나의 애정도 그에게는 아무렇게도 감각이 되지 않는 것 같았다. 뿐만 아니라 식욕마저 잃은 듯, 찍어서 들여보내는 보리밥과 콩나물이 몇 개 떠 있는 된장국이 언제나 다른 죄수들의 차지가 된다. 나는 빵을 청구하여 광희한테 주었지만 그것 역시 다른 죄수들의 차지가 되었다. 도무지 먹을 생각을 하지 않았다. 형무소에 있는 병감은 이러한 병자를 위하여 있는 것이라 생각했지만 형무관들은 광희를 병감에 옮길 아무런 대책도 세우지 않고 있었다.

"밖에서 운동을 해야지. 그래야 병감으로 옮겨지는 거야. 병이 없는 사람도 돈이 있고 빽만 좋으면 병감에 갈 수 있지. 그러나 아무리 병이 나도 돈 없는 죄수들이야 이대로 썩어가는 거지, 뭐. 정작 병감엔 말이야, 앓는 사람보다 돈 있고 빽 좋은 멀쩡한 사람들이 가서 편히 있는 곳이라니까. 그래서 돈만 있음 이곳도 천당이라잖았어?"

내가 하도 안타까워하니까 여두목은 그렇게 일깨워준다. 나는 부득이 김 선생을 기다리게 되었다. 염치없는 부탁이었지만 광희를 그대로 내버려둘 수는 없었다. 단돈 10환, 내의 한 벌을 차입할 사람도 없는 고절된 광희, 벌써 광희 자신의 영혼도 그 고절된 육신을 떠나 허공에 떠 있는지도 모른다. 이 가엾은 여자를 그냥 죽어버리게 내려다보고만 있을 수는 없다. 얼마나 오랫동안 입었는지 남빛 재킷은 실이 풀어져서 너덜너덜 허리를 감고 있었다. 휴지 한 장 자기의 것이라곤 지닌 것이 없는 광희는, 그렇게 정결했던 광희는 지금 손등에 때를 덕지덕지 올려가지고 그 때가 냉한한 바람에 터져서 그 사이로 불그스름한 살이 배어나 있다. 그리고 악취를 발산하고 있는 광희의 몸뚱어리는 그야말로 살아 있는 송장이라 해도 과언은 아니다.

몹시 기다리고 있었는데 이날도 시골댁이라는 여자한테만 접견 통고가 오고 나에게는 아무런 소식도 없었다. 시골댁이란 여자는 접견 통고가 있었을 때 어리둥절한 얼굴로 형무관을 쳐다보았다.

"접견 안 할 테야?"

형무관이 신경질적으로 소리를 질렀을 때 그 여자는 허둥지둥 일어섰다.

"웬일이야? 처음이지?"

여두목은 다른 죄수들을 돌아보며 말하였다. 그리고 여두목은 나에게 설명해주기 시작했다. 시골댁이란 여자의 일을.

"한 번도 면회 온 일이 없는데 아마 그 영감쟁이가 온 모양이지. 그 영감쟁이는 말이야, 어느 시골의 면장을 했다나. 그래, 그 녀석이 육이오사변 때 저 시골댁한테 홀딱 반했던 모양이야. 물론 서방이 있는 계집이지. 그래 어쨌는 줄 알아? 국군이 들어오자 그 영감쟁이가 시골댁의 남편을 빨갱이라고 밀고해서 죽였다는 거야. 물론 빨갱이는 아니었지. 다만 계집을 뺏으려고 한 수작이거든. 그래 계집은 그의 차지가 되었지. 물론 첩이야……."

여두목은 물론이라는 말을 멋있게 애용하며 자못 연설조다.

"그랬음 그만이겠는데 저 계집도 맹꽁이지. 여러 해를 같이 살다가 어느 날 밤에 죽은 서방을 꿈에 보았다는 거야. 꿈을 깨고 나니 옆에 누워 있는 영감쟁이가 미워서 견딜 수가 없더라는 거야. 그래 죽여버릴려고 치마끈으로 영감쟁이 목을 졸랐으나 실패를 하고 철창 신세가 되었다는 거야. 참 어리숙한 계집이지. 그런데 도대체 누가 찾아왔을까? 정말 그 영감쟁이가 왔나?"

접견을 끝내고 돌아온 여자의 얼굴에는 온통 눈물투성이었다. 그는 흑흑 느끼면서 마룻바닥에 엎드러졌다. 주위에서는

우는 모습을 그저 덤덤히 바라보고 있었다. 다만 여두목만이,

"영감쟁이가 왔더랬어? 기분 상게 하지 말고 돈이나 넣어달래지, 응?"

그러나 울면서 여자가 하는 말은 영감쟁이가 아니고 친정어머니라는 것이었다. 그 늙은 어머니는 시골에 홀로 있었으며 마을에 품팔이를 하여 겨우 목숨을 이어왔는데 어떻게 노자를 장만했는지 모르겠다고 했다. 여자는 한층 더 서럽게 흐느끼면서 친정어머니는 배가 고플 때 먹으라면서 마른 누룽지를 한 꾸러미 싸가지고 왔더라고 한다.

"시골선 쌀밥 묵는 사람이 없단께로. 어떻그롬 눌은밥을 모았는지. 간수가 못 묵는다 칸께로 오매 울지 않간디? 흑, 흐흐흑……."

모두 한숨을 내쉬었다. 온갖 것에서 버림을 받은 이들 죄수에게도, 그리고 나에게도 어머니는 있었다.

연방 여자가 흐느껴 울고 있는데 양 무릎을 세우고 그 위에 얼굴을 묻고 있던 광희가 벌떡 자리에서 일어섰다. 광희의 얼굴은 이상하게 일그러져 있었다. 그는 뒤로 뛰어 물러서면서,

"아! 뱀, 뱀! 저 뱀 봐요!"

외치고 담요를 쌓아놓은 곳으로 뛰어올라 벽에 몸을 착 달라붙는다. 그러나 이내 뛰어내리면서,

"에구머니! 여기도 뱀, 아아!"

광희는 팔을 뿌리치고 또 뿌리친다. 마치 뱀이 팔에 감겨들기

라도 한 것처럼.

"아이, 징그러워! 무서웟! 여기도! 저기도!"

광희는 양손으로 얼굴을 싸고 이리저리 도망을 친다. 나는 광희가 어느 환상에 사로잡힌 것으로 알고 그의 팔을 낚아챘다. 이런 소동을 형무관이 알고 온다면 큰일이다. 나는 마구 날뛰고 있는 광희의 입을 막았다. 그러나 광희는 식은땀을 철철 흘리며 흡사 미치광이처럼 발작을 했다.

"광희, 뱀이 어딨어? 한 마리도 없다. 정신 차려!"

광희는 눈을 가린 채 지금 이 방에 뱀이 수천 마리 꾸역꾸역 밀려들어 온다는 것이다.

"거 여러 끼 굶더니만 헛것을 본 게로군. 야단났어, 야단!"

여두목만 혀를 끌끌 찼을 뿐 다른 죄수들은 아무 감동 없는 얼굴로 물끄러미 쳐다보고만 있다. 나는 이래서는 안 되겠다고 생각했다. 광희의 멱살을 움켜잡았다. 그리고 뺨을 서너 차례 후려갈겼다. 정신을 차리게 하기 위하여. 그러나 광희는 사나운 짐승처럼 이빨을 내보이며 나의 앞가슴을 잡아 뜯는다.

"뭐야! 너가 뭐야? 거지 같은 년, 왜 치는 거야, 왜 때리는 거야!"

고래고래 소리를 지른다. 그 바람에 기어코 형무관이 뛰어오게 되었다. 발작을 하던 광희는 축 늘어진 듯 마룻바닥에 뻗어버린다. 나는 형무관의 얼굴을 보자 황급히,

"이 애가 아파서 여러 날 굶더니만 헛것을 본 모양이에요. 병

감으로 옮겨 가야겠어요."

형무관은 너가 뭐 건방지게 참견이냐는 듯 흘겨본다.

"병감은 지금 만원이야."

광희의 꼴을 보고 형무관도 더 이상 말할 여지가 없었던지 기합만은 보류하고 나가버렸다.

"광희야, 너 죽을려고 이러니? 뭘 좀 먹구 정신을 차려야지."

광희는 굳게 눈을 감은 채 뜨지 않았다. 촛불에 나래를 태운 한 마리의 파리처럼 광희는 굴러 있다.

이 일이 있은 후 광희는 빈번히 그런 발작을 일으켰다. 벌레가 사방에 우글우글 뒤끓는다고 했다. 연신 방 안으로 지금 수천 없이 몰려 들어온다고 소리소리 쳤다. 마룻바닥을 구르고 심지어 내 등허리에 새까맣게 벌레들이 기어 올라간다고 외치면서 수건으로 내 등허리를 치는 것이었다. 나는 가엾은 이 광희를 위하여 울지 않을 수 없었다.

그러던 참에 마침 김 선생이 찾아왔다. 나는 미안하다고 생각했지만 광희의 사정을 얘기하고 병감에 광희를 옮겨주도록 밖에서 좀 운동을 해달라고 부탁해보았다.

"현회 씨, 현회 씨는 자기 자신에 관한 일만 생각하셔야 됩니다."

김 선생은 쩍 벌어진 어깨를 추켜올리면서 냉담하게 말하였다.

"염치없는 부탁입니다만 꼭 한 번만 들어주세요."

"시궁창 속의 구더기처럼 득실득실 끓고 있는 존재를 어떻게 다 구제를 한단 말입니까? 썩어지는 것은 완전히 썩어버리게 내버려두세요."

"그럼 우리는 다 구더기군요."

얼굴이 뜨거웠다.

"내가 이름 지은 것은 아닙니다. 현실에서는 그렇단 말입니다. 우리들의 힘이 미치지 못하는 것에 손을 뻗는다는 것은 어리석은 짓이요, 한이 없는 일입니다. 나는 장사꾼이니까 승산이 없는 짓은 하기가 싫소. 조그마한 센티에다 왜 정력을 낭비합니까?"

김 선생의 말은 지당하다. 그러나 한 번 더 부탁을 해보자. 불쌍한 광희를 위하여.

"알겠어요. 그렇지만 한 번만 믿져보세요. 저를 위하여. 선생님은 애당초 저에게는 믿지고 계시잖았어요? 광휜 저에게도 책임이 있는 애예요."

김 선생은 비로소 픽 웃으며,

"현회 씨는 어디다 갖다 놓아도 썩을 사람이 아니니까 믿질 것 없죠. 차돌같이 야문 사람이거든."

김 선생은 내 청에 못 이겨 겨우 승낙을 했다. 될지 안 될지는 모르지만 한번 교섭을 해보겠노라 하면서 덧붙이기를 이후에는 그런 남의 부탁일랑 아예 하지 말라고 했다.

광희는 얼마 후 김 선생의 교섭이 성공했는지 병감으로 옮겨

갔다.

35

  광희가 병감으로 옮겨 간 뒤 정월도 중순에 접어들 무렵 검사의 취조를 받기 위하여 검찰청에 출두했다. 찬물이 도는 듯 냉철한 검사의 눈을 보았을 때 나는 어쩐지 등허리에 찬 것이 쭉 끼치는 것을 느꼈다. 그 눈은 작년 여름에 광희가 낙태 수술을 하러 갔을 때 본 그 의사의 눈과 흡사했다. 왜 그렇게 관련을 시켰는지 모르겠다.

  검사는 나에게 과거 사생아를 낳은 일에 대하여 추궁했고, 그러한 과거와 다방의 마담이라는 직업에 비추어볼 때 최 강사의 모욕적인 언사가 참기 어려웠다는 것, 그리고 그를 죽이고 싶을 만치 노여웠다는 것은 이해하기 어려운 일이라 했다. 검사는 어디까지나 공식적으로 사건을 다루려 들었다. 사건 발생의 원인을 심리적인 면에서보다 사물적인 면에서 찾으려고 했다. 이러한 검사의 심문 앞에서 나는 침묵과 반감으로 대하였다. 나의 반항적인 묵비권의 행사는 검사의 악의를 사는 데 충분한 것이 되고 말았다.

  "당신이 저지른 과오를 어떻게 생각하오?"

  역시 대답을 하지 않았다. 죄인의 처지라면 응당 잘못이었다고 사과를 해야 할 것이고, 관용을 바라는 빛을 나타냈어야 했을 것이다. 그러나 실상 나에게는 깊은 회오도 관용을 비는 마음도 없었다.

"저의 과실에 해당되는 처벌을 받겠습니다."

한참 후에 검사의 공식적인 사건 취급과 마찬가지로 나도 극히 공식적인 답변을 했다. 검사는 책상 위에 놓인 유리 재떨이를 밀어버리면서 차가운 웃음을 띠었다.

"과실이라고? 분명히 과실은 아니지. 살의가 있었으니 그것은 엄연한 살인 행위요."

"순간적인 살의였죠."

"순간적이건 아니건 살의가 있은 이상 살인 행위임에는 다를 바 없소. 그리고 순간적이라는 것은 믿기 어려운 일이오. 모욕적인 언사보다 그를 죽이지 않으면 안 될 사정, 그러한 사정이 살의를 조작했고, 그러한 심리가 평상시에도 잠재하고 있었던 것은 아니었을까? 최영철 씨와 무슨 복잡한 관계, 가령 애정 문제라든가 혹은 금전 문제라든가……."

나는 또다시 굳은 침묵을 지켰다. 검사는 이모저모로 말을 던지다가 그래도 말이 없는 것을 보고,

"대답을 하지 않는 것은 시인을 의미합니까?"

"부인을 의미합니다."

나는 견딜 수 없어서 쏘아붙였다.

"부인을 의미한다면 더 납득이 갈 수 있는 살인의 동기를 설

명하시오."

"동기는 어디까지나 모욕적인 언사에 있었습니다. 그는 구두
로 저를 외국인에게 매매했던 것입니다. 비록 사생아를 낳고 다
방의 마담이기는 했지만 분명히 저는 창부가 아닙니다."

강한 어조로 또다시 쏘아버렸다. 검사는 불손한 내 태도에
노한 것 같았다.

"야합을 해서 사생아까지 낳고 많은 손님들을 접대해야 하는
다방 마담의 직업을 가진 여성이라면 남자의 그만한 희롱쯤 받
아넘겨 버리는 것이 당연하지 않소. 무슨 결백을 주장해야 하는
처녀도 아니요 가정부인도 아닌 처지에서……."

환경과 조건만으로 특정된 범주 속에다 나라는 인간을 집어
넣는 검사의 고정된 관념 앞에서 새삼 무슨 항변을 하겠는가.
하긴 검사도 한 사회의 산물이니 사회의 통례를 좇는 것은 할
수 없는 일이라 할 것인가.

'누군가 고도의 법리학은 예술의 경지라고 했다. 완전한 정치
가 최고 예술인 것과 같이.'

나는 현재의 내 처지를 잊어버리고 엉뚱스러운 그런 말을 마
음속으로 뇌어보았다.

"설사 동기는 모욕적인 언사에 있었고, 순간적인 살의였다
하더라도 귀중한 인명을 없이한 데 대하여 개전의 마음을 갖지
못한다는 것은 범죄 사실에 못지않는 악의가 아니겠소."

나는 우두커니 창밖을 바라보며 검사의 말을 흘려듣고 섰다

가 신문이 일단 끝났으므로 밖으로 나왔다. 형무관의 감시를 받아 버스에 올랐다. 형무소로 돌아가면서 나는 생각했다. 침묵과 불손한 태도로써 검사의 악감을 사게 된 것은 실수였다고. 형기가 길고 짧은 것은 나에게 중대한 문제다. 내가 살아가는 한 나의 자유에 관한 억제는 최소한으로 하지 않으면 안 된다. 그러나 스스로도 노력해야 된다는 김 선생의 말의 뜻을 알면서도 나는 스스로 노력을 하지 않았다.

버스에 흔들리면서 하늘을 바라보았다. 볼을 스쳐 가는 바람은 차가워도 하늘은 한없이 맑다. 맑아서 더욱 차가워 보였다.

검사는 나의 과거와 직업으로 해서 모든 희롱이나 모욕이 감수되어야 한다고 주장했다. 그리고 살인 동기를 다른 곳에서 찾아내려고 했다. 그러한 검사의 언질은 모두 최 강사의 모욕과 동일한 것이다. 그러나 나는 검사에 대하여 아무런 증오심도 느끼지 않았다. 오히려 내 자신이 취한 태도가 나빴다고 반성하는 것이다. 지나간 날, 내 앞에서는 문을 닫아버렸던 사회, 그 사회에 대하여 무관심과 묵살을 행하였던 그때의 감정이 어느새 내 마음속에 자리한 것이다. 사실 나는 그때처럼 천연스럽게 내가 빠져나갈 수 있는 구멍을 마련했어야 옳았던 것이 아니었을까? 이 사건에 있어서 살의를 운운한 것부터 애당초의 잘못이었다. 화가 치밀어서 꽃병을 던진 것인데 잘못되어 사람이 죽었노라 했으면 문제는 간단했고, 오늘과 같은 검사의 질의도 없었을 것이 아니었던가. 훈아를 위하여, 가족을 위하여,

내 자신을 위하여 참으로 서툰 짓을 했다. 나의 솔직한 심회의 진술이 그들한테 무슨 뜻을 주며, 작량酌量에 무엇을 미친단 말인가.

수일 후에 공판의 날은 왔다. 공식에 따라 인정신문人定訊問이 있고 검사의 사건진술로써 재판은 진행되었다. 나는 재판장 앞에서 최영철 씨에 대한 살의가 없었다고 답변했다.

"분명히 살의가 없었던가? 그러나 피고는 살의가 있었다고 진술하지 않았는가. 조서에는 그렇게 씌어 있는데…….'

"그때는 정신 상태가 정상이 아니었고, 걷잡을 수 없이 밉고 분했던 감정을 그렇게 표현했습니다. 그러나 당초에 제게는 살의가 분명히 없었습니다."

나는 검사나 경찰관 앞에서 한 말을 뒤집어버렸다. 아무런 양심의 거리낌도 없이 천연스럽게 뒤집어버린 것이다. 곧이어 스미스가 증인대에 올라왔다. 그는 그날 그들이 주고받은 대화에 대한 증언을 했다. 비교적 정확한 증언이었다.

증언이 끝나자 검사의 논고가 시작되었다. 검사는 형량이 엄중할 것을 전제한 뒤 나에게 신문할 때의 의견과 대동소이한 논고를 전개했다. 그리고 말미에 가서 피고는 자신의 행위에 대하여 전혀 무비판이라는 것, 그것은 사회질서에 대한 일종의 반항의 표시이며, 개전의 빛이 추호도 없다는 것은 천성적으로 범죄적인 요소가 많다는 것을 뜻한다는 말로 끝맺고 5년의 징역을 구형하자 변호사 윤길호 씨가 천천히 일어섰다. 그는 기침을 한

번 한 뒤 변론에 들어갔다.

"검찰관께서 사건 이전의 피고의 사생활과 직업을 들어서 피고의 인품을 규정짓고 나서 논고를 전개시켰는데 그 부당성을 변론인은 지적합니다. 참을 수 없는 모욕 앞에서 피고는 잠시 정신적인 착란을 일으켰으며 그 결과 순간적으로 발생된 상해 행위는 어디까지나 당일의 전후 사정에 한하여 논의될 것이며, 그 밖의 피고의 직업이나 과거로 범위를 넓혀야 할 아무 이유도 없는 것인 줄 알고 있습니다. 만일에 그러한 범위 밖의 조건을 굳이 관련시켜야 한다면 거기에 대해 한마디, 특히 사생아 운운의 구절에 있어서 본인이 해명하고자 합니다. 먼저 말하고 싶은 것은 피고가 전쟁의 피해자라는 점입니다. 피고가 죽은 사실상의 남편과 법적인 수속을 미처 밟기 전에 사회는 동란 속에 휩쓸렸고, 피고의 남편은 공산군에 의하여 피살되었던 것입니다. 그들이 예식을 거행치 못한 것도 다만 경제적인 핍박이 그 원인이었으며, 결코 퇴폐적인 야합이 아니었다는 것은 학교 측에서도 말하는 바와 같이 그들이 우수한 학력에 착실하고 근면한 고학생이었다는 것으로 증명되는 바입니다. 더욱이 피고는 여성의 몸으로 가족을 거느리고 전란 속에서 꿋꿋이 살아왔으며, 가족 부양의 의무를 수행했던 것입니다. 비록 접객이 업인 다방의 마담으로서 종사했지만 그간 불미스러운 이성 관계가 없었던 것은 피고의 진지한 생활 태도를 말하여주는 것입니다. 검찰관께서는 만인에게 법은 평등하다는 말을 상기해주시기 바랍니다. 그것은 피고의 직업이 불법행위가 아닌 이상, 사회에서 지탄을 받아야 하는 직업이 아닌 이상, 범죄행위하고는 별개의 것인 줄 본인은 알고 있습니다. 피고와 반대로 피해자인 최영철 씨를 말하자면 교육자답지 못한 가장 추악에 충만된 사생활을 하고 있었다는 점을 들 수 있습니다. 그의 표면화되지 않은 복잡한 여성 관계, 지능적인 사기술은 이미 주지의 사실입니다. 그것에 대해선 방금 스미스 씨께서도 증언한 바입니다. 그는 실로 파렴치한 교환 조건으로 아무 관계도 없는 한 여성을 임의로 구두 매매하고 외국인에게 어떠한 이권을 얻고자 했으며, 우리 국민성을 손상시켰던 것입니다. 이와 같은 파렴치한의 폭언을, 건실한 생활자이며 교양과 자존심을 지닌 피고로서 용납할 수 없었던 것은 당연한 일이었을 것입니다. 그리하여 극도로 흥분한 나머지 자제심을 잃은 피고가 살의 없이 던진 기물로 말미암아 상대자는 사망한 것입니다. 피고로서도 뜻하지 않았던 춘사椿事였을 것입니다. 무릇 인간에게는 자신의 인격을 보존하는 권리가 있는 것이며, 더욱이 여성에게는 정조가 생명과 다를 바 없이 귀중한 것이니 비록 행위가 아니었을지라도 피고의 정조를 유린하는 따위의 희롱적 언사와, 창부가 아님에도 불구하고 임의로 제삼자에게 구두 매매함으로써 개인의 이득을 얻고자 한 비열에 대한 피고의 폭력 행위는 법적으로 성립되지 않는 일이기는 하지만 일종의 자기 보존의 본능에서 온 정당방위라고 간주할 수 있는 일입니다. 더욱이 피고는 여성이며, 피해자

305

는 남성이었다는 점을 참작하여주시기 바라며, 약한 위치에 서 있는 피고가 아무 잘못 없이 짓밟힌 가엾은 정상을 재판장께서는 작량하셔서 관대한 처분이 있기를 바라는 바입니다."

윤 변호사의 변론은 길고도 좀 지루한 것이었다. 윤 변호사의 변론이 끝나자 재판장은 언도를 내리지 않고 폐정을 선언했다.

나는 수갑을 차고 형무관에게 이끌려 복도로 나섰다. 복도에는 몇몇 방청객이 서 있었다. 김 선생한테 신신당부를 했기 때문인지 어머니는 공판정에 나오지 않았던 모양이다. 복도에 선 몇몇 방청객 중에서 상현 씨의 부인을 발견했다. 나는 무의식중에 그 여자 앞에서 걸음을 멈추고 말았다.

"저를 구경하러 오셨군요. 그렇게 잔인한 분인 줄은 몰랐습니다."

그 여자는 얼굴을 붉혔다. 그리고 그런 것이 아니라는 듯 손짓을 했으나 나는 심한 증오를 느꼈다. 형무관은 그 이상 내가 말을 할 것을 허용하지 않았지만 나 역시 그 이상 할 말도 없었다. 형무관한테 떠밀려 나의 생애에 있어서 가장 비참한 뒷모습을 그 여자에게 보이면서 밖으로 나왔다.

며칠이 지난 뒤 다시 공판정에 나갔다. 그곳에서 나는 1년 6개월의 징역을 언도받았다. 나는 오히려 일종의 안도감을 느꼈다. 그 정도면 적당히 낙찰이 되었다고 생각했던 것이다. 나는 거의 무감동하게 법정을 나섰다.

법원의 뜰에 대기하고 있는 버스에 오르려고 하였을 때 시꺼멓게 묵은 고목나무 밑에 옆모습을 보이며 무슨 얘긴지 열심히 주고받는 두 사람을 보았다. 나는 재빨리 버스에 올라 내 모습을 감추어버렸다. 상현 씨와 김 선생이었던 것이다. 그들은 재판의 결과를 얘기하고 있는 듯했다.

　나는 버스에 흔들리며 돌아오는 길에 생각했다. 만일 그들이 공소를 제기할 것을 상의하고 있었다면 응하지 않으리라고. 그 이유는 별것이 아니다. 공소를 제기하고 공판을 기다리는 불안한 기간이 싫었고, 또 이심二審의 결과도 낙관할 수 없는 것일 뿐더러 거기에 따르는 번거로운 인력과 금전의 낭비가 있다. 다른 하나의 이유는 죽은 최 강사에 대한 일종의 부채감이다. 그리고 사회가 지워주는 부채감도 있었다. 나는 나대로 어쨌든 그러한 부채를 치르고 싶은 것이다. 그것은 양심의 가책이기보다 의무였는지 모른다. 극히 공식적인—다만 지금 걱정되는 것은 검사의 앞으로의 처사다. 검사의 강경한 태도로 미루어 보아 판결에 불만을 품고 공소를 할지도 모른다. 그것은 골칫덩어리가 아닐 수 없다.

　내가 생각했던 대로 공소 청구의 서류가 바깥으로부터 감방에 들어온 것은 언도를 받은 이틀 후의 일이었다. 나는 그 서류에 날인할 것을 거절하고, 언도에 복종할 나의 태도를 밝혔다. 그러는 일면 내가 걱정했던 검사의 공소도 없었던 모양으로 얼마 후 나는 기결수 감방으로 옮겨 가게 되었다.

기결수 감방으로 옮겨 간 뒤 병감 일을 보는 죄수로부터 나는 광희의 소식을 들었다. 그 소식은 나를 며칠 동안이나 우울하게 했다. 소식은 좋지 못했다. 광희는 발광發狂을 하여 청량리 뇌 병원으로 갔다는 것이다. 처음부터 광희가 병감으로 옮겨 갔다고 해서 내가 그에 대해서 낙관한 것은 아니다. 결국 광희는 죽고 말 것이라 생각했지만 미쳐서 산송장이 될 것이라고는 생각지 않았다. 하긴 병감으로 옮겨 가기 전에 벌써 이상한 기가 있었지만, 다만 허약한 데서 온 것이라고만 생각했던 것이다. 나는 밤에 자리에 누워 광희를 생각했다. 그때, 광희가 임신을 했을 때 죽는 것이 옳으냐 사는 것이 옳으냐고 나에게 따진 일이 있었다. 그때 취한 나의 언동은 결과적으로 볼 때 그를 위해서 과연 옳았던 것일까?

36

푸른 수의를 입고 붉은 벽돌담 안의 주민이 된 나는 매일 규칙적인 시간표에 의하여 기계처럼 움직였다. 그러한 속에 나는 망각의 과정을 배웠다. 내가 벽돌담 안에서 종사한 노동은 봄이 오기까지는 뜨개질이었고, 늦봄부터는 여인네들의 저고리 제품이었다. 종일토록 일자리에 붙어 앉아 미싱을 밟고 있노라면 나는 이미 사람이 아니고 하나의 기계가 되어간다는 것을 느낀다. 내가 사람이라는 자각을 얻게 되는 것은 희미한 의식 속에서 훈아의 목소리를 듣는 때다.

'셋, 셋, 세, 아침 바람 찬 바람에, 울고 가는 저 기러기…… 엽서 한 장 써주세요, 편지 한 장 써주세요…….'

훈아가 아직 국민학교에 들어가기 전의 일이다. 양지바른 문간에 앉아서 동무도 없이 외롭게 손을 놀리며 혼자 놀던 훈아의 모습, 나는 그의 밝은 목소리가 들려오면은 일손을 멈추고 멍하니 화창한 밖을 바라보게 된다.

'……아버지, 안녕히 주무셨습니까? 어머니 안녕히 주무셨습니까? ……떴다, 떴다 비행기, 떴다…….'

국민학교에 입학했을 때 사과 궤짝 위에 책을 얹고 크게 목소리를 뽑던 훈아의 모습, 눈앞에 선하게 떠오른다. 나는 다시 미싱을 밟으며 옷감에 눈물이 떨어지지 않게 조심을 해야 했다.

칠팔십 명의 죄수들이 한 작업장에서 일을 했다. 대부분은 수를 놓았고, 미싱에 익숙한 몇 명만이 한쪽 구석에서 저고리를 짓는다. 수를 놓고 있는 죄수들 중에는 아이를 옆에 두고 일을 하는 사람이 두 명 있었다. 겨우 돌이 지난 이 두 어린애는 보채지도 않고 갸우뚱 제 엄마를 쳐다보며 조용히 논다. 영양실조의 창백한 얼굴에 눈만이 이상하게 크고 해맑다. 어린애들은 마치 소금에 절인 푸성귀처럼 나른하게 앉아서 이따금 졸기도 한다. 몇 달만 지나면 엄마 품을 떠나서 바깥세상으로, 그곳이 고아원이든 혹은 친지의 집이든 형무소의 규칙에 의하여 나가야

하는 아이들이다. 한 아이의 엄마는 간첩이라는 게 그의 죄명이
다. 도대체 아이까지 밴 여자가 무슨 간첩 노릇을 했으랴 싶어
진다. 아이의 아버지는 북한에서 남파한 남한 출신의 간첩이었
으며, 아내는 돌아온 남편의 공작에 협력했다는 것이다. 어린
애의 아버지는 이미 사형되었다고 했다. 그리고 또 다른 한 아
이의 엄마는 아직 애 티를 벗지 못한 젊은 여자로서 임신을 시
켜놓고 달아나버린 사나이를 죽인 살인자. 이들은 모두 중범이
며 형기가 길다.

　앞으로 몇 달만 지나면 이들 모자간에 이별이 온다. 모자, 차
라리 인연을 맺지 말 일이지, 나는 가끔 그런 말을 뇌고는 했었
다. 그 두 어린것들처럼 기구한 운명도 흔하지 않을 것이다. 무
슨 별 아래 삶을 나누어 받았기에 형무소 안에서 세상을 본단
말인가. 아비는 사형수와 피살자, 어미는 10년 20년의 복역수,
1년 6개월을 형무소에 산 어린것은 세상 밖에 굴러떨어져 혼자
자라가야 한다. 애처롭고 슬픈 일이다. 나의 이러한 슬픔은 훈
아에게로 향하는 슬픔이기도 했다. 훈아는 무슨 별 아래 태어
났기에 아비 없는 자식, 전과자의 자식이란 말인가. 훈아를 위
해서만은 아직 내 눈에 눈물이 마르지 않았다.

　계절의 추이를 따라, 시간의 명암을 따라 이곳에도 자연의 변
함은 바깥세상과 다름이 없다. 그러나 이곳 주민들의 세계에는
한결같은 잿빛 구름이 뒤덮인 생활이 있을 뿐이다. 마치 푸른
수의가 수없는 세탁을 거쳐 푸른빛을 잃고 잿빛으로 된 것처럼.

잿빛 색채가 모든 감각을 지배하고 있는 것이다.

그러나 이 잿빛에 묻혀 있는 세계에도 라디오에서 울려오는 음악 소리가 있고, 목사들이 전하는 복음도 있고, 목소리에 자신 있는 사람으로만 조직된 합창단의 찬송가도 있고, 빈약하나마 미장원도 있어 모양을 내고 싶고 돈이 있는 죄수는 그곳에 가서 머리를 지지기도 한다. 이것은 소량의 사바娑婆의 냄새다. 아무튼 음악을 들을 수 있다는 것은 고마운 일이다. 유행가건 명곡이건 아무거라도 리듬과 멜로디가 있으면 나는 위안을 받는다. 옛날에는 청승스럽다고 싫어한 찬송가도 싫지는 않았다. 신앙에 대한 동경에서가 아니라 단순히 음音, 그것을 향락하는 것이다. 예배 시간에 찬송가를 부르는 합창단원들도 신을 찬미하고 자신의 죄를 참회하는 감정보다 오히려 자기의 슬픔을 목소리 속에 표현하는 것을 즐기고 있는 듯 보였다. 그것은 일종의 하소연의 형식이며, 자기가 지닌 비극을 낭만화시켜보는 행위이기도 하다. 그것은 무릇 예술이 지닌 현혹성 때문이다. 그와 마찬가지로 신앙도 그 현혹성 때문에 죄수들 마음에 침투할 수 있다. 사형수는 대개 죽기 전에 신앙에 귀의한다고 했다. 그러나 일반 죄수들은 신을 경원하거나 경멸하고 있는 듯했다. 그리고 미워하는 것 같았다. 신이 없다고 생각하는 죄수는 좀 드물다. 그러나 그들은 있다고 생각하는 신을 한결같이 경멸한다. 그들의 운명을 조작한 것은 신의 뜻이며, 그렇기 때문에 불공평하다는 것이다. 미워하는 이유는 그것이다. 그들에게만이 내려지지 못한 신의 은총은 멀고도 먼 곳에 있다는 것이다. 경원하는 이유는 그것이다. 백화점에 진열된 전축이나 전기세탁기를 바라보는 걸인의 무관심, 그러한 물건들이 걸인들에게는 하등의 권위도 없고, 소유욕조차 도발시키지 못한다. 그와 같이 죄수들도 신의 권위를 인정치 않고 은총을 바라지도 않는다. 더욱이 장기간의 죄수들의 심리에는 신에 대한 경멸이 지배적이다. 그들은 신에 대해서뿐만 아니라 인생에 대해서도 마찬가지다. 고마워해야 할 만치 우리들에게 주어진 것이 무엇이냐 하는 심정인 것이다. 라디오에서 목사가 거짓 없고 진실한 땅으로 돌아가라, 농민으로 돌아가라, 하며 설교를 했을 때도 죄수들은 냉소를 띠었다.

"돌아가라고? 흥! 돌아갈 땅을 주었느냐 말이다. 우린 농토에서 쫓겨난 사람이고, 배가 고파 죄를 지은 사람들인데…… 제발 그 연설일랑 집어치우고, 한 치의 땅이라도 마련해주시지. 우리에게 돌아갈 땅이 어디 있어? 흥!"

이들에게는 설교가 필요 없다. 오만하게 신을, 인간을 거절하고 있다.

한 달에 한 번씩 기결수한테도 면회가 허용된다. 나는 그 면회를 언제나 거절해왔다. 그러나 가끔 나에게 오는 편지로 집안 식구의 동정을 다소는 알고 있었다. 어머니의 병환이 좀 나아졌다고 하니 기쁘다는 것, 빨리 돌아오라는 그런 훈아의 편지가 가끔 김 선생 편지 속에 동봉되어 오곤 했다. 내가 몸이 편찮아

시골에 가 있다고만 믿고 있는 훈아다. 김 선생의 편지에는 몸조심을 하라는 것과 집안 걱정일랑 하지 말라는 말로 일관한 변함이 없는 글이 씌어 있었다. 상현 씨의 편지도 마찬가지, 다만 끝에 회답이 없는 것을 원망하는 말이 덧붙여져 있을 뿐이다. 나는 어느 누구에게도 회답을 쓰지 않았다.

상현 씨의 선량한 인간성은 한결같이 변함이 없다. 그러나 그가 이렇듯 나와의 인연을 끊지 않으려고 하는 것은 이제 나에 대한 애정에서보다 불행한 여자에 대한 동정이 더 강해진 때문이리라. 그의 선성은 언제나 의지적이기보다 감정적인 것이다. 그래서 그는 선의 질량을 계산하고 선정할 수 없는 사람이기도 하다. 또한 그래서 그는 선과 선이 대립하는 속에서 영원히 방황할 수밖에 없는 사람이다. 그것은 가장 순수한 선의 상태다. 그는 앞으로도 의연히 그의 아내와 나를 두고 취사 선택의 미결의 지역에서 헤맬 것이다. 설령 외형적으로 어떠한 해결을 지었다손 치더라도 정신상의 방황의 상태로부터 영원히 탈출할 사람은 못 된다.

가을바람이 불기 시작했을 때, 나에게 오는 편지가 뜸해졌다. 김 선생의 간략한 인사 편지가 한 장 있은 후 편지는 끊어지고 말았다. 나는 회답이 없는 편지를 쓰는 데 그들이 이제 지쳐버렸다고 생각했을 뿐이다. 그리고 그들의 편지를 기다리지도 않았다. 그 대신 나는 다른 죄수들의 편지를 읽어주고, 또 대필을 해주기도 했다. 그중에서도 남편이나 애인한테 보내는 편지

313

를 써줄 적에 나는 이상한 위안을 받는다. 마치 내 애인, 내 남편에게 편지를 쓰는 기분을 맛보는 것이다. 그것은 내 마음을 표현하는 즐거움이요, 철창 속에 가둠을 당한 불행한 여자를 잊지 않는 바깥 사람들에 대한 고마움에서였다. 그러나 그렇게 복된 여자들은 극히 드물다. 대부분은 버림을 받는 것을 당연하게 생각하고, 아무런 미련도 욕망도 갖지 않는다. 그러나 몇몇은 외부와의 인연을 잊지 못하고, 그 안타까움을 호소하는 편지를 나에게 씌운다. 그런 편지를 써야 하는 것은 괴로운 일이다. 그러나 나는 옛날처럼 그러한 여자들은 못났다고 생각지는 않았다. 희망을 완전히 포기해버린 사람보다 낫다고 생각했다. 이제 내가 남을 바라보는 눈이 그런 정도로 변해버렸다. 내 자신은 집착을 끊으려고 하면서도 다른 사람의 경우에는 집착을 잃어버려서는 안 된다고 생각한다. 그것은 모순이다. 그러나 더 따지고 보면 나는 아직 버림을 받은 사람이 아니라는, 적어도 그들보다는 혜택받은 사람이라는 여유가 있었던 때문이 아닐까? 밖에는 사랑하는 훈아가 기다리고 있고, 어머니의 애정이 있고, 상현 씨와 김 선생이라는 두 남성이 있다는 것, 그 여유가 나를 겸손케 하고 그들 불우한 죄수들에게 애정을, 연민을 느끼게 했는지도 모른다. 내가 나로부터 집착을 몰아내게 한 것도 이를테면 겸손의 소치였을 것이다. 나를 기다리는 바깥의 그리운 사람들에 대하여 내가 떳떳하고 당당하지 못한 때문에—외형적인 조건이—내 마음이 위축된 것이다. 내가 그들에 대하여 사랑을 표현하고 느낀다는 것은 얼마나 주제넘은 일인가―이곳에는 나의 행복의 백분지 일도 차지 못 하는 망각의 군상들이 있고, 한결같은 잿빛 색채와 대좌한 무의식의 생명들이 있다.

　어느 날 밤에 내가 어머니를 생각하고 있을 때 도스토옙스키의 『죽음의 집의 기록』의 한 장면이 머릿속에 피뜩 떠올랐다. 희미해진 기억에 남아 있는 장면, 그것은 한 복역수가 죽을 때 어머니를 부르던 일이다. 『죽음의 집의 기록』은 옛날에 내가 감명 깊게 읽은 작품이며, 내 딴에는 도스토옙스키의 작품 중에서 으뜸가는 것이라고 생각했었다. 그러나 지금 생각하면 극히 피상적인 판단과 풋되기 짝이 없는 감성으로 받아들였던 그때의 일이 어설프고 유치하기만 하다. 깊은 감명을 느꼈다든가 뼈저린 인간애의 슬픔 같은 것도 오히려 일종의 모독 같기도 하고 외람된 짓인 것 같기도 하다. 얼음판과 무거운 회색 하늘 아래선 유형수, 그들이 선 곳은 시베리아의 벌판―그 황량한 벌판을 옛날에 나는 영사기映寫機처럼 미화시켜 가지고 보지 않았던가. 『부활』의 카추샤와 네흘류도프가 가던 곳, 『죄와 벌』의 라스콜리니코프와 소냐가 가던 곳, 나는 그곳을 마치 바이칼 호반이나 볼가의 뱃노래처럼 어설프고 유치한 낭만과 시정詩情으로 꾸며보지 않았던가. 그 시정과 낭만이 인간의 괴로움에 대한 얄팍한 수식이요, 때문에 모독이 된다는 이야기다. 10년이 지난 오늘에 와서, 죄수라는 신분을 짊어지고 비로소 내가 『죽음의 집의 기록』의 진가를 알았고, 그 작품이 얼마나 진실되게 씌어진 것인가를 깨달았다는 것. 그 깨달음이 어떻다는 것이 아니다. 그러나 그것은 나에게 과거와 현재를 연결지어 준 이 공간 속에서 나를 바라보게 하고 나대로의 진실을 다시금 생각하게 한 것이다. 전쟁, 죽음, 기아, 사랑, 대부분의 사람들이 겪어야 하는 이러한 인간사를 나도 이제 웬만큼 겪은 셈이다. 사람도 죽었고, 죄수라는 이름도 붙게 되었으니 이만하면 막다른 골목까지 온 셈이다. 그러나 내 생명이 있는 한 나는 나에 대하여 거짓으로 살아가지는 않으리라. 이 속에서도 내가 절망하지 않고 삶을 의식하는 이상 여하한 고난도 내 마음의 생장生長을 막지는 못하리라. 나는 확실히 이곳에 와서 내가 지닌 거죽을 한 꺼풀 벗었다. 오만과 묵살과 하찮은 지혜에 싸였던 한 꺼풀의 옷을 벗어던졌다. 이제 인간의 비극이 내 머릿속에 있는 추리의 세계가 아니요, 내 말초신경의 진동도 아니다. 내 피부에, 내 심장에 불행한 인간들은 다정한 친구처럼 자리하고 있는 것이다.

이곳 주민들의 범죄의 동기는 거의 다 애정 문제가 아니면 빈곤에서 이루어지고 있다. 거기엔 사회라는 공동 기구 속에서 혜택을 받지 못한, 또는 박해를 받은 조건이 반드시 개재되는 것이다. 그들의 범죄 사실에는 어느 뜻에서는 엄밀한 선악의 기준이 성립될 수 없다. 사회질서나 사회의 규범을 떠나 순수한 인간의 마음이라는 고향에서 선악의 기준을 세워볼 때, 작은 반항과 계산이 서투른 이성, 그것은 무지의 죄다. 누군가 무지는 죄악이라 말한 것처럼. 나도 계산기의 고장으로 최 강사를 죽였다. 그 순간 나의 교활한 삶의 질서는 반항심과 미움에 맹목이 되었던 것이다. 마음의 고향에서 정말 선악의 기준을 세워본다면 더 간악하고, 더 악랄하고, 그러나 그들은 정묘한 계산에 움직이며 궤도에서 결코 벗어나지 않기 때문에 선량한 시민으로, 질서인으로 삶을 향유하는 것이다. 그런 사람이 최 강사 같은 사람이다. 내가 최 강사의 죽음에 대하여 회오나 동정의 눈물이 없는 것은 그 때문이다.

크리스마스를 며칠 앞둔, 그러니까 만 1년 만에 나는 가석방이 되었다. 6개월의 형기를 남겨두고.

바깥바람은 살을 엘 듯 차가웠지만 상쾌한 바람이었다. 나를 맞이해줄 자동차가 형무소 문전에 대기하고 있었다. 기뻤다. 상현 씨가 왔건 김 선생이 왔건 누구라도 좋았다. 그러나 내 모습을 보고 쫓아온 사람은 상현 씨였다. 그는 아무 말도 하지 않고 얼어서 딱딱해진 내 손을 꼭 쥐어주었다. 따뜻한 체온이 순조롭게 전해왔다. 자동차에 오른다. 서로 할 말도 없었거니와 말을 할 필요도 없었다. 자동차는 형무소를 떠났다. 한참 후에 상현 씨는 담배를 꺼내었다. 그리고 웬일인지 불을 붙여서 나에게 권했다. 나는 그 담배를 받아 한두 번 빨다가 그만 비스듬히 쓰러지고 말았다. 몹시 어지러웠다.

"환규도 올려고 했는데 웬일인지 안 오는군요."

처음으로 듣는 그의 목소리, 부드럽게 흘러들어 온다. 나는 담배를 버리고 불빛 아래 흔들리고 있는 그의 얼굴을 주시했다. 불빛 때문만도 아닌 성싶다. 그의 얼굴은 몹시 창백했다. 미간에는 깊은 줄이 그어져 있었다.

"여러 분께 너무 신셀 졌어요."

상현 씨는 아무 말도 하지 않았다.

자동차는 이화동 거리를 질주하고 있었다. 낯익은 거리, 나의 젊음이 가로수마다 새겨진 거리— 그러나 일면 그런 추억에 앞서 한시라도 집에 빨리 가고 싶었다. 가서 훈아를 안고 싶었다. 그러나 무섭다, 훈아를 대하는 일이. 훈아는 어떤 눈으로 나를 대할 것인가. 자동차는 삼선교에서 성북동 쪽으로 돌아간다.

"성북동으로 옮겼군요."

나는 그렇게 물었지만 상현 씨는 아무 대답도 하지 않았다. 대답을 하지 않을 뿐만 아니라 나를 외면하는 것이었다. 어느 집 앞에까지 와서 상현 씨는 자동차를 멎게 했다. 길 위에 내려섰다. 상현 씨는 아까 형무소 앞에서처럼 내 손을 꼭 쥐었다. 그리고 내 이마 위에 흘러내린 머리칼을 한 손으로 쓸어 넘겨주더니 아무 말도 하지 않고 돌아선다. 그리고 자동차에 오르더니 오던 길로 돌아가는 것이었다.

열려 있는 문을 기웃거려보았다. 그리고 문패를 찾아보았다. 어머니의 이름이 씌어 있는 문패가 나붙어 있었다. 문 안으로 들어갔다. 심한 현기증이 일어난다. 너무나 고요하다. 그러나 내 눈에 어머니의 모습이 비쳤다. 어머니는 문 안에 한 그루서 있는 나지막한 나무 아래 쪼그리고 앉아 있었다. 아무 말도 없이.

"어머니!"

"……."

"어머니!"

어머니는 나뭇가쟁이를 휘어잡고 몸을 뒤로 젖히면서 울음을 터뜨렸다. 나도 울었다, 어머니를 안고.

겨우 울음을 거두고 연신 통곡을 하고 있는 어머니를 끌어 일으켰다.

"어머니, 훈아는? 훈아는 어디 갔어요?"

어머니는 나뭇가쟁이를 잡아 뜯으며 몸을 흔들었다.

"후, 훈아는 어디 갔어요? 어머니!"

어머니의 어깨를 마구 흔들었다.

"훈아는 죽었다!"

37

석 달 동안 나는 자리에서 일어나지 못했다. 바깥 거리에는 봄도 찾아온 모양으로 환희에 찬 새소리, 사람들의 웃음소리가 들려왔다. 그러나 내가 누운 방 안에는 죽음과 같은 침묵이 있을 뿐이다. 동작이 없는 인형이 벽을 보고 누워 있을 뿐이다. 봄비가 부슬부슬 내리는 날이면 인형은 죽은 망령들의 암담한 중얼거림을 듣는다. 먼지같이 비가 내리는 묘지 근방을 헤매는 망령들의 모습을 본다.

어린 내 딸, 엄마를 부르며 그리며 죽어간 내 훈아, 엄마를 닮은 여자라도 보고 자동차 밑에 깔려 죽었는지도 모를 가엾은 내 훈아, 나는 살아 있다. 왜 살아 있는지 도시 이상한 노릇이다.

아침이면 현기는 책가방을 끼고 와서 나에게 인사하는 것을 잊지 않았다. 어머니의 말이 현기는 아주 착해졌다는 것이다. 현기는 벌써 고등학교 3학년이 되었다. 현기는 뒷모습을 보이며 학교에 가건만 훈아는 책가방을 메고 외삼촌을 따라가지 않는다. 방 안을 아무리 둘러보아도 훈아는 없고 귀를 기울여보아도 훈아는 밖에도 있지 않았다. 도대체 그럼 훈아는 어디로 갔을까? 훈아는 죽었다. 자동차에 치여서 죽었다.

봄은 가버리고 여름이 왔다. 나는 미친년처럼 거리를 쏘다녔다. 쏘다니고 난 밤이면 내 마음에는 보다 큰 구멍이 뚫어져 걷잡을 수 없는 어둠을 보내야 했다. 김 선생은 나에게 춤을 배워보라고 했다. 춤을 배워보았다. 홀에도 나가보았다. 영화관에도 가보았다. 바에도 가보고. 그러나 그러한 나는 얼마나 징그러운 동물인가. 그래도 날이 밝아오면 어디로든지 쏘다니지 않고는 견디어 배길 수가 없다. 어느 날 밤에도 나는 상현 씨하고 홀에 나가 춤을 추었다. 밴드의 시끄러운 음악에 따라 훈아의 목소리가 울려 나온다. 나는 미친 듯이 춤을 추다가 상현 씨를 떠밀어버리고 밖으로 뛰쳐나왔다. 남산으로 기어올라 가서 울었다. 나를 따라 나온 상현 씨는 멀찌감치 서서 내 울음이 멎어지기를 기다려주었다. 그러한 밤이면 나는 스탠드바에 들어가 온통 몸에 술이 배도록 마시고는 집으로 돌아온다.

내가 언제 상현 씨를 사랑했던가. 기억조차 희미해지는 밤이 그렇게 되풀이되는 것이다. 누구의 호주머니 속에서 돈이 나와 이러한 내 생활이 지탱되는지 알 바 없다. 이미 염치와 체면도 헤아릴 줄 모르는 인간이 되어버렸다. 연애? 사람을 사랑한다? 쑥스러운 일이다. 영혼? 생명? 무엇이 대단한가. 치사스러운 본능일 뿐이지.

어느 날 김 선생을 다방에서 만났다. 김 선생은,

"결혼을 하세요, 결혼을. 상현이하고 결혼을 해요."

나는 김 선생의 말이 떨어지기도 전에 크게 소리를 내어 웃었다. 김 선생은 잠자코 내 웃는 소리를 듣고 있었다.

"뜻밖이군요, 김 선생님."

웃음에 느끼다가 기침이 쏟아져 나왔다.

"그래야 됩니다. 어렵게 깊이 생각지 마세요. 연애나 결혼이나 죽음을……."

"어렵게 생각지 말라면서 왜 그리 심각한 얼굴을 하세요?"

김 선생은 내 말은 들은 척도 하지 않고 자기 할 말만 한다.

"누구나 다 몇만 년을 살지 못합니다. 속된 말이지만 사람은 늙으나 젊으나 죽어갈 수밖에 없지요. 사람은 살아 있는 동안에도 각각 떨어져서 떠내려가는 외로운 섬[島]들입니다. 어렵게 생각지 마십시오. 사람의 인연이란 혈육이건 혹은 남이건 섬과 섬 사이의 거리, 그러한 원근에 지나지 못합니다. 내 것이란 있을 수 없습니다. 모두가 다 외롭게 떠내려가야 하는 섬입니다. 이제는 이런 말을 할 수 있는 시기가 아닐까요? 현회 씨도 마구 흐트러진 감정을 주워 모아 정리를 해야 합니다. 지난날의 현회 씨는 누구보다도 객관적인 여성이었어요. 그렇게 값싸게 자기를 내던지는 여성은 아니었어요."

"그랬죠. 비싸게 굴다가 최 강사를 죽였고 자식도 죽이지 않았습니까."

김 선생은 우두커니 나를 쳐다보았다.

"자신을 그렇게 학대하지 마세요. 정신상 비위생적인 일입니다. 잠자코 상현이와 결혼하셔야 합니다."

"그런 말씀 저 앞에서 하심 안 돼요. 티끌만치의 인연도 이젠 맺고 싶지 않아요. 정말 구역이 나도록 인간이 싫어요."

"인연을 무서워하는 것은 비겁한 것입니다. 복수는 단수의 두 갭니다. 두 개가 결코 단수로 될 순 없어요. 그러니까 언제인가는 반드시 이별할 수밖에 없지요. 두 개를 하나로 만들려는 곳에 비극이 있고 인간의 어리석은 고민이 있습니다. 죽은 아이도 하나였기에 혼자 가지 않았습니까? 인연은 대단한 게 아니에요. 인연이나 이별을 조용히 받아들이세요."

"좋은 말씀입니다. 그렇지만 아무리 이치에 닿는 말씀이라도 계산을 할 두뇌를 잃은 사람에겐 효력이 없어요. 그냥 내버려두세요."

"안 되죠. 인생에 있어서 계산을 잃어서는 안 되죠. 생활을 포기하는 짓입니다. 자기 자신을 버릴 수밖에 없다는 말이에요."

"그럼 떠내려가는 섬은 계산을 하고 방향을 잡는가요?"

"그렇죠. 섬은 한자리에 있는 섬이 아닙니다. 표류도니까요. 움직이니까요. 죽음 바로 직전까지 섬은 자기의 의지대로 움직여야 합니다. 현회 씨, 움직여서 상현이 옆으로 가십시오. 나는 여태껏 당신네들의 연애를 불건강한 짓이라 생각했습니다. 지금도 그렇게 생각하고 있는지도 모르죠. 그러나 이대로 간다면 현회 씨는 자신을 썩혀 버립니다. 움직여야 합니다. 자신의 의사대로……."

"그것도 계산을 하시고 하는 말씀이세요?"

"네, 그렇습니다. 현회 씨를 위하여 계산을 해보았습니다."

"왜 저를 위하세요?"

나는 짓궂게 대들 듯이 물었다.

"내 가까이 떠내려가는 섬이니까, 정신적으로도 사실적으로도……."

"고맙습니다. 그렇지만 옛날에는 자신의 의지로써 상현 씨와 결혼해서는 안 된다고 생각했어요. 지금은 불행하게도 감정으로써 그것이 싫은 거예요, 그것뿐이에요. 저한테 강요하진 마세요."

"현회 씨는 그럼 정신병원에서 목을 매어 죽은 광희와 같은 천치가 되렵니까? 현회 씨의 요즘의 모습은 그 광희의 모습을 연상케 합니다."

그랬었지. 광희는 정신병원에서 자기의 목을 졸라 죽었다고 했었지. 그러나 그것이 나에게 무슨 본보기며 교훈의 재료가 되는가.

"주고받는 이야기가 꼭 연극의 대사 같군요."

조롱하고 싶었다. 왜 그런지 조롱하고 싶었다. 나에게도 남에게도 광희의 죽음에 대해서도.

"원체 언어의 본질은 연극적인 것이 아니던가요?"

김 선생은 흥분도 하지 않고 넘겨짚듯 말했다.

"충고나 권유는 다 그만두세요. 전 남이 길을 찾아주는 것을 기다릴 바보는 아직 아니에요. 제 스스로가 찾겠어요. 찾다가 저를 못 찾으면 광희처럼 될 수도 있겠죠."

우리는 일단 말을 끊고 헤어졌다. 김 선생과 헤어진 후에 나는 상현 씨를 여러 번 만났다. 그를 만난다는 것은 내가 밖으로 쏘다녀야 하는 마음의 폭풍의 한 부산물에 지나지 않았다. 내마음에는 다시 감미로운 꿈이나 애정이 일지 않았다. 그러한 냉각된 분위기를 서로 잘 알면서도 하나의 타성처럼 만나고 헤어진다.

늦은 여름 우두커니 마루에 나와 앉아 있는데 상현 씨가 집으로 찾아왔다. 그는 할 얘기가 있으니 밖에 좀 나가자고 했다. 나는 잠자코 따라나섰다. 그는 삼선교까지 나와서 자동차를 하나 잡더니 뚝섬으로 가자고 운전수한테 말했다. 나는 비스듬히 기대어 머리를 눕히며 눈을 감았다. 가는 곳이 어디건 나하고는 상관이 없다. 하늘 끝까지 간대도 나는 아무런 의미를 느끼지 못했을 것이니까.

뚝섬에 가서 자동차를 버렸을 때 사방은 어둑어둑했다. 모래밭으로 내려가서 다리를 뻗고 앉았다. 맞은편의 부드러운 산허리 위에 청남색 하늘이 천연색 영화의 한 컷처럼 선명함을 이루고 있었다. 상현 씨는 호주머니 속에서 양주병을 꺼내 뚜껑을 열고 뚜껑에다 술을 부어 마신다. 나는 하늘을 바라보고 있었고, 그는 여전히 술을 마시고 있었다. 바람 소리는 강물을 타고 와선 숲을 타고 가버린다.

"현회 씨!"

돌아보았다.

"현회 씨는 나하고 결혼하든지, 환규하고 결혼을 하든지 둘 중에 하나로 결정하시오."

상현 씨는 말을 마치자 비어버린 술병을 들어 강을 향하여 던졌다.

"명령이에요?"

"명령입니다."

"거절합니다."

"그럼 현회는 죽을 수밖에 없어."

"김 선생하고 꼭 같은 말씀을 하시는군요. 의논을 하셨어요?"

나는 두 다리를 모아 그 위에 턱을 괴고 내 시선으로 청남색 하늘의 어느 곳을 뚫었다.

"동정도 이제 끝날 때가 됐으니까 아무 말씀 마시고 가세요. 선생님의 순수한 인간성에는 전혀 배반이 없었으니까. 선생님은 극진히 저를 위해주셨어요."

"동정이 아니야, 애정이다."

상현 씨는 울분을 느끼듯 양손으로 골을 짚었다.

"애정이겠죠. 그러나 선생님은 원래가 휴머니스트예요. 애정이겠지요. 그러나 선생님은 자기의 인간성에 대한 신뢰 때문에 더 많이 고민하고 모색했을 거예요. 그렇지만 선생님은 크라이스트처럼 위대한 휴머니스트는 아니었을 거예요. 저 역시 그런 위대한 애정보다 인간적인 애정을 바랐어요. 옛날에는, 선생님으로부터 그런 애정을 실컷 받았어요. 그런데 지금은 그런 애정조차 저는 바라지 않습니다. 더 솔직히 말하면 전 이제 사람을 사랑하기가 싫어요. 그것뿐이에요. 제가 불행한 것은 조금도 선생님의 탓이 아닙니다. 책임을 지실 필요는 없어요."

"그럼, 그럼 나는 어쩌라는 거요, 현회는!"

상현 씨는 고개를 번쩍 쳐들었다. 술 냄새가 확 풍겨온다.

"내버리고 가세요. 저를 버리란 말이에요. 조금도 대단한 일은 아니에요. 저는 두 사람 중에 누구를 선택하지 않아도 살아갈 수 있어요. 태양이 있는 한 인종은 살아가게 마련이지요. 어디 불행한 사람이 저 혼자뿐이겠어요?"

상현 씨는 담배에다 불을 붙인다. 어둠 속에 담뱃불이 그의 얼굴을 비춰준다.

"나는 현회의 대답 여하에 따라 떠나든지 머물든지 양단간 결정을 내리려고 했었소."

"어디로 떠나시려고요?"

"서구 쪽으로."

"……"

"저널리스트로서 자신이 없어졌소. 이제 붓을 꺾어야겠소. 현회하고 시골로 도피 생활을 하든지 그렇지 않으면, 현회가 끝내 나를 거절한다면 멀리 가버릴려고 생각하고 있소."

"그곳에 가셔선 무얼 하시게요?"

"공부나 할까…… 무얼 하겠어요?"

"잘 생각하셨어요."

그렇게 말하기는 했으나 내 마음은 냉정할 수 없었다. 나는 손가락을 꼬아 쥐고 비틀었다. 상현 씨는 모래 위에 담배를 내던졌다. 불꽃이 어둠 속에 튕긴다. 그는 안경을 벗어 손수건으로 몇 번이나 닦더니 도로 쓴다.

"현회의 불행 앞에서 나는 다만 이렇게 무력하게 바라만 보고 있을 수밖에 없단 말인가, 정말로!"

그의 목소리는 깊은 고뇌에 싸여 있었다.

"모든 사람은 다 남의 불행에는 무력할 수밖에 없어요."

눈물이 쏟아졌다. 그는 나를 포옹했다. 그리고 나와 같이 울음소리를 죽이며 우는 것이었다. 내 볼을 비비는 그의 얼굴에서 뜨거운 눈물이 내 얼굴로 흘러내렸다.

"불쌍한 현회, 당신의 고통을 조금이라도 덜어줄 수 있다면 나는 무슨 짓이라도 하겠어. 왜 현회는 이렇게 불행해야 한단 말이오."

내 어깨를 흔들어주며 그는 흐느꼈다. 나도 흐느껴 울었다.

그의 눈물은 나의 불행에 쏟아지는 것이며, 동시에 그의 눈물은 모든 불행한 사람에게 흘려지는 순수한 인간의 눈물이다.

38

상현 씨가 떠나던 날은 언젠가 그가 미국으로 떠나던 그날과 같이 비가 내렸다. 나는 그와의 마지막 결별을 위하여 그의 부인과의 따분한 대면을 무릅쓰고 비행장에 나갔다. 그러나 환송객이 가지각색의 우산을 받고 모여들어 혼잡을 이루고 있는 비행장에는 상현 씨를 위해 나온 사람이라곤 김 선생과 나뿐이었다. 그의 부인의 모습은 보이지 않았다.

비행기가 뜨기 전에 그는 나에게 악수를 청했다. 그리고 잘 있으라고 했다. 김 선생에게는 다만 어깨를 한 번 치고 돌아서는 것이었다. 승강구에서 잠시 그는 돌아보며 손을 흔들었다. 나는 우산으로 얼굴을 가려 비행기가 뜨는 순간을 보지 않았다.

상현 씨가 떠난 후의 내 신변에는 한층 냉바람이 감돌았다. 나는 거리로 쏘다니는 대신 집 안에 들어앉아서 무엇이고 일거리를 찾았다. 없는 일이라도 찾아내서 몸을 움직여야만 숨을 쉴 수 있을 것만 같았다.

말수가 적어진 어머니는 어느 날 이런 말을 했다.

"나도 머지않아 죽을란가 봐. 뜻밖에 경수經水가 있구나. 10년 전에 없어진 것이 웬일인지……. 살았는가 죽었는가 알아보러 온 모양이지? 전에 할머니도 그런 말씀을 하시더니 이듬해 돌아가셨지. 그리고 감나무골 영순 아주머니도 그랬었지. 일흔 살에 경수가 돌아왔다잖아? 그러더니 그분도 이내 돌아가셨어."

나는 어머니의 얼굴을 멍하니 쳐다보았다. 어머니의 입버릇처럼 기박한 생애다. 무엇을 하고 살았단 말인가. 무슨 낙으로 살았단 말인가. 나는 한숨을 쉬고 얼굴을 돌렸다. 차례차례 내 옆에서 사람은 떠나버린다. 낙엽처럼 가버린다. 그리고 나도 갈 것이다.

남대문시장에서 장사를 하고 있는 상주댁을 찾아간 것은 며칠 뒤의 일이다. 우선 나는 그곳에 장소를 하나 얻을 생각을 했던 것이다. 벌써 가을에 접어들어 시기는 늦었지만 형무소에서 손에 익은 저고리 제품을 해볼 작정이었던 것이다. 그러나 누구를 위해서, 누구를 먹여 살리기 위해서 내가 악머구리같이 날뛰어야 하는가. 그런 것은 그러나 생각하지 않기로 하자. 어머니를 위해서, 현기를 위해서, 그보다 내 자신을 위해서. 그러나 석연치 않다. 징그럽기만 하다. 산다는 것이 치사스럽고 징그럽기만 하다.

상주댁의 알선으로 조그마한 장소를 하나 얻었다. 추석이 앞으로 보름 남아 있었기에 이내 일을 시작했다. 당장 굶어 죽을 처지는 아니었지만 어쨌든 일을 서둘렀다. 일에 열중하고 바쁘게 시간을 보낸다는 것은 지금의 나에게는 환영할 만한 일이다. 수입이 많아져서 가족을 편하게 할 수 있다는 이유에서보다 나를 잊어버리게 하는 이유로써 환영할 만한 일이 아니겠는가. 물건이 팔리건 안 팔리건 주문이 들어오건 안 들어오건 나는 종일토록 미싱을 밟는다. 피로하면 피로할수록, 현기증을 느끼면 느낄수록, 얼굴이 창백해지면 창백해질수록 나는 육체의 고통에 쾌감을 느낀다. 마치 육체의 고통이 정신 고통에 승리라도 한 것처럼 육체의 고통을 쾌락하는 것이다. 때로는 내가 바깥세상에 있다는 사실을 잊어버리는 순간도 있다. 감옥 속의 그 작업장에서 내가 미싱을 밟고 있다는 착각 속에 있는 일이 있다. 차라리 그 순간이 행복하다. 이렇게 내 육신을 학대하고 있는 것은 일종의 자연사를 내가 기다리고 있는 때문이 아닐까? 염

라대왕이여, 잡아가려면 나도 어디 한번 잡아가 보라는 배포였는지도 모른다. 이제 내게는 운명신한테 애소할 아무런 내 것도 없다. 바람도 없다. 지금의 나로부터 빼앗아 갈 것이 무엇이냐. 생명이 있다. 그러나 마음대로 하라. 나는 증오의 웃음으로 대하여주마.

내가 지금 하고 있는 일은 거리로 미친년처럼 쏘다니던 일과 마찬가지다. 홀이나 영화관으로 쫓아다니던 그 일과 마찬가지다. 다른 이유도 뜻도 없다.

김 선생은 시장 안에 있는 도매 책방에 가끔 들른다. 거래상 오는 모양이다. 그 책방에 들르는 김에 김 선생은 나를 찾아본다. 아무튼 그는 그의 말대로 현재 떠내려가고 있는 현희라는 섬 옆에 가장 가까운 거리를 두고 떠내려가는 섬이다. 그는 극히 소모적인 내 직업에 대하여 처음부터 불찬성이었다. 그러나 집에 틀어박혀 고민하는 것보다는 낫다고 했다. 그러나 무모한 나의 노동의 강행은 정신적인 고통에 못지않게 내 육체를 좀먹어갔다. 김 선생은 말하기를 방법만 다르다 뿐이지 자기 자신을 썩게 하는 결과는 광희와 조금도 다를 바 없다는 것이다. 그리고 그것은 가장 약하고 소심하고 비겁한 자가 취하는 행동이라 했다.

"약자라구요? 그럼 어디 얼마나 강한 자가 있는지 구경이나 합시다."

나는 퉁명스럽게 대답하며 여전히 미싱을 밟았다.

"구경시켜 드리죠. 바로 현회 씨 앞에 앉아 있는 김환규는 강한 인간입니다. 죽는 날까지 환규는 자신을 버리지 않을 테니까요."

나는 고개를 들어 걸터앉아 있는 그를 멍하니 쳐다보았다. 곧은 콧날과 광대뼈가 불거진 검은 얼굴, 눈이 맑고 깊지 않았던들 험상궂은 얼굴이었을 것이다.

"산다는 것만은 확실하고, 확실한 기간 동안 자기를 낭비하지 않는다는 것은 물리적으로도 강한 에너지가 될 수 있거든요."

하고는 씩 웃는다. 소박한 웃음이다. 나도 따라서 쓴웃음을 웃었다.

김 선생이 그런 말을 하고 간 뒤 며칠이 못 되어 나는 기어이 쓰러지고 말았다. 빈혈을 일으켰던 것이다. 병원에서 일주일을 보냈다. 나는 침대에 누워 내가 살아 있는가를 의심해보는 일이 많다. 꿈의 연속과 같은 죽음의 세계인지도 모른다는 생각이 드는 것이다. 그러면 나는 손을 들어 햇빛 있는 쪽으로 비춰본다. 보들레르가 말년에 어느 자선병원에서 태양에다 손을 비춰보았다는 얘기가 있지만, 나도 그렇게 해보는 것이다. 정맥이 드러난 야윈 손, 펴보고 오므려본다. 그러고 있노라면 내가 아직 살아 있다는 생각이 들기 시작한다. 그 사실은 나를 안심시켜 주는 것이 된다. 앓는 동안 나에게 희미하나마 정신적인 어느 변화가 온 모양이다. 그 사실은 또한 나를 당황케 했다.

웬만큼 몸이 회복되었다. 어느 날 아침 침대에 일어나 앉아 어머니한테 거울을 좀 달라고 부탁했다. 거울을 들고 자세자세 내 얼굴을 들여다보았다. 핏기 한 점 없이 하얗게 바래진 입술, 빛을 잃은 눈동자, 창백하게 야윈 볼, 이제 남은 것은 이 처참한 얼굴이다. 가슴에선 지금도 고동을 치고 있다. 살아 있다. 뿐만 아니라 열어놓은 병실 창문에서 상큼한 풀 냄새가 엷은 바람을 타고 와서 내 콧가에 닿는다. 밖에는 햇볕이, 가을의 햇볕이 다사롭게 넓은 잔디 위에 깔려 있다. 그러고 보니 지금은 아침인가 보다.

어릴 적에 바다에 간 일이 있었다. 그때는 썰물 때였었다. 해안과 멀리 떨어진 곳에 섬이 하나 있었다. 그 섬은 썰물 때면 섬이 되어 나타나고, 들물 때는 바닷속에 잠겨버리는 바위였다. 사촌 오빠가 보트에 나를 실어다 그곳에 내려주었다. 거기에는 굴이랑 소라랑 조그마한 전복이 풍성하게 붙어 있었다. 오빠는 나를 내려놓고 고기를 낚는다 하며 다른 곳으로 보트를 저으며 가버렸다. 나는 풍성한 굴이랑 소라에 눈이 팔려 한때 정신없이 지냈다. 해는 서산에 넘어가고 여광이 바다를 붉게 물들여주고 있었다. 바위는 차츰차츰 물속에 잠기기 시작했다. 어느새 들물 때가 된 것이다. 나는 겁이 났다. 오빠가 빨리 와주지 않는다면 속절없이 나는 죽는다고 생각했던 것이다. 나는 바위 꼭두머리에 기어 올라가서 소리를 지르고 울었으나 내 울음소리를 파도 소리가 지워버리곤 했다. 마침 사촌 오빠는 끼익끼익

노 젓는 소리를 내며 다가왔다. 오빠는 울고 있는 나를 보자,

"바보야, 오빠가 혼자 달아났을까 봐?"

오빠는 보트를 바싹 붙이면서 웃었다. 나는 보트에 뛰어오른 뒤 미친개처럼 오빠의 팔을 물어버리고 왕! 소리를 지르며 안심의 울음을 터뜨렸던 것이다. 황혼의 바다는 말없이 넘실거리고, 하늘에는 온통 붉은빛으로 된 구름이 어디론지 몰려가고 있었다. 무척 어릴 때의 일이다.

무슨 연관에서 그런 생각을 했는지 알 수 없다. 나는 아마도 살고 싶었던 모양이다. 머리를 쓸어넘겼다.

정오 사이렌이 불고 난 뒤 김 선생이 왔다. 어머니는 웃으며 그를 맞이했다. 그리고 난 뒤 김 선생이 오신 김에 잠깐 집에 다녀와야겠다고 하면서 어머니는 바삐 나가는 것이었다.

"많이 좋아졌군요."

나는 양손으로 볼을 싸면서 그의 눈을 쳐다보았다. 그는 플라스마를 탁자 위에 놓았다.

"하나쯤 더 맞아보세요."

그의 말에는 대답도 하지 않고 나는 엉뚱스러운 말을 했다.

"김 선생님! 제가 선생님하고 결혼하고 싶다면 받아주시겠어요?"

그는 움직이지 않았다.

"어떻게 그런 생각을 하셨습니까?"

숱이 짙은 눈썹을 약간 치올린다.

"사람은 각기 떠내려가는 섬이라 하셨죠?"

그의 물음과는 상관없이 나는 나대로 지껄였다.

"우린 지금 가장 가까운 거리에서 떠내려가고 있지 않아요?"

"……."

"같이 떠내려가다가 저의 섬이 물속에 잠겨버리면 선생님의 섬은 그대로 떠내려가죠? 그리고 선생님의 섬도 결국엔 물속에 잠겨버리는 거죠?"

김 선생은 의자를 침대 가까이 끌어당겨 앉는다.

"그런 말을 하면 안 됩니다. 물론 몸이 약해지니 신경도 약해져서 하는 말이겠지만 종결을 미리 생각할 필요는 없어요."

"훈아처럼 결국엔 모두 물속에 잠겨버리는군요."

나는 천장을 쳐다보며 혼자 중얼거렸다.

"생각이 나겠지만 잊어버리시오. 황폐한 땅에 새로 집을 짓듯이 현회 씨는 또 어린애를 낳을 것입니다."

나는 솟구치듯이 자리에서 뛰었다. 그리고 김 선생의 소맷자락을 획 잡아 젖혔다.

"웬 말이에요! 무슨 말을 그렇게 하세요! 아이를 낳다니요? 죽었으면 죽었지 제가 아이를 낳을 줄 아세요? 제가 낳지 않아도 세상에는 온통 아이들투성이예요. 왜 제가 아일 낳습니까? 제발 그런 말씀일랑 하지도 마세요. 무서워요. 무서워요! 사람의 인연이 무서워요!"

마치 미친 여자처럼 침대에 엎드려 엉엉 울어버렸다. 김 선생은 흥분하면 못쓴다고 하면서 나를 안아 일으켰다.

"차차 잊어버릴 겁니다. 자, 그만, 그만하세요."

"잊어버리지 않겠어요. 언제나 생각나게 하겠어요. 그것은 애정의 의무예요."

나는 김 선생 팔 위에 머리를 얹고 흐느껴 울었다. 김 선생의 빳빳한 팔이 나를 떠밀고 일어선다. 그는 창가로 걸어가서 뒷모습을 보이며 우두커니 선다. 그는 담배를 피워 물고 오랫동안 그렇게 서 있었다. 완강한 어깨 위에 가을 햇빛이 걸려 있었다. 나는 눈물을 닦고 그를 불렀다. 그는 대답도 하지 않았고 움직이지도 않았다. 나는 그의 침묵이 무서웠다. 그가 지금 당장에라도 이 병실로부터 뚜벅뚜벅 걸어 나가버릴 것만 같았다.

"선생님!"

겨우 그는 담배를 창밖에 던지고 내게로 왔다. 나는 눈이 부신 듯 그를 바라보며,

"왜 그러셨어요? 노하셨군요."

의자에 도로 주저앉은 그는,

"애정의 의무라구요? 현회 씨는 물론 상현이를 잊지 않을 겁니다. 그러나 나같이 심장이 질긴 놈도 그 말은 고통이 됩니다. 감정만이라면 다른 남자를 사랑하는 여자하고 결별하는 것이 옳겠죠. 그러나 제가 사는 신조는 의집니다. 상현이는 연인일 수 있는 사내지만 환규는 남편일 수 있는 사냅니다."

"상현 씨에 대한 것, 그건 오해예요."

"오해라면 다행한 일이죠."

"상현 씨를 사랑했습니다. 그러나 그분을 잊고 싶어요. 잊지 않겠다는 것은 아이 일일 뿐이에요."

김 선생은 한참 동안 나를 쳐다보고 있다가,

"여자가 슬픔에 젖어 있다는 것은 애처롭고 아름다운 일입니다. 그러나 그러한 여자를 존경할 수는 없어요. 못난 사람은 슬픔 속에서 패배하지만 올바른 사람은 오히려 슬픔 속에서 보다 강한 자기의 개성을 만듭니다. 설교를 한다고 생각하겠지만 지금의 현회 씨에게는 설교가 좀 필요할 것 같습니다. 현회 씨는 옛날에 양말장수를 하고 밤을 새워 번역을 하고 그러면서도 희망과 자부심을 가지고 대학동 거리를 거닐던 그 시절로 돌아가셔야만 합니다. 반발을 잊지 마세요, 슬픔이 크면 클수록, 괴로움이 크면 클수록 그 반발은 커야 할 것입니다. 찬수는 그 반발력이 없어서 죽었습니다. 그는 어쨌든 패배자였습니다. 현회 씨가 나하고 결혼을 하겠다는 것도, 또 내가 현회 씨를 원하고 있다는 것도 우리들에게 공통점이 있는 때문입니다. 애정보다 마음이 맞다는 것, 생각이 같다는 것, 헤치고 나갈 세계가 같다는 것, 그런 점이 둘을 결합시켜 줄 것입니다. 상현이는 감정의 대상이요, 찬수는 지성의 대상이요, 환규는 의지의 대상입니다. 의지는 마지막의 인간의 가능성입니다. 우리는 의지의 세계를 위하여 노력해야 할 것입니다. 애정이나 일이나 죽음까지도 극복해야 할 것입니다."

김 선생은 정맥이 내비치는 가는 내 손목을 잡고 말을 계속하고 있었다. 그러나 그의 말의 반은 귀에 들어오고 반은 흘러가 버린다.

병실의 침대 밑 마룻장에는 마치 생명의 여백처럼 햇빛이 절반쯤 깔려 있었다. 결혼할 것을 내 스스로 제안해놓고서 마음은 지금 어느 허공을 헤매고 있는 것일까? 조금 전만 해도 나는 김 선생이 나를 버리고 병실로부터 그만 나가버릴 것만 같아서 공포를 느끼지 않았던가. 그러나 나는 지금 광대뼈가 불거진 이 사나이를 거의 무심히 바라보고 있는 것이다. 전연 알지 못했던 사람처럼 그저 덤덤히 바라만 본다. 어쩌면 나는 나 혼자 표류하는 일을 더 많이 생각하고 있는지도 모른다. 절박하고 처절한 고독을 더 많이 더 정직하게 받아들이고자 하는 것인지도 모른다.

'안 된다! 안 된다!'

나는 강인한 채찍으로 내 마음을 후려쳤다. 나를 현실에 적응시켜야 한다. 내 생명이 있기 위하여 나를 변혁시켜야 한다. 겨울이 와 산야에 흰 눈이 덮이게 되면 털이 하얗게 변하고, 여름이 와서 숲이 우거지면 나무껍질처럼 털이 다갈색으로 변하는 토끼라는 짐승의 생리를 나는 닮아가야 한다. 얼마나 많은 인간들이 얼마나 유구한 세월을 두고 인간과 자연 속에서 그 끈질긴 싸움을 해왔던가. 끊임없이 자기를 변혁하고 현실에 적응해가며 생명을 지탱해오지 않았던가.

"우리는 사는 것을 생각해야 합니다. 주변의 죽음보다 자기 자신의 일이 더 절실한 문제입니다. 일은 산다는 뜻이요, 사람은 움직이는 섬입니다. 지금도 우리는 떠내려가고 있습니다. 현회 씨, 울지만 말고 정신을 차리시오. 정말 언제까지나 이러고만 있다면 나는 혼자 떠내려가야 합니다. 아시겠어요?"

나는 나도 모르게 고개를 끄덕이고 있었다. 그는 손수건을 꺼내어 땀을 닦으며 이렇게 심각한 설교를 해본 일이 없다면서 빙그레 웃었다. 그 웃음의 얼굴을 나는 흑백으로 엇갈리는 내 마음의 광선 속에서 바라보다가 눈을 감았다.

작품 해설

외부의 폭력에 대응하는
내부의 저항 논리

김미향(문학평론가)

1. 감성과 지성이 아닌 의지를 선택하는 삶

1959년 11월 20일, 박경리는 현대문학사에서 장편소설『표류도(漂流島)』를 첫 창작집으로 출간한다. 특히 초판은 이봉상(李鳳商) 화백의 표지화와 면지화, 천경자(千鏡子) 화백과의 권두화가 있고, 교정까지 박재삼(朴在森) 시인이 보는 등 꽤 멋스럽게 공을 많이 들여 간행했다. 작가는 이 창작집 「서(序)」에서 "《현대문학》지에 연재되었던『표류도』가 처녀 출판"이라면서, "문단에 나온 지 5년이 채 못 되는 나로서 외람(猥濫)됨과 요행(僥倖)을 함께 느끼게 된다"라고 말한다. 작가가 '외람'되다며 겸손을 표하면서 출간했던 첫 창작집『표류도』의 '요행'은 다행히 절망 속에 빠진 작가에게 용기를 주며, 작가의 정체성을 다지는 계기가 된다. 작가는 작품 속에서 '감정과 지성이 아닌 의지를 선택하는 삶'을 살 것을 다짐하는데 이를 평생 삶과 작품으로 증명하게 된다.

주인공 현회는 인간의 통상적 윤리나 규범에는 무관심하지만 확고한 자신만의 윤리와 규범이 존재하는 주체적 인물이다. 그녀는 인간에 대한 근본적인 예의와 애정은 지니고 있지만, 그 외 온갖 허세와 배려 없는 무신경을 경멸한다. 작품은 현회의 첫 남자인 찬수, 연인이었던 상현과 친구처럼 지내는 환규의 지지와 그녀에 대항하는 인물의 갈등으로 구성된다. 물론 그녀를 지지하는 인물과도 갈등은 존재한다. 어머니의 경우 딸인 현회에게 일방적인 애정과 굴종을 강요하며 사사건건 그녀와 갈등하지만, 근본적으로 애정이 바탕이기에 이들은 애증의 관계일 수밖에 없다. 하지만 그녀에 대항하는 인물과의 갈등은 이와는 달리 애정 없는 관심과 참견에서 비롯되며, 그녀의 존립(存立) 자체를 위협하고 그녀를 경제적, 정신적으로 소진시킨다. 경제적인 면에서 고리대금으로 그녀를 착취하지만, 줄곧 무신경한 순재와 현회의 존재 자체를 무시하는 계영, 상현을 두고 애정으로 갈등하는 그의 부인 수정, 그리고 현회에게 도덕적, 성적 수치감을 주며 농락하는 최 강사가 그렇다. 특히 최 강사와 현회의 갈등은 최 강사의 목숨을 앗아가고, 현회 자신은 살인자가 되게 하는 등 엄청난 파국을 몰고 온다.

2. 지지와 갈등 속에 표류하는 삶

현회는 수많은 인물의 '지지와 갈등 속에 표류하는 삶'을 지탱해가고 있다. 사사건건 불화를 겪는 어머니는 현회의 잠재의식 속에 깊이 자리 잡고 지지와 갈등을 동시에 보여주는 대표적 인물이다. 현회는 어머니와의 감정이 부모와 자식 간의 애정 때문이 아닌 연민과 동정의 감정이고, 연을 끊지 못하는 것은 사회의 감시에 대한 자신의 두려움에서 비롯된 의무감 때문이라 생각하며 어머니의 존재를 부정한다. 어머니는 생활적 측면에서는 혈육이라는 권리로 아들과 딸에게 효도를 강요하며 독설을 뱉고는 바로 코를 골고 자는 무신경함을 보인다. 정서적인 측면에서는 이성애를 모르기에 딸의 사랑을 이해하지 못하고 히스테리를 보이며 심한 모욕감을 가한다. 이러한 어머니를 바라보며, 현회는 어머니의 정절보다 자신의 배덕이 위대하다고까지 생각한다. 하지만 남편 없이 혼자 몸으로 현회는 물론 배다른 동생인 현수, 손녀인 훈아를 뒷바라지하는 어머니에게 현회는 근본적으로 애틋한 감정을 지니고 있으므로 이들의 관계는 애증으로 고착된다.

D신문사의 논술위원이자 저명한 집안의 자제인 상현과 현회는 연인 사이다. 상현은 다방 마담인 현회의 직업을 싫어하지만, 그녀에 대한 애정과 책임감으로 관계를 발전시켜 결혼하기를 원한다. 하지만 그녀는 자신의 노동으로 가정을 부양하므

로 애정 이외의 생활적인 면에서 상현의 간섭을 허용하지 않는다. 현회는 "애정이 없으면 생활이 허물어져 버리듯이 생활이, 생활감정이 다르면 애정도 허물려 버"린다고 생각한다. 여기서 현회가 말하는 생활감정이란 성장과정의 차이로 현회는 상현은 상류계급에서, 자신은 하류계급에서 성장했다고 생각한다. 결국, 현회에게 있어 유부남이며, 성장과정마저 다른 상현은 애정의 대상일 뿐 결혼의 대상이 될 수 없으므로 이들의 관계는 애정으로 연결된 지지의 대상에서 생활적으로 의지할 수 있는 대상으로 나아가지 못한다.

한국이라는 좁은 풍토 속에서 그는 상류계급에서 자라난 사람, 나는 하류계급에서 자라난 여자다. 신파나 영화 같으면 다소의 낭만의 윤색으로 아름다운 비극이 하나 생길 테지만, 실제의 흰 벽과 부글부글 끓는 하수도 사이에 시詩는 존재하지 않는다. 나는 상현 씨를 사랑한다. 그러나 그들의 세계에서 풍겨지는 모든 것에서 내가 고립되고, 그것들 속에서 어이없는 광대가 된다는 것을 잘 알고 있다. (16쪽)

B대학 경제학과 강사인 최영철은 언제나 말끔한 옷차림으로 여성들과 계도 하고, 고리대금도 하며 집을 지으려고 땅을 보러 다니는 등 격렬한 생활의 의욕을 보이는 인물이다. 하지만 그는 여성의 육체를 탐하면서도 책임은 지지 않고 탐한 여성이 출

세의 방해물이라고 생각하는 등 왜곡된 성 인식을 지니고 있다. 그는 인간에 대한 이해와 파악의 능력은 물론 노력도 부족하기에 학생들은 그를 담배 열 갑에 학점을 주는 물질파로 규정지으며, "대가리가 콘크리트"라고 조소한다. 하지만 그는 이러한 사실조차 눈치채지 못하고 학생들의 아첨에 우쭐대는 인물이다.

최 강사가 일어서서 화장실로 간 뒤 잠바 차림의 학생이 냉소를 띠고 하는 말이,

"자아식, 별것 아냐. 어지간히 재지만 신사는 아냐. 바이스로이 열 갑 사갔더니 말이야, 학점을 주잖아. 말로 부탁을 해서 학점을 주는 것과 술을 갖고 가서 교섭하는 것과 담배 같은 물건을 가지고 가서 매수하는 것, 다 틀리거든. 그자는 그, 소위 그 물질파야."

"말이사 번드르르하더군."

"학생들을 보면 새로운 것, 새로운 것 하지만 말이야, 그게 다 젊은 사람들에 대한 아첨이거든. 대가리가 콘크리트인데, 그의 새로운 것이라는 개념부터가 문제거든." (72-73쪽)

그의 인간에 대한 어설픈 이해와 무관심한 태도는 현회와의 관계에서도 마찬가지다. 현회는 최강사의 외양만으로도 그를 완벽하게 파악하고 있지만, 최 강사는 그녀의 겉모습, 즉 다방의 마담이며 상현과 연애를 하고, 사생아가 하나 있다는 것만으로 그녀를 판단할 뿐 그녀가 S대학을 나온 재원이며, 영어

를 잘하고 자존감이 높다는 사실을 전혀 이해하지 못하고 있다. 그러므로 그는 그녀가 영어를 알아듣는다는 사실도 모른 채 미국인 스미스에게 그녀를 두고 흥정을 벌이는 실수를 한다. 이들의 관계는 서로 소통하지 못하고 영철에 대한 현회의 혐오와 현회에 대한 영철의 무시로 점철되다가 단 한 번의 충돌로 파국을 맞는다. 최 강사는 끝까지 영문도 모른 채 현회가 던진 빈 청동 꽃병에 맞아 죽음에 이르게 되지만, 현회는 자신을 심문하는 검사에게 살인의 동기는 자신을 구두로 외국인에게 매매한 그의 모욕적인 언사이며 자신은 비록 사생아를 낳고 다방의 마담이지만 창부가 아님을 분명하게 말하는 등, 대조적 모습을 보인다.

3. 외부의 폭력에 대응하는 내부의 저항 논리

현회는 특별한 귀책사유도 없이 자신을 억압하는 수많은 외부의 폭력에 노출돼 있다. 그 이유는 그녀가 가부장적 전통이 사라지지 않은, 근대화가 시작되는 1950년대에 사생아를 출생한 전쟁미망인으로 생계를 위해 다방의 마담으로 일하며, 젊고 아름다운, 재능 있는 여성이기 때문이다. 여염집 주부인 계영이나 순재 그리고 그녀의 동창들은 도덕이나 규범을 들먹이며 현회의 직업을 비난하고 그녀의 처지를 무시하지만, 그들은 음지

에서 고리대금이나 부동산투기 등 온갖 사회적 악행을 거리낌
없이 저지르고 있다. 반면 그들에게 경원시되며 손가락질받는
현회는 얼굴이 아닌, 자신의 노동력으로 홀로된 어머니는 물론
배다른 동생, 유복자인 딸, 그리고 종업원인 광희와 먼 친척인
상주댁, 그의 남편까지 챙기며 인간의 존엄성을 지킨다. 그녀는
집안의 몰락, 사랑하는 사람과 자식의 죽음, 그리고 살인 등 치
명적이고, 회복하기 힘든 상처를 지니고 있지만 절망하거나 물
러서지도, 비굴하지도 않았다. 그녀는 자신의 의지에 따라 "자
기를 변혁하고 현실에 적응해가며 생명을 지탱해"갈 것을 다짐
하는데, 이것이 '외부의 폭력에 대응하는 확고한 그녀의 저항
논리'이다.

> 나는 강인한 채찍으로 내 마음을 후려쳤다. 나를 현실에 적응시
> 켜야 한다. 내 생명이 있기 위하여 나를 변혁시켜야 한다. 겨울이
> 와 산야에 흰 눈이 덮이게 되면 털이 하얗게 변하고, 여름이 와서
> 숲이 우거지면 나무껍질처럼 털이 다갈색으로 변하는 토끼라는
> 짐승의 생리를 나는 닮아가야 한다. 얼마나 많은 인간들이 얼마
> 나 유구한 세월을 두고 인간과 자연 속에서 그 끈질긴 싸움을 해
> 왔던가. 끊임없이 자기를 변혁하고 현실에 적응해가며 생명을 지
> 탱해오지 않았던가. (338-339쪽)

현회를 사랑해주던 찬수는 피 묻은 환상과 더불어 유복자인,

딸 훈아만을 남기고 죽었고, 그녀가 사랑하는 상현은 유부남으로 생활이 아닌 저 창 너머 아득한 곳에 서 있다. 출판사 사장이자 찬수의 친구였던 환규만이 그녀와 가까운 곳에서 같이 흘러가며 그녀를 경제적, 정신적으로 보살피고 있다. 그녀에게 상현은 '감정'의 대상, 찬수는 '지성'의 대상 환규는 '의지'의 대상이기에 그녀의 선택은 환규일 수밖에 없다. 환규는 삶이 자신의 의지대로 능동적, 주체적으로 표류하지 않는다면 박제화될 것이라는 사실을 아는 유일한 인물이다. 그러므로 현회는 환규를 의지(依支)하며 자신의 삶을 의지(意志)적으로 살아가기를 원한다. 또한, 현회의 이러한 선택은 작가의 선택이기도 하다. 작가의 이후 작품에서 『토지』에 이르기까지 여성 주인공은 절망 속에 매몰돼 현실에 순응, 투항하지 않는다. 그 절망이 애정이든, 경제적 상황이든, 설사 망국에서 비롯되었을지라도 그 속에서 극복하려는 인간의 의지를 보여주었다.

> "상현이는 감정의 대상이요, 찬수는 지성의 대상이요, 환규는 의지의 대상입니다. 의지는 마지막의 인간의 가능성입니다. 우리는 의지의 세계를 위하여 노력해야 할 것입니다. 애정이나 일이나 죽음까지도 극복해야 할 것입니다." (338쪽)

현회는 그 시대, 보통의 전형적 여성과는 다르다. 그러므로 현회와 같은 여성 인물은 반영론의 관점에서 접근하기는 힘들다. 하지만 "작품의 창조적 핵심을 특이성(singularity)의 생성"*으로 본다면 적합한 인물이다. 그녀는 강인한 생명력을 갖추고, 외부의 폭력에 대응하는, 내부의 저항 논리를 확고하게 지닌 인물로 절망에 빠진 듯하면서도 희망의 끈을 놓지 않고, 강인한 듯하면서도 인간적이고, 냉철한 듯하면서도 정열적이다. 그러므로 한국전쟁 이후인 1950년대 말, 근대화 과정에 등장한 이러한 여성 인물은 독자가 우리 소설의 다양성을 확인하고 인간을 폭넓게 바라볼 수 있게 하고 있다.

---

* 정남영, 「비평이란 무엇인가?」, 『민중이 사라진 시대의 문학』, 갈무리, 2007, 104쪽.

표류도

초판 1쇄 인쇄 2023년 10월 19일
초판 1쇄 발행 2023년 10월 31일

지은이 박경리
펴낸이 김선식

경영총괄이사 김은영
콘텐츠사업2본부장 박현미
책임편집 임경섭 **디자인** 정명희 **책임마케터** 문서희
콘텐츠사업6팀장 임경섭 **콘텐츠사업6팀** 한나래, 임고운, 정명희
편집관리팀 조세현, 백설희 **저작권팀** 한승빈, 이슬, 윤제희
마케팅본부장 권장규 **마케팅4팀** 박태준, 문서희
미디어홍보본부장 정명찬
브랜드관리팀 안지혜, 오수미, 문윤정, 이예주
지식교양팀 이수인, 염아라, 김혜원, 석찬미, 백지은
크리에이티브팀 임유나, 박지수, 변승주, 김화정, 장세진
뉴미디어팀 김민정, 이지은, 홍수경, 서가을
재무관리팀 하미선, 윤이경, 김재경, 이보람, 박성완
인사총무팀 강미숙, 김혜진, 지석배, 황종원
제작관리팀 하미선, 윤이경, 김재경, 이보람, 임해정
물류관리팀 김형기, 김선진, 한유현, 전태환, 전태연, 양문현, 최창우, 이민운

펴낸곳 다산북스 **출판등록** 2005년 12월 23일 제313-2005-00277호
주소 경기도 파주시 회동길 490
전화 02-704-1724 **팩스** 02-703-2219
이메일 dasanbooks@dasanbooks.com
홈페이지 www.dasan.group **블로그** blog.naver.com/dasan_books
용지 스마일몬스터 **인쇄** 민언프린텍 **코팅 및 후가공** 제이오엘엔피 **제본** 국일문화사

ISBN 979-11-306-4696-1 (03810)